जेम्स ज्वॉइस
की
लोकप्रिय कहानियाँ

जेम्स ज्वॉइस (1882-1941) का जन्म राठगर, डबलिन (आयरलैंड) में हुआ। जेम्स ज्वॉइस एक आयरिश उपन्यासकार, कहानीकार, लेखक और कवि थे। उन्हें 20वीं शताब्दी के सबसे प्रभावशाली और महत्त्वपूर्ण लेखकों में से एक माना जाता है। उनकी प्रसिद्ध कृतियों में 'डबलिनर्स' (लघु कहानी-संग्रह) और 'ए पोर्ट्रेट ऑफ द आर्टिस्ट ए यंग मैन' और 'फिननेग्स वेक' (उपन्यास) प्रमुख हैं। इसके अतिरिक्त उन्होंने अनेक कविताएँ, नाटक और पत्रकारिता की तीन पुस्तकें भी लिखीं।

'लोकप्रिय कहानियाँ' शृंखला के सम्मानित कथाकार

• अवध नारायण मुद्गल • अज्ञेय • आचार्य चतुरसेन • आनंद प्रकाश जैन
• आर.के. नारायण • उर्मिला शिरीष • उषा किरण खान • ऋता शुक्ल
• कमल कुमार • कमलेश्वर • कुसुम अंसल • कुसुम खेमानी • केशव
• गंगाप्रसाद विमल • गिरिराज किशोर • गुरुदत्त • गोविंद मिश्र • चंद्रकांता
• चित्रा मुद्गल • जयशंकर प्रसाद • जैनेंद्र कुमार • ज्योत्स्ना मिलन
• दामोदर दत्त दीक्षित • देवेंद्र सत्यार्थी • धर्मवीर भारती • नरेंद्र कोहली
• नासिरा शर्मा • निर्मल वर्मा • पद्मा सचदेव • पांडेय बेचन शर्मा 'उग्र'
• प्रकाश मनु • प्रेमचंद • बलराम • बिमल मित्र • भगवान अटलानी
• मनु शर्मा • मन्नू भंडारी • महीप सिंह • मालती जोशी • मीरा सीकरी
• मृदुला बिहारी • मृदुला सिन्हा • मेहरुन्निसा परवेज • रमेशचंद्र शाह
• मृदुला गर्ग • रमेश पोखरियाल 'निशंक' • रवींद्रनाथ टैगोर • रस्किन बॉण्ड
• राजी सेठ • राजेंद्र मोहन भटनागर • राजेंद्र राव • रामदरश मिश्र
• रामधारी सिंह दिवाकर • रूपसिंह चंदेल • विजयदान देथा
• विद्या विंदु सिंह • विवेकी राय • विश्वंभरनाथ शर्मा कौशिक
• विष्णु प्रभाकर • वृंदावनलाल वर्मा • शंकरदयाल सिंह • शरतचंद्र चटर्जी
• शिवप्रसाद सिंह • शैलेश मटियानी • श्रीलाल शुक्ल • संतोष गोयल
• सच्चिदानंद जोशी • सत्यजित रे • सिम्मी हर्षिता • सीतेश आलोक
• सुधा मूर्ति • सुनीता जैन • सुभद्रा कुमारी चौहान • सुशील कुमार फुल्ल
• सूर्यबाला • से.रा. यात्री • स्वयं प्रकाश • हिमांशु जोशी

भारतीय भाषाओं की कहानियाँ

• डोगरी-कश्मीरी • ओड़िया • कन्नड़ • गुजराती
• तमिल • तेलुगु • पंजाबी • मराठी • मलयालम
• असमीया • बांग्ला • सिंधी • कोंकणी • उर्दू

विदेशों की कहानियाँ

• अमेरिका • इंग्लैंड • जर्मनी • फ्रांस • यूरोप • रूस • स्पेन

जेम्स ज्वॉइस
की
लोकप्रिय कहानियाँ

जेम्स ज्वॉइस

प्रकाशक

प्रभात पेपरबैक्स

प्रभात प्रकाशन प्रा. लि. का उपक्रम

4/19 आसफ अली रोड, नई दिल्ली–110002

फोन : 23289777 • हेल्पलाइन नं. : 7827007777

इ–मेल : prabhatbooks@gmail.com ❖ वेब ठिकाना : www.prabhatbooks.com

संस्करण

प्रथम, 2022

मूल्य

तीन सौ रुपए

अनुवाद

आनंद अभय

मुद्रक

आर–टेक ऑफसेट प्रिंटर्स, दिल्ली

★

JAMES JOYCE KI LOKPRIYA KAHANIYAN

Published by **PRABHAT PAPERBACKS**
An imprint of Prabhat Prakashan Pvt. Ltd.
4/19 Asaf Ali Road, New Delhi-110002

ISBN 978-93-5521-218-4

₹ 300.00

अनुक्रम

1

अरेबी

नॉर्थ रिचमंड स्ट्रीट एक शांत गली थी। यहाँ क्रिश्चियन ब्रदर्स स्कूल में जब बच्चों की छुट्टी होती थी, उस समय जरूर यह शांति भंग हो जाती थी। गली के बंद छोर पर एक दो मंजिला मकान था, जो खाली पड़ा था और अगल-बगल के मकानों से बिल्कुल अलग था। गली के अन्य मकानों में रहनेवाले लोगों का जीवन सुखमय था। वे शांत भाव से एक-दूसरे को निहार लिया करते थे।

हमारे घर में पहले जो किराएदार था, वह एक पादरी था, जो पीछे के ड्रॉइंग-रूम में मर गया था। काफी समय से बंद पड़ा होने के कारण मकान के अंदर कमरों में दुर्गंध आ रही थी और किचन के पीछे बने वेस्ट-रूम में पुराने रद्दी कागज भरे पड़े थे। उन रद्दी कागजों के बीच मुझे कुछ किताबें मिलीं, जिस पर पेपर का कवर चढ़ा था और उनके पन्ने गंदे तथा मुड़े-तुड़े थे। ये किताबें थीं वाल्टर स्कॉट द्वारा लिखित 'द एब्बॉट', 'द डिवॉउट कम्युनिकेंट', 'द मेमॉवर्स ऑफ विडॉक' और 'द मेमायार्स ऑफ विडॉक', जो मुझे सबसे अच्छी लगीं, क्योंकि उसके पन्ने पीले रंग के थे। मकान के पीछे एक बगीचा था, जिसमें सेब का एक पेड़ और कुछ झाड़ियाँ थीं, वहीं मुझे उस स्वर्गीय किराएदार की साइकिल-पंप (जिससे साइकिल के टायरों में हवा भरते हैं) भी मिली। वह सचमुच एक अच्छा पादरी था। अपनी वसीयत में उसने अपना सारा धन धर्मार्थ संस्थाओं के नाम कर दिया था और अपने घर का फर्नीचर अपनी बहन को दे दिया था।

सर्दियों में दिन छोटे होने लगते थे। हमारे रात का खाना खाने से पहले ही अँधेरा हो जाता था। जब हम खेलने के लिए गली में आते, तब तक घरों में अँधेरा छा जाता था। अँधेरे के कारण आसपास का वातावरण भी धुँधला सा दिखाई देता था। सर्द हवाओं में शांत पड़ी गली में हमारे खेलने का स्वर गूँज उठता था और हम तब तक खेलते रहते, जब तक कि हम एक-दूसरे को देख पाते थे। हमारी घुड़दौड़ घरों

के पीछे बने लेन से लेकर बगीचों के पिछले प्रवेश तक होती थी, जहाँ कूड़ेदान की दुर्गंध आया करती थी और फिर वहाँ से अस्तबल तक, जहाँ एक कोचमैन घोड़े को साफ करता था, उसके बालों को सँवारता था और उसके गले में बँधे घुँघरुओं को हिलाकर आवाज निकालता था। खेलकर जब हम गली में वापस आते तो रसोई की खिड़कियों से प्रकाश बाहर तक आता दिखाई देता था। उस समय अगर मेरे अंकल बाहर टहलते दिखाई दे जाते तो हम अँधेरे में जाकर छिप जाया करते थे और उनके अंदर जाने का इंतजार किया करते थे, या जब कभी मैंगन की बहन अपने भाई को चाय पर बुलाने के लिए दरवाजे से बाहर निकलकर गली में झाँकती हुई दिख जाती तो हम झट से मैंगन के दरवाजे पर पहुँच जाते। उसकी बहन हमारा इंतजार कर रही होती थी। उधर खुले दरवाजे से आ रही रोशनी में वह हमें साफ दिख जाती थी। उसका भाई पहले तो उसे चिढ़ाता था और फिर उसकी बात मान जाता था। रेलिंग के पास खड़ा-खड़ा मैं उसे देखने लगता था। जब वह हिलती थी तो उसके कपड़े और मुलायम बालों की गुँथी चोटी इधर-से-उधर हिल जाती थी।

रोज सुबह में सामने वाले पार्लर की फर्श पर लेटा उसके दरवाजे की ओर देखा करता था। जैसे ही वह दरवाजे पर दिखाई देती, मेरा दिल धड़क उठता था। मैं सीधे हॉल में जाकर अपनी किताबें उठाता और उसके पीछे लग जाता। मेरी आँखों में हमेशा उसी की छवि होती थी। जहाँ से हमारे रास्ते अलग-अलग होने वाले होते थे, वहाँ पहुँचने पर मैं अपनी चाल रोज तेज करके उससे आगे निकल जाया करता था।

रोज सुबह में सामने वाले पार्लर की फर्श पर लेटा उसके दरवाजे की ओर देखा करता था। जैसे ही वह दरवाजे पर दिखाई देती, मेरा दिल धड़क उठता था। मैं सीधे हॉल में जाकर अपनी किताबें उठाता और उसके पीछे लग जाता। मेरी आँखों में हमेशा उसी की छवि होती थी। जहाँ से हमारे रास्ते अलग-अलग होने वाले होते थे, वहाँ पहुँचने पर मैं अपनी चाल रोज तेज करके उससे आगे निकल जाया करता था। यह रोज की कहानी थी। मैंने उससे कभी खुलकर बात नहीं की थी। हाँ, एक-दो शब्द कभी-कभार जरूर बोल देता था।

लेकिन उसका नाम सुनते ही मेरे दिलो-दिमाग में अजीब सी हलचल होने

लगती थी। मैं जहाँ भी जाता, उसकी छवि मेरे दिलो-दिमाग में रहती थी। शनिवार की शाम जब मेरी आंटी बाजार जातीं तो मुझे उनके साथ जाना पड़ता था। नशे में लड़खड़ाकर चलते आदमियों और दुकानों में मोल-भाव करती औरतों तथा घूम-घूमकर गानेवाले लोगों के बीच से होकर गुजरते हुए हम आगे बढ़ते। उस समय भी उसका नाम मेरे होंठों पर बरबस ही आ जाया करता था। मन-ही-मन उसका नाम बुदबुदाते हुए कई बार मेरी आँखें नम हो जाती थीं और दिल भर उठता था। हर पल, हर घड़ी मैं उसी के खयालों में खोया रहता था। आगे क्या होगा, कैसे होगा, यह सब मैं नहीं सोच पाता था। मुझे तो यह भी नहीं पता था कि मैं कभी उससे बात भी कर पाऊँगा या नहीं और अगर बात करूँगा भी तो कैसे उसे बता पाऊँगा कि मैं उसे कितना चाहता हूँ? मेरा शरीर मानो एक वीणा था और उसके शब्द तथा हाव-भाव उसके तारों को छेड़ती उँगलियों की तरह थे।

एक दिन शाम के समय में उस ड्रॉइंग-रूम में गया, जिसमें हमारे पुराने किराएदार पादरी की मौत हुई थी। अँधेरा घिर आया था और बाहर बारिश हो रही थी। घर के अंदर एक स्तब्धता सी छाई थी। एक टूटी खिड़की से सुनने पर बारिश की झम-झम की आवाज साफ सुनाई देती थी। दूर कहीं जलते लैंप की रोशनी आँखों में चमक रही थी और कुछ भी नहीं दिखाई दे रहा था। मेरा तन-बदन निढाल सा हो रहा था। दोनों हथेलियों को मिलाकर जोर से भींचते हुए मैं बुदबुदा पड़ा—'मेरी जान! मेरी जान!' और बुदबुदाता ही रहा।

एक दिन शाम के समय में उस ड्रॉइंग-रूम में गया, जिसमें हमारे पुराने किराएदार पादरी की मौत हुई थी। अँधेरा घिर आया था और बाहर बारिश हो रही थी। घर के अंदर एक स्तब्धता सी छाई थी। एक टूटी खिड़की से सुनने पर बारिश की झम-झम की आवाज साफ सुनाई देती थी। दूर कहीं जलते लैंप की रोशनी आँखों में चमक रही थी और कुछ भी नहीं दिखाई दे रहा था।

आखिरकार वह खुद ही मुझसे बोली। लेकिन मेरी ओर मुखातिब होकर जब वह बोली तो पहले तो मैं हड़बड़ा उठा और समझ नहीं पाया कि क्या बोलूँ। उसने मुझसे पूछा कि क्या तुम अरेबी जाओगे? इस पर मैंने 'हाँ' में जवाब दिया या 'न' में यह भी मुझे याद नहीं रहा। 'अरेबी' एक खूबसूरत बाजार हुआ करता था।

"तुम क्यों नहीं जाती?" मैंने पूछ लिया।

उसने बताया कि उसके स्कूल में एक समारोह है, जिसके कारण वह नहीं जा सकती। जब वह बोल रही थी, तो अपनी कलाई में पहने चाँदी के कड़े को गोल-गोल घुमाए जा रही थी। रेलिंग पर मैं अकेला था। उसका भाई और दो अन्य लड़के अपनी टोपी के लिए आपस में लड़ रहे थे। रेलिंग के बीच से झुककर वह मेरी ओर देख रही थी। हमारे दरवाजे के सामने वाले घर में जल रही बत्ती की रोशनी वहाँ तक पहुँच रही थी, जिसमें उसकी दूधिया, सुराहीदार गरदन और बाल साफ चमक रहे थे। उसका हाथ रेलिंग पर था। उसकी ओर झुकते हुए मैंने उसके घाघरे का एक किनारा पकड़ लिया।

उस शाम के बाद मेरे मन में अजीब-अजीब से खयाल आने-जाने लगे। दिन के समय स्कूल में और रात में बिस्तर पर हर वक्त उसका चेहरा मेरी आँखों के सामने रहता था। पढ़ाई-लिखाई मुझे निरर्थक सी लगने लगी थी। यहाँ तक कि पढ़ने के लिए किताब खोलता तो पन्नों पर जैसे उसी का चेहरा नजर आता था।

"जाओगे तो अच्छा होगा।" उसने कहा।

"अगर मैं जाऊँगा तो तुम्हारे लिए कुछ लेकर आऊँगा!" मैंने कहा।

उस शाम के बाद मेरे मन में अजीब-अजीब से खयाल आने-जाने लगे। दिन के समय स्कूल में और रात में बिस्तर पर हर वक्त उसका चेहरा मेरी आँखों के सामने रहता था। पढ़ाई-लिखाई मुझे निरर्थक सी लगने लगी थी। यहाँ तक कि पढ़ने के लिए किताब खोलता तो पन्नों पर जैसे उसी का चेहरा नजर आता था। उसके होंठों से निकला 'अरेबी' शब्द अब भी जैसे मेरे कानों में गूँज उठता था।

शनिवार की शाम जब मैंने स्वयं बाजार जाने की बात की तो आंटी आश्चर्य में पड़ गईं और सोचने लगीं कि कहीं कोई चक्कर तो नहीं है?

स्कूल में भी मैं बहुत कम बोलने लगा था और अध्यापक द्वारा पूछे गए प्रश्नों का जवाब भी कम ही दे पाता था। इस पर अध्यापक भी थोड़े नाराज से दिखाई देते थे, क्योंकि वे समझ गए थे कि मैं पढ़ाई से जी चुराने लगा हूँ। सचमुच मैं अपने भटकते मन को सँभाल नहीं पा रहा था। जिंदगी के जरूरी काम मुझे एक खेल, नीरस खेल की तरह लगने लगे थे। उस दिन सुबह-सुबह ही मैंने अंकल को याद

दिला दिया कि शाम को मुझे बाजार जाना है। वह हॉल में थे और अपनी टोपी साफ करने के लिए ब्रश ढूँढ़ रहे थे। उन्होंने बहुत संक्षेप में जवाब दिया, 'हाँ बेटे, मुझे मालूम है।'

वे हॉल में थे, इसलिए मैं सामनेवाले पार्लर में नहीं जा सकता था। घर में अच्छा नहीं लग रहा था, इसलिए मैं स्कूल की तरफ निकल गया।

रात के खाने के लिए जब मैं घर आया, तब तक अंकल घर नहीं लौटे थे। घड़ी की ओर घूरता और उसकी टिक-टिक की आवाज सुनता हुआ मैं कुछ देर बैठा रहा। इसके बाद कमरे से निकलकर घर के ऊपरी हिस्से में चला गया और गुनगुनाते हुए एक कमरे से दूसरे कमरे में घूमने लगा। सामनेवाली खिड़की से नीचे देखा, मेरे साथी नीचे गली में खेल रहे थे। उनके खेलने की आवाज मेरे कानों तक ठीक से नहीं पहुँच रही थी। खिड़की के ठंडे शीशे पर माथा टिकाकर मैं ऊपर से मकान की ओर देखने लगा, जिसमें वह रहती थी। एक घंटे तक मैं वहाँ यों ही खड़ा रहा। कुछ दिखाई नहीं दे रहा था। हाँ, आँखों में उसकी वह छवि जरूर थी, जिसमें बत्ती की रोशनी में उसकी सुराहीदार गरदन, रेलिंग पर रखा उसका हाथ और उसके कपड़े का एक किनारा दिखाई दे रहा था।

रात के खाने के लिए जब मैं घर आया, तब तक अंकल घर नहीं लौटे थे। घड़ी की ओर घूरता और उसकी टिक-टिक की आवाज सुनता हुआ मैं कुछ देर बैठा रहा। इसके बाद कमरे से निकलकर घर के ऊपरी हिस्से में चला गया और गुनगुनाते हुए एक कमरे से दूसरे कमरे में घूमने लगा। सामनेवाली खिड़की से नीचे देखा, मेरे साथी नीचे गली में खेल रहे थे।

नीचे आया तो देखा, श्रीमती मार्टर अँगीठी के पास बैठी थीं। वे बहुत बोलती थीं। उनके पति चीजें गिरवी रखकर लोगों को पैसे उधार दिया करते थे, जो अब नहीं रहे। वे स्वयं पुराने टिकटों का संग्रह करती थीं। थोड़ी देर तक मुझे उनकी बातचीत में शरीक होना पड़ा। खाने के लिए हम पहले ही एक घंटा लेट हो चुके थे, पर अंकल अभी तक नहीं आए थे। श्रीमती मार्टर जाने के लिए उठीं और ज्यादा देर बाहर रहना उनकी सेहत के लिए ठीक नहीं था। अब तक आठ बज चुके थे। वह चली गई तो मैं बेचैनी में दुबारा कमरे में इधर-उधर टहलने लगा।

तभी आंटी बोल पड़ीं, "मुझे लगता है, तुम आज बाजार नहीं जा पाओगे।"

नौ बजे हॉल के दरवाजे पर मुझे अंकल के चाबियों के गुच्छे की आवाज सुनाई दी। मैंने उन्हें अपने आपसे बात करते हुए सुना और हॉल में उनके आने की आहट साफ महसूस हो रही थी, जिसे मैं बहुत आसानी से पहचान सकता था। जब वे डिनर के लिए जाने लगे, तभी उनके पास आकर मैंने बाजार जाने के लिए पैसे माँगे।

"इतनी देर हो चुकी है, लोग अपने-अपने घरों में आराम से सो रहे हैं और तुम…" उन्होंने एकदम जवाब दिया।

मुझे अच्छा नहीं लगा, तभी आंटी बोल पड़ीं, "आप इसे पैसे देकर जाने क्यों नहीं देते? पहले ही आपने इसे इतनी देर इंतजार करा लिया है।"

तब अंकल ने अफसोस जाहिर करते हुए बताया कि मेरे बाजार जाने की बात वे भूल गए थे।

उनके पूछने पर मैंने उन्हें दुबारा याद दिलाई कि मुझे बाजार जाना है। तब उन्होंने अपनी जेब से एक फ्लोरिन (दो शिलिंग के मूल्य का अंग्रेजी सिक्का) निकालकर दिया, जिसे कसकर मुट्ठी में दबाए मैं किचन से बाहर निकल गया। जब मैं निकल रहा था, तब वे 'द अरब्स फेयरवेल टू हिज स्टीड' की शुरुआती पंक्तियाँ आंटी को सुनाने वाले थे।

नौ बजे हॉल के दरवाजे पर मुझे अंकल के चाबियों के गुच्छे की आवाज सुनाई दी। मैंने उन्हें अपने आपसे बात करते हुए सुना और हॉल में उनके आने की आहट साफ महसूस हो रही थी, जिसे मैं बहुत आसानी से पहचान सकता था। जब वे डिनर के लिए जाने लगे, तभी उनके पास आकर मैंने बाजार जाने के लिए पैसे माँगे।

बर्मिंघम स्ट्रीट से होते हुए मैं स्टेशन की ओर चल पड़ा। स्टेशन पर बाजार की ओर जाने वाली एक ट्रेन प्लेटफॉर्म पर खड़ी थी। मैं तीसरी श्रेणी के एक डिब्बे में जाकर बैठ गया और ट्रेन के चलने का इंतजार करने लगा। काफी देर बाद ट्रेन चली और धीरे-धीरे स्टेशन से बाहर निकलने लगी, लाइन के किनारे-किनारे बने घरों और रोशनी में चमकती नदी के ऊपर से चलती हुई वह धीरे-धीरे आगे बढ़ रही थी। वेस्टलैंड रो स्टेशन पर कुछ लोग डिब्बे का दरवाजा खोलने के लिए धक्का देने लगे तो कुलियों ने उन्हें यह कहते हुए हटा दिया कि यह बाजार के लिए

स्पेशल ट्रेन है। पूरे डिब्बे में मैं अकेला था। कुछ ही मिनट बाद ट्रेन एक लकड़ी के प्लेटफॉर्म पर आकर रुकी और मैं नीचे उतरकर सड़क पर आ गया। वहाँ एक घड़ी में देखा, दस बजने में दस मिनट बाकी थे। मैं एक बड़ी सी बिल्डिंग के सामने खड़ा था। बिल्डिंग पर वही नाम लिखा दिखाई दे रहा था, जिसका जादू अब तक मुझ पर छाया था।

बिल्डिंग में प्रवेश के लिए कोई रास्ता मुझे खुला नहीं दिखाई दे रहा था। मुझे लगा, कहीं बाजार बंद न हो गया हो! यही सोचकर मैं जल्दी से एक गोलचक्कर से होकर आगे बढ़ा और रास्ते में एक परेशान से दिखाई देनेवाले आदमी को एक पेनी पकड़ा दी। मैंने स्वयं को एक बड़े से हॉल में पाया, जिसकी आधी ऊँचाई पर एक गैलरी थी। दुकानें करीब-करीब बंद हो चुकी थीं और हॉल के आधे से ज्यादा हिस्से में अँधेरा था। सबकुछ सुनसान सा लग रहा था। डरते-डरते मैं बाजार के मध्य भाग में पहुँचा, वहाँ कुछ दुकानें खुली दिखाई दीं, जिनके सामने लोग जमा दिखाई दे रहे थे। एक दुकान पर परदे के ऊपर रंग-बिरंगी बत्तियों से 'कैफे चैटेंट' लिखा था, जिसके अंदर दो लोग बैठकर पैसे गिन रहे थे। सिक्कों की खन-खन मुझे साफ सुनाई दे रही थी।

बिल्डिंग में प्रवेश के लिए कोई रास्ता मुझे खुला नहीं दिखाई दे रहा था। मुझे लगा, कहीं बाजार बंद न हो गया हो! यही सोचकर मैं जल्दी से एक गोलचक्कर से होकर आगे बढ़ा और रास्ते में एक परेशान से दिखाई देनेवाले आदमी को एक पेनी पकड़ा दी। मैंने स्वयं को एक बड़े से हॉल में पाया, जिसकी आधी ऊँचाई पर एक गैलरी थी।

अब तक मैं अपने उस मकसद से बेखबर सा था, जिसके लिए मैं यहाँ तक आया था। जब याद आया तो मैं एक दुकान पर गया, जहाँ चीनी मिट्टी के बरतन और टी-सेट बिक रहे थे। दुकान के दरवाजे पर एक युवा महिला दो लोगों से बातें कर रही थी और हँस रही थी। वे अंग्रेजी में बातें कर रहे थे, जिसे मैं थोड़ा-थोड़ा सुन पा रहा था—

"अरे, मैंने ऐसा कहा ही नहीं!"

"लेकिन तुमने कहा था!"

"नहीं, मैंने नहीं कहा था!"

"इसने ऐसा नहीं कहा था?"

"हाँ, कहा था। मैंने भी सुना था।"

"अरे, तुम लोग झूठ···!"

मुझे देखकर वह महिला मेरे पास तक आई और मुझसे पूछा, "क्या आप कुछ खरीदना चाहते हैं?"

उसका लहजा ऐसा था, जैसे अपना कर्तव्य समझकर वह मात्र औपचारिकता के लिए पूछ रही थी। मैंने दुकान के दरवाजे पर दोनों तरफ सजे बड़े-बड़े जारों की ओर यों ही देखते हुए धीरे से जवाब दिया, "जी नहीं।" उस महिला ने एक-दो बरतनों पर यों ही हाथ फेरा और वापस उन दोनों व्यक्तियों के पास चली गई, जिनके साथ वह बातें कर रही थी। एक बार फिर वे उसी विषय पर बातें करने लगे। महिला बीच-बीच में कंधा घुमाकर मेरी ओर देख लेती थी।

मैं जानता था कि मेरा वहाँ खड़ा रहना बेकार है, फिर भी थोड़ी देर यों ही उसकी दुकान पर खड़ा रहा, उसके बाद धीरे-धीरे बाजार से बाहर निकलने लगा। दो शिलिंग, जो मेरे हाथ में थे, उसे मैंने अपनी जेब में डाल लिया। गैलरी के एक ओर से कोई कह रहा था कि 'बत्ती चली गई'। हॉल का ऊपरी हिस्से में अब पूरी तरह से अँधेरा था।

उस अँधेरे में मैंने अपने आपको देखा और खुद को ठगा सा महसूस करने लगा। मन में दुःख भी था और गुस्सा भी।

□

2

मारिया

महिलाओं की चाय के बाद संरक्षिका ने मारिया को जाने की इजाजत दे दी और मारिया शाम की सैर के लिए जाने की तैयारी कर रही थी। किचन चमचमा रहा था। चमचमाते बरतनों में आप अपना चेहरा साफ-साफ देख सकते थे। एक साइड टेबल पर चार बड़े-बड़े खमीर रखे थे, जो लंबे-लंबे बराबर टुकड़ों में कटे थे। मारिया ने खुद उन्हें काटकर रखा था।

मारिया बहुत छोटी कद-काठी की थी, लेकिन हाँ, उसकी नाक और ठुड्डी बहुत लंबी थी। वह थोड़ा नाक के बल बोलती थी, पर बोलती बहुत प्यार से थी—'यस माई डियर' और 'नो माई डियर' करके। महिलाओं के बीच जब भी कोई झगड़ा होता था तो झगड़े को शांत करने के लिए उसे ही बुलाया जाता था और वह झगड़ा शांत भी करा देती थी। एक दिन संरक्षिका ने बोल ही दियां, "मारिया, तुम झगड़ा शांत कराने में बहुत माहिर हो।"

उप-संरक्षिका और बोर्ड की दो अन्य महिलाओं ने उसकी यह प्रशंसा सुनी थी। जिंजर मूनी भी मारिया की प्रशंसा किया करती थी। सचमुच, मारिया को सब चाहते थे।

छह बजे महिलाओं को चाय देनी थी, सात बजे से पहले वह यहाँ से फारिग होकर जा सकती थी। बॉल्स ब्रिज से पिलस 20 मिनट, पिलस से ड्रमकोडरा 20 मिनट और 20 मिनट खरीदारी के लिए रख लो। उसने अपना पर्स निकाला और उसकी सफेद चमकीली डोरी को खोलते हुए उसपर लिखे शब्द दुबारा पढ़े—'बेलफास्ट से एक उपहार'। वह पर्स उसे बहुत पसंद था, जो पाँच साल पहले उसके लिए लेकर आया था, जब वह अल्फी के साथ बेलफास्ट घूमने आया था। पर्स में कुछ पैसे थे। उसने हिसाब लगाकर देखा, ट्राम का किराया निकालकर

उसके पास पाँच शिलिंग बचने वाले थे। शाम को जब सब एक साथ होंगे बच्चे खुश होकर गा रहे होंगे, तो कितना अच्छा लगेगा! लेकिन कहीं वह शराब पीकर न आए। पीने के बाद वह बिल्कुल बदल जाता है—मारिया मन-ही-मन सोच रही थी।

जी तो चाहता था कि मारिया आकर उनके साथ रहे। उसकी पत्नी भी अच्छी थी, लेकिन मारिया की सोच थोड़ी अलग थी। उसने लांड्री की जिंदगी में खुद को ढाल लिया था। जो और अल्फी दोनों की धाय रही थी। जो अकसर कहा भी करता था, "ममा तो ममा हैं, पर सच्चे मायने में मारिया ही मेरी माँ हैं।"

ब्रेकअप के बाद लड़के उसे यहाँ डबलिन बाई लैंपलाइट लांड्री में लाए थे और उसे यहाँ अच्छा लग रहा था। उसे लोगों की कितनी बातें सुननी पड़ती थीं, लेकिन अब उसे लगता है कि वे लोग अच्छे थे। हरित-ग्रह में उसने पौधे भी लगा रखे थे—फर्न और वॉक्स प्लांट के सुंदर-सुंदर पौधे। उनकी देखभाल वह खुद किया करती थी। जब भी उससे कोई मिलने आता था, उसे अपने हरित-गृह से एक-दो कलम जरूर देती थी।

ब्रेकअप के बाद लड़के उसे यहाँ डबलिन बाई लैंपलाइट लांड्री में लाए थे और उसे यहाँ अच्छा लग रहा था। उसे लोगों की कितनी बातें सुननी पड़ती थीं, लेकिन अब उसे लगता है कि वे लोग अच्छे थे। हरित-ग्रह में उसने पौधे भी लगा रखे थे—फर्न और वॉक्स प्लांट के सुंदर-सुंदर पौधे। उनकी देखभाल वह खुद किया करती थी। जब भी उससे कोई मिलने आता था, उसे अपने हरित-गृह से एक-दो कलम जरूर देती थी।

जब रसोइए ने आकर बताया कि सबकुछ तैयार है तो वह महिला कक्ष में जाकर घंटा बजाने लगी। कुछ मिनट में ही महिलाएँ अपने पल्लू में हाथ पोंछती हुई दो-दो, तीन-तीन करके आने लगीं। सबने अपना-अपना मग सँभाल लिया, जिसमें रसोइए ने गरम-गरम चाय पहले ही डाल रखी थी। मारिया इस बात पर विशेष ध्यान दे रही थी कि हरेक महिला को उसके हिस्से का खमीर मिले। इसके साथ ही हँसी-मजाक का दौर भी शुरू हो गया था। लिजी कह रही थी कि इस बार मारिया की (सगाई की) अँगूठी पक्की है। मारिया हँस पड़ी और कहने लगी कि उसे कोई अँगूठी-वँगूठी या दूल्हा नहीं चाहिए। हँसते

समय उसकी भूरी-भूरी आँखों में एक निराशा भरी लज्जा थी और उसकी लंबी नाक का किनारा जैसे उसकी ठुड्डी को छू रहा था।

लेकिन हाँ, अब वह खुश थी, क्योंकि सब महिलाएँ अपनी-अपनी चाय समाप्त कर चुकी थीं और रसोइए ने साफ-सफाई शुरू कर दी थी। वह अपने छोटे से बेडरूम में गई तो याद आया कि कल सुबह प्रार्थना-सभा है। उसने घड़ी में अलार्म का समय 7 बजे से बदलकर 6 बजे किया और फिर कपड़े बदलने लगी। कपड़े बदलकर जब वह आईने के सामने खड़ी हुई तो उन दिनों के बारे में सोचने लगी, 'जब वह छोटी थी तो कैसे इतवार के प्रार्थना समाज के लिए खुद को तैयार करती थी!' सोचती-सोचती वह अपने शरीर को निहार रही थी, जो इतने वर्षों में भी छोटा सा ही रह गया था।

बाहर निकली तो देखा, बारिश की बूँदें पड़ रही थीं। अपना वाटरप्रूफ कोट उसने पहले से पहन रखा था। ट्राम पूरी भरी थी, उसे सबसे पीछे की ओर एक स्टूल पर बैठना पड़ा। स्टूल पर बैठने के बाद उसके पाँव मुश्किल से फर्श तक पहुँच रहे शे। मन-ही-गन बह सोचती जा रही थी कि उसे क्या-क्या करना है और उम्मीद कर रही थी कि शाम शानदार होने वाली है। आत्मनिर्भर होना कितना अच्छा होता है, जब आपके पास आपके अपने पैसे हों और आप अपना सब काम खुद कर सकें, वह मन-ही-मन सोच रही थी। तभी उसे याद आया कि जो और अल्फी तो एक-दूसरे से बात ही नहीं करते! कितने दुःख की बात थी, बचपन में दोनों अच्छे दोस्त हुआ करते थे। पिलर पहुँचने पर वह ट्राम से उतर गई और भीड़ में से निकलती हुई जल्दी-जल्दी आगे बढ़ने लगी। वह एक केक-शॉप पर गई, लेकिन दुकान पर इतनी भीड़ थी कि उसे लगा, यहाँ बहुत देर तक इंतजार करना पड़ेगा। कुछ देर बाद जब उसका नंबर आया तो एक दर्जन मिक्स्ड केक लेकर वह दुकान से बाहर आ गई। वह अभी और भी कुछ चीजें

बाहर निकली तो देखा, बारिश की बूँदें पड़ रही थीं। अपना वाटरप्रूफ कोट उसने पहले से पहन रखा था। ट्राम पूरी भरी थी, उसे सबसे पीछे की ओर एक स्टूल पर बैठना पड़ा। स्टूल पर बैठने के बाद उसके पाँव मुश्किल से फर्श तक पहुँच रहे थे। मन-ही-मन वह सोचती जा रही थी कि उसे क्या-क्या करना है और उम्मीद कर रही थी कि शाम शानदार होने वाली है।

खरीदना चाहती थी, पर समझ में नहीं आ रहा था, क्या खरीदे ? प्लमकेक खरीदने का मन बनाया, लेकिन देखा, दुकान पर अच्छे प्लमकेक नहीं थे, इसलिए वह हेनरी स्ट्रीट में एक दुकान पर गई। वहाँ उसने अपने आपको सँभालने में ही इतनी देर लगा दी कि काउंटर पर बैठी महिला उससे थोड़ी चिढ़ सी गई और पूछने लगी कि क्या वह कोई शादी का केक खरीदने के लिए आई है ? इस पर मारिया थोड़ी शरमा सी गई और उसे देखकर मुसकराने लगी, लेकिन काउंटर पर बैठी महिला गंभीर थी। उसने प्लमकेक का एक मोटा सा टुकड़ा काटा और उसे पैक करते हुए बोली, "टू-एंड-फोर प्लीज!"

अब वह ड्रमकोंडरा की ट्राम में थी। ट्राम में उसे बैठने की जगह नहीं मिली। उसे लग रहा था कि खड़ा होकर ही जाना पड़ेगा, क्योंकि कोई भी जवान आदमी उसकी ओर ध्यान तक नहीं दे रहा था, लेकिन तभी एक अधेड़ से सज्जन ने उसे बैठने की जगह दे दी। उसकी मजबूत कद-काठी और लंबी-लंबी मूँछों को देखकर मारिया ने अंदाजा लगाया कि वह जरूर सेना का कर्नल रहा होगा। जो भी हो, वह आदमी बहुत शरीफ था, क्योंकि वहाँ आसपास बैठे लोगों में एक भी आदमी मारिया को बैठने के लिए जगह नहीं दे रहा था। वे सज्जन मारिया के साथ बातचीत करने लगे। मारिया के बैग को देखकर उन्होंने अंदाजा लगाया कि इसमें बच्चों के लिए खाने-पीने की चीजें होंगी। मारिया ने सहमति में सिर हिला दिया। इस प्रकार दोनों बातें करते रहे। कैनाल ब्रिज पर ट्राम से उतरते समय उसने उन सज्जन का धन्यवाद किया और सिर झुकारकर उनके प्रति सम्मान प्रकट किया, बदले में उन सज्जन ने भी मुसकराते हुए अपनी टोपी निकालकर ऊपर उठा दी। बारिश की बूँदों से बचने के लिए वह सिर को नीचे की ओर झुकाए ट्राम से उतरी और जल्दी-जल्दी आगे बढ़ने लगी।

अब वह ड्रमकोंडरा की ट्राम में थी। ट्राम में उसे बैठने की जगह नहीं मिली। उसे लग रहा था कि खड़ा होकर ही जाना पड़ेगा, क्योंकि कोई भी जवान आदमी उसकी ओर ध्यान तक नहीं दे रहा था, लेकिन तभी एक अधेड़ से सज्जन ने उसे बैठने की जगह दे दी। उसकी मजबूत कद-काठी और लंबी-लंबी मूँछों को देखकर मारिया ने अंदाजा लगाया कि वह जरूर सेना का कर्नल रहा होगा।

जो का घर आ गया था। जो घर पर ही था। मारिया को देखते ही सब एक साथ बोल पड़े, "अरे, मारिया आ गई!" दो बड़ी-बड़ी लड़कियाँ पड़ोस के घर से भी आई थीं और सब मिलकर खेल रहे थे। मारिया ने केक से भरा बैग सबसे बड़े लड़के अल्फी को पकड़ाते हुए कहा कि सबको बाँट दे। श्रीमती डोनेली ने इतना बड़ा सा केक लाने के लिए मारिया की तारीफ की और सब बच्चे भी एक साथ बोल पड़े, "धन्यवाद मारिया।" तभी मारिया बताने लगी कि पापा और मम्मी के लिए वह कुछ खास चीज लाई है। इतना कहकर वह बैग में प्लमकेक ढूँढ़ने लगी, पर उसमें प्लमकेक नहीं था। उसने अपनी जेबों में देखा, उसमें भी नहीं था। हॉल में इधर-उधर नजर दौड़ाई, क्या पता कहीं नीचे गिर गया हो, पर प्लमकेक कहीं नहीं मिला। तब उसने बच्चों की ओर रुख करके पूछा कि किसी ने गलती से खा लिया हो तो बता दे? बच्चों को भी प्लमकेक के बारे में कुछ पता नहीं था। बच्चों ने तो यहाँ तक कह दिया कि अगर उनपर चोरी का इलजाम लगता है तो उन्हें केक खाना ही नहीं है। तब सबने यह अनुमान लगाया कि जरूर मारिया गलती से प्लमकेक ट्राम में ही छोड़ आई। मारिया को समझने में देर नहीं लगी कि ट्राम में उसे बैठने की जगह देनेवाले सज्जन से दिखने वाले उस आदमी का ही काम है। उसके सरप्राइज पर पानी फिर गया था और साथ ही उसपर खर्च किए गए दो रुपए चार आने पर भी, सबकुछ सोचकर वह लगभग चीख पड़ी थी। जो ने उसे समझाकर शांत किया और उसे अँगीठी के पास बैठाया। उसके बाद वह मारिया को अपने ऑफिस और मैनेजर के बारे में बताने लगा, कैसे उसने मैनेजर को एक जोरदार जवाब दिया था। बताते हुए वह खुद हँस पड़ा था। मारिया उसके हँसने का कारण तो नहीं समझ पाई, लेकिन इतना जरूर समझ गई कि मैनेजर कोई दब्बू किस्म का आदमी होगा।

जो का घर आ गया था। जो घर पर ही था। मारिया को देखते ही सब एक साथ बोल पड़े, "अरे, मारिया आ गई!" दो बड़ी-बड़ी लड़कियाँ पड़ोस के घर से भी आई थीं और सब मिलकर खेल रहे थे। मारिया ने केक से भरा बैग सबसे बड़े लड़के अल्फी को पकड़ाते हुए कहा कि सबको बाँट दे। श्रीमती डोनेली ने इतना बड़ा सा केक लाने के लिए मारिया की तारीफ की और सब बच्चे भी एक साथ बोल पड़े, "धन्यवाद मारिया।"

श्रीमती डोनेली बच्चों के लिए पियानो बजा रही थी और बच्चे मस्ती में नाच-गा रहे थे। तभी पड़ोस से आई दोनों लड़कियों ने सबको अखरोट दिए। मारिया को अखरोट पसंद नहीं थे। जो ने उससे पूछा कि क्या वह स्टाउट की बोतल लेना पसंद करेगी। इस पर श्रीमती डोनेली ने बताया कि घर में पोर्ट वाइन (शराब) भी है, अगर उसे पसंद हो।

मारिया और जो अँगीठी के पास बैठकर अपने पुराने दिनों के बारे में बातें करने लगे। मारिया सोच रही थी कि वह अल्फी के लिए कुछ अच्छी बातें लिखकर देगी, लेकिन जो चीख-चीखकर कहने लगा कि वह अपने भाई से एक शब्द भी नहीं बोलना चाहता है। इस पर मारिया ने अफसोस प्रकट करते हुए कहा कि उसने बेकार ही यह बात उठाई। श्रीमती डोनेली अपने पति से कह रही थी कि अपने सगे भाई के बारे में इस तरह की बात करना कितना गलत है, लेकिन जो ने कहा कि अल्फी उसका भाई नहीं है। उसने अपनी पत्नी को कुछ और स्टाउट खोलने को कहा। पड़ोस की दोनों लड़कियों ने 'हैलो ईव गेम' का प्रबंध किया था और एक बार फिर सब खेल में मस्त हो गए। बच्चों को और उनके साथ-साथ जो और उसकी पत्नी को खुश देखकर मारिया भी खुश थी। पड़ोस की दोनों लड़कियों ने टेबल पर कुछ तश्तरियाँ रख दीं और बच्चों की आँखों पर पट्टी बाँधकर उन्हें टेबल तक पहुँचा दिया। एक के हाथ में प्रार्थना की पुस्तक आई और दोनों लड़कियों में से एक के हाथ में अँगूठी आई तो श्रीमती डोनेली ने उसे चिढ़ाते हुए कहा, "अच्छा, मैं समझ गई!" अब सब लोग मारिया को खेल में शामिल करने की जिद कर रहे थे। उसकी आँखों पर जब पट्टी बाँधी जाने लगी तो वह हँसने लगी और उसकी लंबी नाक का किनारा एक बार फिर उसकी ठुड्डी को छूता सा दिखाई देने लगा।

मारिया और जो अँगीठी के पास बैठकर अपने पुराने दिनों के बारे में बातें करने लगे। मारिया सोच रही थी कि वह अल्फी के लिए कुछ अच्छी बातें लिखकर देगी, लेकिन जो चीख-चीखकर कहने लगा कि वह अपने भाई से एक शब्द भी नहीं बोलना चाहता है। इस पर मारिया ने अफसोस प्रकट करते हुए कहा कि उसने बेकार ही यह बात उठाई।

हँसी-मजाक करते-करते बच्चों ने उसे पकड़कर टेबल तक पहुँचा दिया।

जैसा उसे बताया गया था, वह टेबल पर इधर-उधर हाथ मारने लगी और उसके हाथ में एक तश्तरी लगी। उसमें कोई गीली, मुलायम सी चीज थी, जो उसकी उँगलियों में लगी। मारिया परेशान थी, क्योंकि उसकी आँखों पर बँधी पट्टी अब भी कोई खोल नहीं रहा था। थोड़ी देर तक सब चुपचाप रहे, उसके बाद आपस में कानाफूसी सी शुरू हो गई। कोई कुछ कह रहा था, कोई कुछ। अंत में श्रीमती डोनेली ने पड़ोस की दोनों लड़कियों में से एक को बुलाते हुए कहा कि वह इसे तुरंत बाहर फेंककर आए। तब मारिया समझ गई कि जरूर यह कोई गंदी चीज है, जो उसकी उँगली में लग गई। इसलिए उसको एक बार फिर से वही खेल खेलने का मन बनाया और इस बार उसके हाथ में एक प्रार्थना की पुस्तक आई। उसके बाद श्रीमती डोनेली ने श्रीमती मैकक्लाइड के साथ वैसा ही खेल खेला।

जो ने मारिया से गिलास में शराब मँगवाई। एक बार फिर सब खुश हो गए। श्रीमती डोनेली ने कहा कि मारिया के हाथ में प्रार्थना की पुस्तक आई है, इसलिए साल बीतते-बीतते वह किसी मठ में जाएँगी। इधर जो आज मारिया का कुछ ज्यादा ही खयाल रख रहा था, जिसे मारिया महसूस भी कर रही थी। दोनों ने अपनी पुरानी यादों के बारे में खूब बाते कीं। इतनी देर की मस्ती के बाद बच्चे थक गए थे, उन्हें नींद आ रही थी। जो ने मारिया से कहा कि जाने से पहले वह कोई छोटा सा गाना सुनाकर जाए। इसमें श्रीमती डोनेली ने भी उसका समर्थन किया। तब मारिया उठी और पियानो के पास जाकर बैठ गई। श्रीमती डोनेली ने बच्चों को शांत होकर मारिया का गाना सुनने को कहा। मारिया गाने लगी—

जो ने मारिया से गिलास में शराब मँगवाई। एक बार फिर सब खुश हो गए। श्रीमती डोनेली ने कहा कि मारिया के हाथ में प्रार्थना की पुस्तक आई है, इसलिए साल बीतते-बीतते वह किसी मठ में जाएँगी। इधर जो आज मारिया का कुछ ज्यादा ही खयाल रख रहा था, जिसे मारिया महसूस भी कर रही थी। दोनों ने अपनी पुरानी यादों के बारे में खूब बाते कीं। इतनी देर की मस्ती के बाद बच्चे थक गए थे, उन्हें नींद आ रही थी।

"मैने एक सपने देखा।

नौकर-चाकर सेवा करते थे,

धन–दौलत का भंडार भरा था,
तुम्हारी मोहब्बत भी कम न हुई थी,
शोहरत भरा जीवन देखा,
मैंने एक सपना देखा।"

गाना सुनकर जो के मन में पुरानी यादें ताजा हो गईं और उसकी आँखें भर आईं।

□

3

एक नन्हा बादल

आठ साल पहले उसने अपने दोस्त गलाहर को नॉर्थ वॉल में अलविदा कहा था। आज गलाहर वापस लौटकर आया था, एक कामयाब आदमी बनकर, जो उसके शानदार सूट और बात करने के अंदाज से साफ पता चल रहा था; लेकिन ऐसी कामयाबी के बावजूद उसमें बिल्कुल बदलाव नहीं आया था। स्वभाव से वह वही पहले जैसा नेकदिल इनसान था। बहुत कम लोगों में ऐसी काबिलीयत होती है। ऐसे दोस्त पर हर किसी को गर्व हो सकता है।

लंच के समय से ही लिटिल चैंडलर अपने दोस्त गलाहर से मिलने के बारे में सोच रहा था। वह उस लंदन शहर के बारे में भी सोच रहा था, जहाँ गलाहर रहता था। उसका नाम लिटिल चैंडलर क्यों पड़ा? क्योंकि कद-काठी में वह थोड़ा छोटा था। उसका शरीर नाजुक और हाथ छोटे-छोटे थे, आवाज शांत और मधुर तथा तौर-तरीके बहुत अच्छे थे। अपने सुंदर-सिल्की बालों और मूँछों का वह खास खयाल रखता था तथा रूमाल पर परफ्यूम छिड़कना बिल्कुल नहीं भूलता था। जब वह हँसता था तो उसके बच्चों की तरह के छोटे-छोटे सफेद दाँत चमक उठते थे।

किंग्स इन्न में अपनी मेज पर बैठा-बैठा वह उन बदलावों के बारे में सोचने लगा, जो इन आठ सालों में उसे देखने को मिले थे। आठ साल पहले अपने जिस दोस्त को वह अव्यवस्थित वेशभूषा में देखा करता था, वह आज लंदन प्रेस की एक महत्त्वपूर्ण शख्सियत बन चुका था। अपने ऑफिस में लिखते-लिखते अकसर वह खिड़की से बाहर की ओर देखने लगता था। सूर्यास्त का दृश्य बहुत ही मनोरम लगता था। अस्त होते सूर्य की मद्धिम रोशनी हरी-हरी घासों पर कितनी अच्छी लगती थी। अपने काम के कारण गंदी, अव्यवस्थित सी दिखाई देने वाली नर्सें और बेंच पर ऊँघते बूढ़े लोग तथा बगीचे में खेलते बच्चे, सबके सब उस

रोशनी में नहाए से प्रतीत होते थे। यह सारा दृश्य देखते-देखते वह अपने जीवन के बारे में सोचने लगा और हमेशा की तरह उदास हो गया। नियति के खिलाफ लड़ना उसे बेकार लगने लगा था। यह सबकुछ उसे एक बोझ लग रहा था। अब वह अपने घर में किताबों की अलमारी में रखी कविता की किताबों के बारे में सोच रहा था। ये किताबें उसने उन दिनों में खरीदी थीं, जब उसकी शादी नहीं हुई थी। शाम के समय अकसर वह उनमें से कोई एक किताब लेकर बैठ जाता और अपनी पत्नी को पढ़कर सुनाया करता था, लेकिन स्वभाव से वह शर्मीला था, इस कारण किताबें अलमारी में ही पड़ी रह गई थीं। हाँ, कभी-कभी कुछ पंक्तियाँ मन-ही-मन गुनगुना लिया करता था; इससे उसका मन थोड़ा हलका हो जाता था।

ऑफिस का समय पूरा हुआ तो वह अपनी डेस्क से उठा और अपने साथी क्लर्कों से विदा लेकर चल पड़ा। किंग्स इन्न से निकलकर वह तेजी से हेनरिट्टा स्ट्रीट की ओर बढ़ रहा था। सूर्य अस्त हो रहा था और हवाएँ सर्द थीं। बच्चे अपने-अपने घरों के सामने खेल रहे थे, लेकिन लिटिल चैंडलर का मन आज इन सब बातों में कोई दिलचस्पी नहीं ले रहा था।

ऑफिस का समय पूरा हुआ तो वह अपनी डेस्क से उठा और अपने साथी क्लर्कों से विदा लेकर चल पड़ा। किंग्स इन्न से निकलकर वह तेजी से हेनरिट्टा स्ट्रीट की ओर बढ़ रहा था। सूर्य अस्त हो रहा था और हवाएँ सर्द थीं। बच्चे अपने-अपने घरों के सामने खेल रहे थे, लेकिन लिटिल चैंडलर का मन आज इन सब बातों में कोई दिलचस्पी नहीं ले रहा था। अतीत की यादें भी आज उसके मन को अपनी ओर नहीं खींच पा रही थीं। आज तो उसके मन में वर्तमान की खुशी थी।

वह कभी कॉर्लेस नहीं गया था, लेकिन उसका नाम जरूर सुना था। वह इतना जानता था कि लोग थिएटर के बाद वहाँ मछली खाने और मदिरा पीने के लिए आते हैं। उसने यह भी सुना था कि यहाँ वेटर फ्रेंच और जर्मन भाषा में बात करते हैं। उसने देखा कि गेट पर महँगी-महँगी गाड़ियों से उतरकर कीमती वस्त्र पहने अमीर महिलाएँ अंदर जा रही थीं। उसकी आदत थी कि दिन में भी इन सब बातों की ओर ज्यादा ध्यान दिए बिना वह चुपचाप अपने रास्ते पर आगे बढ़ जाया करता था, लेकिन रात

के सन्नाटे में अँधेरी, सँकरी गलियों से गुजरते हुए कभी-कभी वह अपनी ही पदचापों की आवाज से डर जाया करता था।

अब वह दाईं ओर मुड़कर कैपल स्ट्रीट की तरफ बढ़ रहा था। गलाहर लंदन प्रेस में आठ साल पहले किसने ऐसा सोचा होगा ? अतीत के बारे में सोचते हुए लिटिल चैंडलर को अपने दोस्त की खूबियाँ याद आ रही थीं, जो भविष्य में उसके आगे जाने का संकेत देती थीं। हालाँकि उन दिनों वह कुछ गलत लड़कों की संगत में पड़ गया था, शराब पीने लगा था और लोगों से पैसे उधार लेने लगा था। निस्संदेह यह सब उसके जीवन का एक पहलू था, लेकिन उसके अंदर जो प्रतिभा थी, उससे कोई इनकार नहीं कर सकता था। उसमें कुछ तो ऐसा था, जो उसे इतना प्रभावशाली बनाता था कि पास में एक पैसा न होने पर भी उसके चेहरे पर जो हौसला और मन में जो विश्वास बना रहता था, वह लाजवाब था।

तो ऐसा था गलाहर कि उसके लाख बुराइयों के बावजूद आप उससे प्रभावित हुए बिना नहीं रह सकते थे। यही सब सोचते-सोचते लिटिल चैंडलर आगे बढ़ता जा रहा था। उसने अपनी चाल तेज कर दी थी। आज जिंदगी में पहली बार वह अपने आपको उन लोगों से श्रेष्ठ समझ रहा था, जिनसे रास्ते में चलते हुए वह आगे निकल रहा था। आज पहली बार उसे लग रहा था कि कैपल स्ट्रीट में कुछ नहीं रखा है, यहाँ डबलिन में रहकर वह कुछ नहीं कर सकता, इसलिए अगर कामयाबी हासिल करनी है तो उसे यहाँ से निकलना ही होगा। ग्रैटन ब्रिज को पार करते हुए उसकी नजर नदी के किनारे एक कतार में बने छोटे-छोटे घरों और उनमें रहनेवाले लोगों पर पड़ी, जिनके कपड़े अस्त होते सूर्य की रोशनी में धूल-धूसरित से दिखाई दे रहे थे। तभी उसके मन में एक विचार आया, वह अपने इन विचारों को अभिव्यक्त करते हुए एक कविता लिखेगा और गलाहर से कहेगा कि उसे लंदन के किसी अखबार में छपवा दे। कविता में वह क्या लिखेगा, अपने कौन से विचार उसमें

तो ऐसा था गलाहर कि उसके लाख बुराइयों के बावजूद आप उससे प्रभावित हुए बिना नहीं रह सकते थे। यही सब सोचते-सोचते लिटिल चैंडलर आगे बढ़ता जा रहा था। उसने अपनी चाल तेज कर दी थी। आज जिंदगी में पहली बार वह अपने आपको उन लोगों से श्रेष्ठ समझ रहा था, जिनसे रास्ते में चलते हुए वह आगे निकल रहा था।

अभिव्यक्त करेगा, यह तो वह नहीं जानता था, लेकिन कवि बनने की कल्पना ने उसके मन से एक नई आशा भर दी थी। जैसे-जैसे उसका उत्साह बढ़ रहा था, वैसे-वैसे चाल भी बढ़ती जा रही थी।

उसका आगे की ओर बढ़ता हर कदम उसे लंदन के करीब और अपने नीरस जीवन से दूर ले जा रहा था। उसके बुझते मानस-पटल पर आशा की एक नई किरण फूट रही थी। आखिर अभी उसकी उम्र भी तो कोई ज्यादा नहीं थी, बत्तीस साल ही तो थी। उसके मन में अनगिनत विचार आने-जाने लगे थे, जिन्हें वह कविता के रूप में पिरोना चाहता था। वह जानना चाहता था कि क्या उसके अंदर जो आत्मा है, वह एक कवि की आत्मा है? उसकी कविता में करुण-रस की प्रधानता होगी, लेकिन साथ ही उसमें विश्वास और आनंद का भाव भी होगा। वह सोच रहा था कि अपने भावों को यदि वह कविता की एक पुस्तक का रूप दे सके तो लोग निश्चित रूप से उसे पढ़ना और सुनना पसंद करेंगे। एक कवि के रूप में वह लोकप्रिय नहीं हो पाएगा, इतना वह जानता था, लेकिन कुछ लोगों के मन को तो प्रभावित कर ही सकता था! उसकी कविताओं में व्याप्त करुण-रस को शायद अंग्रेजी आलोचक समझ सकें। यही सब सोचते-सोचते अब उसने अपनी कविताओं की पुस्तक के लिए मन-ही-मन पंक्तियाँ भी रचनी शुरू कर दी थीं। श्रीमान चैंडलर की कविताओं में सरलता एवं सौंदर्य है और उनकी कविताओं में भरा करुण-रस हृदय को छू जाता है। अंग्रेजी आलोचकों से ऐसी टिप्पणियों की अपेक्षा उसमें अभी से शुरू कर दी थी, लेकिन एक दु:ख की बात थी, उसके नाम में कुछ ज्यादा आयरिश प्रभाव नहीं प्रतीत होता था। अत: अपने नाम से पहले अगर माँ का नाम जोड़ दे तो शायद ज्यादा अच्छा लगेगा, जैसे थॉमस मैलोन चैंडलर या फिर टी. मैलोन चैंडलर। वह सोच रहा था कि इसके बारे में वह गलाहर से बात करेगा।

उसका आगे की ओर बढ़ता हर कदम उसे लंदन के करीब और अपने नीरस जीवन से दूर ले जा रहा था। उसके बुझते मानस-पटल पर आशा की एक नई किरण फूट रही थी। आखिर अभी उसकी उम्र भी तो कोई ज्यादा नहीं थी, बत्तीस साल ही तो थी। उसके मन में अनगिनत विचार आने-जाने लगे थे, जिन्हें वह कविता के रूप में पिरोना चाहता था।

इस तरह विचारों में डूबा वह चलते-चलते कब अपनी गली से आगे निकल गया, उसे पता ही नहीं चला। उसे वापस लौटना पड़ा। कॉर्लेस बार के पास पहुँचा तो गेट के सामने उसके पाँव अनायास ही ठिठक गए तथा क्षण भर के लिए रुककर उसने बार का दरवाजा खोला और अंदर चला गया।

अंदर का शोर एवं रोशनी सुन-देखकर कुछ देर के लिए वह कुछ समझ ही नहीं पाया कि क्या करे? चारों ओर उसे लाल और हरे रंग की शराब से भरे गिलास चमकते दिखाई दे रहे थे। उसे लग रहा था कि सब लोग उसे ही देख रहे हैं। उसकी निगाहें गलाहर को तलाश रही थीं, पर वह कहीं दिखाई नहीं दे रहा था। तभी उसका ध्यान काउंटर की ओर गया, जहाँ गलाहर उसकी ओर पीठ किए उसे खड़ा दिखाई दे गया।

अंदर का शोर एवं रोशनी सुन-देखकर कुछ देर के लिए वह कुछ समझ ही नहीं पाया कि क्या करे? चारों ओर उसे लाल और हरे रंग की शराब से भरे गिलास चमकते दिखाई दे रहे थे। उसे लग रहा था कि सब लोग उसे ही देख रहे हैं। उसकी निगाहें गलाहर को तलाश रही थीं, पर वह कहीं दिखाई नहीं दे रहा था।

"हैलो टॉमी, मेरा पुराना हीरो, तू यहाँ है! बोल क्या लेगा? मैं तो ह्विस्की ले रहा हूँ। सोडा…पानी…? कुछ नहीं? अच्छी बात, मैं भी कुछ नहीं मिलाता, स्वाद बिगड़ जाता है। वेटर, दो ह्विस्की लाना। अच्छा, तो तू इतने दिनों में कितना बदल गया है, यार! सच यार, हम लोगों की काफी उम्र हो गई। तुझे मुझमें बुढ़ापे का कोई लक्षण दिखाई देता है?"

गलाहर ने अपनी टोपी उतारी, अपना बड़ा मुँड़ा हुआ सिर दिखा दिया। उसका चेहरा गंभीर और सपाट था। गले में संतरी रंग की टाई के ऊपर उसकी बादामी रंग की आँखें साफ चमक रही थीं, लेकिन होंठ बेडौल और बेरंग थे। सिर नीचे की ओर करके वह सिर पर उगते हलके-हलके बालों को सहलाने लगा। लिटिल चैंडलर ने नकारात्मक भाव से सिर हिला दिया। गलाहर ने अपनी टोपी दुबारा पहन ली।

"यह प्रेस की जिंदगी भी…।" टोपी पहनते-पहनते वह कहने लगा, "हरदम अफरा-तफरी, भाग-दौड़ और हर बार कुछ नई सामग्री तलाशने की फिक्र, कभी प्रूफ तो कभी प्रिंटर। सच कहूँ तो डबलिन वापस लौटकर मुझे बहुत अच्छा लग

रहा है। टॉमी, यहाँ तुम अच्छे हो।" लिटिल चैंडलर अपनी ह्विस्की में पानी मिलाने लगा।

"बच्चे, तुम्हें नहीं पता, तुम्हारे लिए क्या अच्छा है।" गलाहर कह रहा था।

लिटिल चैंडलर ने बहुत शालीनता से जवाब दिया, "मैं तो बस थोड़ी सी पीता हूँ और वह भी जब कभी किसी पुराने दोस्त से मिलता हूँ, तभी।"

दोनों ने गिलास टकराया और 'चीयर्स' कहते हुए एक साँस में पी गए।

"बच्चे, तुम्हें नहीं पता, तुम्हारे लिए क्या अच्छा है।" गलाहर कह रहा था।
लिटिल चैंडलर ने बहुत शालीनता से जवाब दिया, "मैं तो बस थोड़ी सी पीता हूँ और वह भी जब कभी किसी पुराने दोस्त से मिलता हूँ, तभी।"
दोनों ने गिलास टकराया और 'चीयर्स' कहते हुए एक साँस में पी गए।
"आज कुछ पुराने दोस्तों से मेरी मुलाकात हुई," गलाहर कहने लगा, "ओहारा तो मुझे लगता है, कुछ गलत रास्ते पर चल निकला है।"

"आज कुछ पुराने दोस्तों से मेरी मुलाकात हुई," गलाहर कहने लगा, "ओहारा तो मुझे लगता है, कुछ गलत रास्ते पर चल निकला है।"

"क्या करता है वह?"

"कुछ नहीं, बस, घूमता रहता है।"

"लेकिन होगान सही जगह पर पहुँच गया लगता है।"

"हाँ, वह लैंड कमीशन में है।"

"एक बार वह मुझे लंदन में मिला था। बेचारा, पियक्कड़ ओहारा!"

"और भी कुछ बताएगा?" लिटिल चैंडलर ने कहा।

गलाहर हँस पड़ा।

"लेकिन टॉमी, मैं देख रहा हूँ, तू बिल्कुल नहीं बदला। तू मुझे अब भी वही धीर-गंभीर चैंडलर दिखाई दे रहा है, जो हर संडे को सुबह मुझे अपना भाषण सुनाया करता था। तुझे भी थोड़ा दुनिया का रंग देखना चाहिए। तू कभी कहीं घूमने भी नहीं गया?"

"एक बार 'आइजल ऑफ मैन' गया था।" लिटिल चैंडलर ने जबाव दिया।

गलाहर हँस पड़ा, "आइजल ऑफ मैन' में क्या है? लंदन जाओ, पेरिस जाओ!"

"पेरिस देखा है तुमने?" लिटिल चैंडलर ने पूछा।

"हाँ, देखा है।"

"तो क्या पेरिस सचमुच उतना ही सुंदर है, जितना लोग बताते हैं?" गिलास से ह्विस्की का घूँट लेते हुए लिटिल चैंडलर ने पूछा।

"सुंदर!" गलाहर ने जल्दी से गिलास खाली करते हुए कहा, "समझ लो, उतना सुंदर भी नहीं है। सुंदर तो है, पर पेरिस का प्राण है। बस यही बात है कि मौज-मस्ती और सुंदरता की बात करें तो पेरिस से अच्छा कोई और शहर नहीं है।" लिटिल चैंडलर ने गिलास खाली किया और वेटर को बुलाकर और ह्विस्की मँगवाई।

"सुंदर!" गलाहर ने जल्दी से गिलास खाली करते हुए कहा, "समझ लो, उतना सुंदर भी नहीं है। सुंदर तो है, पर पेरिस का प्राण है। बस यही बात है कि मौज-मस्ती और सुंदरता की बात करें तो पेरिस से अच्छा कोई और शहर नहीं है।" लिटिल चैंडलर ने गिलास खाली किया और वेटर को बुलाकर और ह्विस्की मँगवाई।

बैरा दोनों के सामने से गिलास उठाने लगा। गलाहर कहने लगा, "मैं मॉडलिन रोग भी गया हूँ। जितने भी बोहेमेयिन कैफे हैं, सबमें गया हूँ। सच, लाजवाब जगह है; लेकिन तुम जैसे नेक-दिल लोगों के लिए नहीं, टॉमी।"

तभी बैरा दो गिलास में ह्विस्की लेकर आ गया और एक बार फिर दोनों पीने लगे। लिटिल चैंडलर अपने दोस्त की इन सब बातों का कोई जवाब नहीं दे रहा था। उसका भ्रम जैसे थोड़ा-थोड़ा टूट रहा था। अपने बारे में गलाहर जिस तरह से बात कर रहा था, वह उसे अच्छा नहीं लग रहा था। उसके बात करने का तरीका कुछ अशिष्ट सा लग रहा था। उसने सोचा कि शायद यह सब लंदन उसका चकाचौंध भरी जिंदगी, प्रेस के प्रतिस्पर्धा का असर हो; लेकिन उसका व्यक्तिगत आकर्षण तो पहले जैसा ही था। उसने दुनिया देखी थी। लिटिल गलाहर ईर्ष्या भरी नजरों से उसे देखे जा रहा था।

"पेरिस का जीवन विलासिता से भरा है, वहाँ लोग जिंदगी का भरपूर आनंद लेने में विश्वास करते हैं। अगर जिंदगी का आनंद लेना है तो पेरिस जाओ और हाँ, आयरिश लोगों के प्रति वहाँ के लोगों के मन में बहुत लगाव है। जब से उन लोगों को पता चला है कि मैं ऑयरलैंड से आया हूँ, तब से वे मेरे पीछे ही पड़ गए।"

लिटिल चैंडलर ने अपने गिलास से ह्विस्की के चार-पाँच घूँट जल्दी-जल्दी पिए और पूछा, "अच्छा, मुझे बताओ, क्या पेरिस में सचमुच फूहड़ता है, जैसा लोग कहते हैं?"

गलाहर ने अपने दाहिने हाथ से कैथोलिक हाव-भाव प्रदर्शित करते हुए कहा, "वैसे तो हर जगह फूहड़ता है। पेरिस में भी है। छात्र-छात्राओं के नृत्य-कार्यक्रम में जाकर देखो, कितना खुलापन, फूहड़पन होता है, जानते हो?"

"हाँ, मैंने सुना है।" लिटिल चैंडलर ने कहा।

"हाँ, मैंने सुना है।" लिटिल चैंडलर ने कहा।
गलाहर ने जल्दी से अपनी ह्विस्की खत्म की और सिर को हिलाते हुए आगे बोला, "जो भी हो, अंदाज और मस्ती में पेरिस की औरतों का कोई जवाब नहीं है।"
"तो पेरिस सचमुच फूहड़ शहर है। मेरा मतलब, लंदन या डबलिन के साथ तुलना की जाए तो।" लिटिल चैंडलर ने डरते-डरते कहा।

गलाहर ने जल्दी से अपनी ह्विस्की खत्म की और सिर को हिलाते हुए आगे बोला, "जो भी हो, अंदाज और मस्ती में पेरिस की औरतों का कोई जवाब नहीं है।"

"तो पेरिस सचमुच फूहड़ शहर है। मेरा मतलब, लंदन या डबलिन के साथ तुलना की जाए तो।" लिटिल चैंडलर ने डरते-डरते कहा।

"लंदन!" गलाहर ने जोश भरे अंदाज में कहा।

"क्या बात करते हो, होगान से पूछो। उसे मैंने लंदन थोड़ा सा दिखाया था, जब वह मुझे वहाँ मिला था। वह तुम्हारा भ्रम दूर कर देगा। अरे, ये ह्विस्की पी जाओ।"

"नहीं, बस।"

"अरे, एक पैग से कुछ नहीं होता है,' कहते हुए गलाहर ने बैरा को एक-एक पैग और लाने को कहा।

"सिगार पिलाओगे?"

गलाहर ने अपनी सिगार की डिब्बी निकाली और दोनों दोस्त सिगार पीने लगे। इस बीच बैरा दोनों के सामने ह्विस्की का गिलास भी रख गया।

"मैं बताऊँ तुम्हें," गलाहर कह रहा था, "यह विलक्षण दुनिया है। तुम फूहड़पन और अनैतिकता की बात करते हो! फूहड़पन और अनैतिकता के ऐसे

कितने मामले मैंने खुद सुने और देखे हैं।"

सिगार के कश से उठनेवाला धुआँ नन्हे बादल का रूप लेता दिखाई दे रहा था। गलाहर का चेहरा गंभीर दिखाई देने लगा था। कुछ सोचते हुए वह अपने दोस्त को बाहर के देशों में व्याप्त भ्रष्टाचार की स्थितियों के बारे में बताने लगा। कई राजधानियों में मौजूद बुराइयों के बारे में बताया, जिनमें से कुछ के बारे में उसे उसके दोस्तों ने बताया था, जबकि कुछ अन्य ऐसी थीं, जिनका उसे व्यक्तिगत अनुभव था। उसने धार्मिक वर्गों से जुड़े कई रहस्योद्‌घाटन किए और उच्च वर्ग के समाज में जो कुछ हो रहा था, उन सबके बारे में बताया। इतना ही नहीं, उसने एक अंग्रेज नवाबिन की कहानी भी सुनाई, जो एक सच्ची कहानी थी। लिटिल चैंडलर हैरान था।

"और यहाँ डबलिन में पुराने रीति-रिवाजों के चक्कर में फँसे हम लोग इन चीजों के बारे में कुछ जानते ही नहीं हैं।" गलाहर ने कहा।

"तो यहाँ सबकुछ तुम्हें कितना नीरस लगता होगा, तुम तो और भी कई जगहों में घूमकर आए हो!' लिटिल चैंडलर ने कहा।

"हाँ, वैसे भी यह एक पुराना देश है, जैसा सब कहते हैं। हम सबके मन में इसे लेकर एक अलग तरह की भावना है, जिसे हम अपने मन से नहीं निकला सकते। यह मनुष्य का स्वभाव है। खैर, अब तुम अपने बारे में बताओ ? होगान तो कह रहा था कि तुमने शादी कर ली, वह भी दो साल पहले, सच बात है ?"

"हाँ, वैसे भी यह एक पुराना देश है, जैसा सब कहते हैं। हम सबके मन में इसे लेकर एक अलग तरह की भावना है, जिसे हम अपने मन से नहीं निकला सकते। यह मनुष्य का स्वभाव है। खैर, अब तुम अपने बारे में बताओ ? होगान तो कह रहा था कि तुमने शादी कर ली, वह भी दो साल पहले, सच बात है ?"

लिटिल चैंडलर थोड़ा शरमाया और फिर मुसकराते हुए बोला, "हाँ, सच है। पिछले साल मई में मेरी शादी थी।"

"तो मुझे लगता है, शुभकामना देने के लिए अभी कोई देर नहीं हुई है। मैं तो तुम्हारे घर का पता भी नहीं जानता, नहीं तो घर आकर शुभकामना देता।" गलाहर ने गर्मजोशी के अंदाज से कहा और अपना हाथ लिटिल चैंडलर की ओर बढ़ा दिया।

"हाँ, तो टॉमी, मेरी तुम दोनों के लिए शुभकामना है कि जीवन में तुम्हें हर

खुशी मिले और तुम दोनों की जिंदगी तब तक बनी रहे, जब तक आसमान में चाँद एवं सूरज रहें। यह एक पुराने व सच्चे दोस्त की शुभकामना है।"

"धन्यवाद!" लिटिल चैंडलर ने कहा।

"बच्चा-वच्चा भी है।" गलाहर ने धीरे से पूछा।

लिटिल चैंडलर एक बार फिर शरमा गया।

"एक बच्चा है।" उसने कहा।

"बेटा या बेटी?"

"बेटा।"

"धन्यवाद! लेकिन दोस्त, मुझे अफसोस है कि हम पहले नहीं मिले। मुझे कल रात ही लंदन के लिए रवाना होना है।"

"तो फिर आज शाम हमारे साथ···।"

"सॉरी यार, आज हमने एक छोटी सी कार्ड पार्टी रखी है।"

"अच्छा!" लिटिल चैंडलर ने निराशा भरे अंदाज में कहा।

"शाबाश! आखिर है तो मेरा ही दोस्त।" गलाहर ने उसकी पीठ पर हाथ फेरते हुए कहा। लिटिल चैंडलर ने मुसकराते हुए अपने गिलास की ओर देखा और दाँतों से होंठ चबाने लगा।

"···मैं चाहता हूँ कि लंदन वापस जाने से पहले तुम एक शाम हमारे साथ बिताओ। सच, मेरी पत्नी तुमसे मिलकर बहुत खुश होगी।" लिटिल चैंडलर ने कहा।

"धन्यवाद! लेकिन दोस्त, मुझे अफसोस है कि हम पहले नहीं मिले। मुझे कल रात ही लंदन के लिए रवाना होना है।"

"तो फिर आज शाम हमारे साथ···।"

"सॉरी यार, आज हमने एक छोटी सी कार्ड पार्टी रखी है।"

"अच्छा!" लिटिल चैंडलर ने निराशा भरे अंदाज में कहा।

"लेकिन हाँ, अगली बार जब मैं आऊँगा तो एक शाम तुम्हारे साथ पक्की।" गलाहर ने उसे दिलासा देते हुए कहा।

"ठीक है, फिर अगली बार पक्का।"

"हाँ, बिल्कुल।"

"तो इसी बात पर एक और हो जाए।" गलाहर ने जेब से एक बड़ी ही सुनहरी घड़ी निकाली और उसकी ओर देखते हुए कहा।

लिटिल चैंडलर ने बैरे को बुलाकर ड्रिंक का ऑर्डर दिया। अब वे पहले से भी ज्यादा जोश और उत्साह में लग रहे थे। गलाहर ने सिगार निकाली और लिटिल चैंडलर की ओर बढ़ा दी, दोनों सिगार पीने लगे।

आठ साल बाद अपने पुराने दोस्त से एक बार में इस तरह मिलना और उसके साथ इतनी ढेर सारी बातें करना, यह सबकुछ गलाहर के लिए एक अनोखा अनुभव था, जिसने एक बार के लिए तो उसके संवेदनशील स्वभाव को झकझोरकर रख दिया था। उसे अपने और अपने दोस्त के जीवन में बड़ा अंतर दिखाई दे रहा था, जबकि उम्र में और पढ़ाई-लिखाई में गलाहर उससे कनिष्ठ था। उसे अपने ऊपर इतना विश्वास था कि अगर उसे उपयुक्त मौका मिले तो वह गलाहर से भी कुछ अच्छा करके दिखा सकता है, जो उसकी पत्रकारिता से भी कहीं ज्यादा बढ़कर हो। तो वह कौन सी बात थी, जो उसे रोक रही थी? उसका दब्बूपन! गलाहर ने उसका आमंत्रण ठुकरा दिया था, यह बात उसे कचोट रही थी। उसे लग रहा था कि गलाहर उसके साथ सिर्फ दोस्ती की औपचारिकता निभा रहा था।

> ***आठ साल बाद अपने पुराने दोस्त से एक बार में इस तरह मिलना और उसके साथ इतनी ढेर सारी बातें करना, यह सबकुछ गलाहर के लिए एक अनोखा अनुभव था, जिसने एक बार के लिए तो उसके संवेदनशील स्वभाव को झकझोरकर रख दिया था।***

लिटिल चैंटलर यह सबकुछ सोच ही रहा था, तभी बैरा दोनों के सामने एक ह्विस्की का गिलास रख गया। दोनों ने अपना-अपना गिलास उठाया तो लिटिल चैंडलर कहने लगा, "हो सकता है, अगली बार जब तुम यहाँ आओ तो मुझे मि. और मिसेज गलाहर दोनों को एक साथ लंबी उम्र की शुभकामना देने का सौभाग्य मिले।"

"अरे नहीं, अभी नहीं। अभी तो मुझे जिंदगी और दुनिया का आनंद लेना है, उसके बाद कहीं शादी-वादी की बात सोचूँगा।" गलाहर ने जवाब दिया।

"कभी-न-कभी तो शादी करोगे ही।" लिटिल चैंडलर ने कहा।

गलाहर कुछ पल तक सीधे अपने दोस्त की आँखों में देखता रहा, फिर बोला, "तुम्हें ऐसा लगता है?"

"पसंद की लड़की मिल जाएगी तो तुम भी सबकी तरह इस बंधन में बँध ही जाओगे!" अपने शब्दों पर जोर देते हुए उसने कहा।

गलाहर एक बार फिर उसकी ओर देखने लगा, फिर बोला, "लेकिन इतना बता दूँ कि वह लड़की भी ऐसी-वैसी नहीं होगी। मेरा मतलब मैं किसी अमीर लड़की से ही शादी करूँगा, जिसके पास ढेर सारा बैंक-बैलेंस हो, अन्यथा शादी नहीं करूँगा।"

लिटिल चैंडलर सिर हिलाने लगा।

"पता है, मुझे सिर्फ एक बार बोलने की देर है, कल ही मुझे लड़की भी मिल जाए और पैसा भी। तुम्हें विश्वास नहीं हो रहा होगा। मैं जानता हूँ, लेकिन मैं सच कह रहा हूँ, यहाँ एक नहीं, सैकड़ों, हजारों जर्मन और यहूदी अमीर लड़कियाँ मिल जाएँगी, जिन्हें मेरे साथ शादी करने में खुशी होगी। अभी थोड़ा इंतजार करो, फिर देखना मैं कैसे गेम खेलता हूँ!" गलाहर बस बोले ही जा रहा था।

मुझे सिर्फ एक बार बोलने की देर है, कल ही मुझे लड़की भी मिल जाए और पैसा भी। तुम्हें विश्वास नहीं हो रहा होगा। मैं जानता हूँ, लेकिन मैं सच कह रहा हूँ, यहाँ एक नहीं, सैकड़ों, हजारों जर्मन और यहूदी अमीर लड़कियाँ मिल जाएँगी, जिन्हें मेरे साथ शादी करने में खुशी होगी।

उसने अपनी ह्विस्की खत्म की और जोर से हँस पड़ा। फिर थोड़ा गंभीर होते हुए बोला, "लेकिन मुझे कोई जल्दी नहीं है। पता है, मैं किसी एक से बँधकर नहीं रहना चाहता हूँ।"

लिटिल चैंडलर गोद में एक बच्चा लिये कमरे में बैठा था। पैसा बचाने के लिए उसने कोई नौकर नहीं रखा था। हाँ, एनी की छोटी बहन मोनिका रोज सुबह-शाम एक घंटे के लिए आकर काम में मदद करा दिया करती थी, लेकिन आजकल मोनिका अपने घर गई हुई थी। पौने नौ बज रहे थे। लिटिल चैंडलर को घर आने में देर हो गई थी और वह एनी के लिए कॉफी का पैकेट लाना भी भूल गया था। इस कारण वह थोड़ा नाराज सी थी और कम बोल रही थी। पहले तो उसने कहा कि वह चाय के बिना रह लेगी, लेकिन बाद में उसके मन में आया कि कॉर्नर वाली दुकान से चाय और चीनी ले आए, इसलिए सोते बच्चे को लिटिल चैंडलर की गोद में देते हुए उसने कहा, "इसे सँभालो, जगाना मत।"

मेज पर एक छोटा सा लैंप रखा था, जिसकी रोशनी में एक तसवीर चमक रही थी। वह एनी की तसवीर थी, जिसमें उसने हलके नीले रंग का ब्लाउज पहन रखा था, जो लिटिल चैंडलर ने खुद उसे एक उपहार के रूप में दिया था। लिटिल चैंडलर बड़ी उत्सुकता से उस तसवीर को निहार रहा था। उसे वह दिन याद आ रहा था, जिस दिन वह यह ब्लाउज खरीदकर लाया था। उसे याद आ रहा था कि कैसे वह दुकान के सामने खड़ा होकर महिला ग्राहकों के जाने और दुकान के खाली होने का इंतजार कर रहा था, कैसे काउंटर पर बैठी लड़की के सामने सहज बनने की कोशिश करते हुए उसने ब्लाउजों के ढेर में से हलके नीले रंग का यह ब्लाउज छाँटा था और कैसे बाकी बचे पैसे वापस लिये बिना ही वह ब्लाउज का पैकेट लेकर चल पड़ा था तथा कैशियर के आवाज देने पर वापस मुड़कर पैसे लिये थे। ब्लाउज लेकर जब वह घर आया था तो एनी ने उसे चूमते हुए कहा था कि ब्लाउज बहुत सुंदर है, लेकिन जब उसे पता चला कि वह इक्कीस पैसे का है तो कहने लगी कि इसके लिए इक्कीस पैसे लेकर दुकानदार ने तुम्हें ठग लिया। पहले तो उसने ब्लाउज को वापस करने का मन बना लिया था, लेकिन एक बार पहनकर देखा तो उसे बहुत अच्छा लगा, खासकर उसकी आस्तीन का डिजाइन। इतने सुंदर उपहार के लिए उसने एक बार फिर लिटिल चैंडलर को चूम लिया था और उसे धन्यवाद दिया था।

मेज पर एक छोटा सा लैंप रखा था, जिसकी रोशनी में एक तसवीर चमक रही थी। वह एनी की तसवीर थी, जिसमें उसने हलके नीले रंग का ब्लाउज पहन रखा था, जो लिटिल चैंडलर ने खुद उसे एक उपहार के रूप में दिया था। लिटिल चैंडलर बड़ी उत्सुकता से उस तसवीर को निहार रहा था।

वह तसवीर को बहुत गौर से देख रहा था। उसकी आँखों में देख रहा था, जो सुंदर तो थीं, पर उसे संवेदनशून्य लग रही थीं।

आँखों की यह संवेदनशून्यता उसे गुस्सा दिला रही थी। उनमें कोई जोश, कोई रंग नहीं था। उसे अमीर यहूदी औरतों के बारे में वह बात याद आ गई, जो उसके दोस्त गलाहर ने उसे बताई थी। 'बड़ी-बड़ी गहरी आँखें, जोश से भरी ललचाई आँखें! उसने ऐसी आँखोंवाली (जैसी तसवीर में वह देख रहा था।) लड़की से शादी ही क्यों की?' वह सोचने लगा था।

यह सवाल उसके दिमाग में कौंधने लगा और वह बेचैनी में कमरे में इधर-उधर देखने लगा। कमरे के फर्नीचर पर उसकी नजर पड़ी, जिसे उसने स्वयं खरीदा था और एनी ने पसंद किया था; लेकिन ये सब चीजें आज उसे चिढ़ाती सी लग रही थीं। क्या वह इस मामूली से घर को छोड़कर गलाहर की तरह किसी बड़े शानदार मकान में नहीं रह सकता? क्या वह लंदन नहीं जा सकता? अगर वह कोई किताब लिखे और छपवा दे तो इससे उसकी तरक्की का रास्ता खुल सकता है! तरह-तरह के सवाल उसके दिमाग में आ रहे थे। लॉर्ड बैरॉन की कविताओं की एक किताब उसकी मेज पर पड़ी थी। उसने सावधानी के साथ (क्योंकि बच्चे के जाग जाने का डर था) बाएँ हाथ से किताब खोली और उसकी पहली कविता पढ़ने लगा, जिसमें कवि बैरॉन ने वर्णन किया है कि संध्या के समय जब वह अपनी प्रिय मारग्रेट की कब्र पर फूल चढ़ाने के लिए जाता है, उस समय हवाएँ शांत और उदासीन प्रतीत होती हैं। पढ़ते-पढ़ते थोड़ी देर के लिए इस कविता की पंक्तियों का भाव उसे अपने स्वयं के जीवन से जुड़ा महसूस हो रहा था। 'क्या वह भी अपने जीवन की उदासी को इसी तरह कविता की पंक्तियों में नहीं उतार सकता?' वह सोचने लगा। अपनी कविता में वह बहुत सारी बातों का वर्णन करना चाहता था।

तभी बच्चा जाग गया और वह रोने लगा। किताब बंद करके वह बच्चे को चुप कराने की कोशिश करने लगा, लेकिन वह चुप नहीं हो रहा था। वह बच्चे को अपनी बाँहों में झुलाने लगा, लेकिन बच्चा रोए ही जा रहा था। बच्चे को झुलाते-झुलाते ही उसने कविता का दूसरा पद पढ़ना शुरू कर दिया।

तभी बच्चा जाग गया और वह रोने लगा। किताब बंद करके वह बच्चे को चुप कराने की कोशिश करने लगा, लेकिन वह चुप नहीं हो रहा था। वह बच्चे को अपनी बाँहों में झुलाने लगा, लेकिन बच्चा रोए ही जा रहा था। बच्चे को झुलाते-झुलाते ही उसने कविता का दूसरा पद पढ़ना शुरू कर दिया।

लेकिन सब बेकार! वह कुछ भी नहीं पढ़ पा रहा था, कुछ नहीं कर पा रहा था। बच्चे की चीख से उसके कान का परदा जैसे फटा जा रहा था। सब बेकार! वह जिंदगी की कैद में था। उसके हाथ काँप रहे थे और वह गुस्से में एकदम बच्चे को डाँटते हुए बोल पड़ा, "चुप···!"

बच्चा एक पल के लिए चुप हुआ, फिर और जोर-जोर से रोने लगा। वह अपनी कुरसी पर से उठा और बच्चे को गोद में लेकर कमरे में इधर-उधर घुमाने लगा। बच्चा बुरी तरह सिसक रहा था। चार-पाँच सेकंड के लिए तो उसकी साँस ही मानो रुक गई थी। उसे शांत करने की लिटिल चैंडलर की सारी कोशिश बेकार जा रही थी। वह डर गया कि कहीं बच्चे को कुछ हो न जाए! घबराहट में उसने बच्चे को अपने सीने से चिपका लिया।

तभी दरवाजा खुला और एनी अंदर दाखिल हुई। "क्या हुआ, क्या हुआ?" कहकर वह भी जोर-जोर से चिल्लाने लगी।

माँ की आवाज सुनकर बच्चा और जोर-जोर से सिसकने लगा।

"कुछ नहीं, एनी, कुछ नहीं।" कहते हुए लिटिल चैंडलर भी रो पड़ा।

एनी ने सामान का पैकेट फर्श पर पटका और जल्दी से बच्चे को गोद में उठा लिया।

"क्या किया तुमने इसके साथ?" लिटिल चैंडलर की आँखों में देखते हुए उसने कहा।

"कुछ नहीं, मैंने कुछ नहीं किया।" कहते हुए लिटिल चैंडलर काँप रहा था।

एनी ने बच्चे को गोद में लेकर कमरे में घुमाना शुरू कर दिया। "क्या हुआ मेरे बच्चे को! डर गया था मेरा बच्चा? ममा का प्यारा-प्यारा मुन्ना।"

बच्चा धीरे-धीरे सामान्य होता जा रहा था, लेकिन जैसे-जैसे वह शांत होता जा रहा था, वैसे वैसे लिटिल चैंडलर की आँखों में ग्लानि का भाव बढ़ता जा रहा था। □

4

एक माँ

आयरी आबू सोसाइटी के एसिस्टेंट सेक्रेटरी श्रीमान होलोहन लगभग एक महीने से डबलिन में इधर-से-उधर घूम रहे थे। उनके हाथों में और जेबों में कागज के गंदे टुकड़े थे। वे एक पैर से लँगड़े थे, इसीलिए उनके सारे साथी उन्हें 'हॉपी होलोहन' कहते थे। वे गलियों के नुक्कड़ पर खड़े होकर तर्क-वितर्क करते और नोट तैयार करते। दरअसल उनकी सोसाइटी एक संगीत-कार्यक्रम आयोजित कर रही थी। वे उसी के लिए तैयारी कर रहे थे। अंत में एक दिन उनकी मुलाकात श्रीमती कीयर्नी से हुई, जिन्होंने उनका काम आसान कर दिया।

श्रीमती कीयर्नी का नाम पहले सुश्री डेवलिन हुआ करता था। उन्होंने कॉन्वेंट स्कूल से पढ़ाई की थी, जहाँ से उन्होंने फ्रेंच और संगीत भी सीखा था। स्वभाव से वे थोड़ी जिद्दी थीं, इस कारण स्कूल में उनके कोई ज्यादा दोस्त नहीं थे। शादी की उम्र हुई तो कई जगह रिश्ते भेजे गए, जहाँ उनके तौर-तरीकों की खूब प्रशंसा हुई, लेकिन जितने भी लड़के मिले, सब साधारण श्रेणी के थे, इसलिए उन्होंने उनमें से कोई रिश्ता स्वीकार नहीं किया और अपनी प्यार की इच्छाओं को शांत करने के लिए तुर्किश डिलाइट का सेवन करने लगीं। लेकिन जब उन्होंने हद पार कर दी तो उनकी सहेलियाँ और दोस्त सब उनके बारे में तरह-तरह की बातें करने लगे। अंत में सबका मुँह बंद करने के लिए उन्होंने श्रीमान कीयर्नी से शादी कर ली, जो एक बूटमेकर थे।

श्रीमान कीयर्नी उम्र में सुश्री डेवलिन से बहुत बड़े थे। वे स्वभाव से गंभीर, मितव्ययी और धर्म-परायण थे। हर शुक्रवार को वे प्रार्थना के लिए जाया करते थे और कभी-कभी श्रीमती कीयर्नी को भी साथ ले जाते थे। पहले ही साल में श्रीमती

कीयर्नी को लगने लगा कि श्रीमान कीयर्नी किसी रोमांटिक प्रेमी से कहीं ज्यादा अच्छे हैं; हालाँकि उन्होंने अपनी रोमांटिक सोच नहीं छोड़ी। वे भी अपनी ओर से एक अच्छी पत्नी का फर्ज निभा रही थीं। दूसरी ओर श्रीमान कीयर्नी भी एक अच्छे पति और अच्छे पिता का फर्ज निभा रहे थे। अपनी दोनों बेटियों के नाम से वे सोसाइटी में नियमित रूप से कुछ पैसे जमा कर रहे थे, ताकि शादी की उम्र तक उनके लिए कम-से-कम सौ-सौ पाउंड का प्रबंध हो जाए। बड़ी बेटी कैथलीन एक अच्छे कॉन्वेंट में फ्रेंच और म्यूजिक की शिक्षा ले रही थी। हर साल जुलाई के महीने में वे कहीं-न-कहीं छुट्टी मनाने भी जाया करते थे।

आयरिश पुनर्जागरण के दौरान श्रीमती कीयर्नी ने अपनी बेटी के नाम का फायदा उठाते हुए घर में एक आयरिश अध्यापिका लेकर आई। कैथलीन और उसकी छोटी बहन दोनों अपनी-अपनी सहेलियों को चित्रवाले आयरिश पोस्टकार्ड भेजती थीं। खास इतवार वाले दिन जब श्रीमान कीयर्नी अपने परिवार के साथ प्रो-कैथेड्राल जाते थे तो प्रार्थना के बाद कैथेड्राल स्ट्रीट के नुक्कड़ पर लोगों की एक भीड़ इकट्ठा हो जाती थी, जो कीयर्नी परिवार के ही इष्ट मित्र हुआ करते थे। खूब गप-शप होती थी और अंत में जब वे जाने लगते तो सब आपस में एक-दूसरे से हाथ मिलाते एवं आयरिश में अलविदा कहते थे। धीरे-धीरे सुश्री कैथलीन कीयर्नी का नाम लोगों की जुबान पर छाने लगा। लोग उसके संगीत की और भाषा-प्रेम की खूब तारीफ करते थे। श्रीमती कीयर्नी को इससे बहुत खुशी मिलती थी। तो उस दिन जब श्रीमान होलोहन उनके पास आए और यह प्रस्ताव रखा कि उनकी सोसाइटी में आयोजित हो रहे संगीत-कार्यक्रम में उनकी बेटी अपनी संगीत का जादू बिखेरे तो इस पर श्रीमती कीयर्नी को कोई हैरानी नहीं हुई। श्रीमान होलोहन को उन्होंने अपने ड्राइंग-रूम में लाकर बैठाया और उनकी खूब खातिरदारी की। उसके बाद उनसे कार्यक्रम के बारे में पूरी जानकारी ली। अंत में तय हुआ कि श्रीमान होलोहन के संगीत-सम्मेलन में कैथलीन एक कलाकार के रूप में चार

आयरिश पुनर्जागरण के दौरान श्रीमती कीयर्नी ने अपनी बेटी के नाम का फायदा उठाते हुए घर में एक आयरिश अध्यापिका लेकर आई। कैथलीन और उसकी छोटी बहन दोनों अपनी-अपनी सहेलियों को चित्रवाले आयरिश पोस्टकार्ड भेजती थीं।

शानदार कार्यक्रम प्रस्तुत करेगी और इसके लिए उसे सोसाइटी की ओर से आठ गिन्नी मिलेंगी।

श्रीमती होलोहन इन सब मामलों में थोड़ा नौसिखिया थे, इसलिए श्रीमती कीयर्नी ने इसमें उनकी मदद की कि किस तरह का कार्यक्रम रखना है, किस तरह का नहीं, यह सबकुछ श्रीमती कीयर्नी ही उन्हें बता रही थीं। श्रीमान होलोहन कार्यक्रम के आयोजन तक हर रोज श्रीमती कीयर्नी को बुलवाकर उनसे जरूरी सलाह-मशविरा करते रहे।

चार अलग-अलग कार्यक्रम, जो बुधवार, बृहस्पतिवार, शुक्रवार और शनिवार को होने थे। पहले दिन यानी बुधवार को जब श्रीमती कीयर्नी अपनी बेटी को लेकर कार्यक्रम स्थल एंटिएंट कंसर्ट रूम में पहुँचीं तो उन्हें सबकुछ थोड़ा अजीब सा लगा। उन्होंने देखा कि कुछ नौजवान अपनी कोट पर नीले रंग का बैज पहने हॉल में बाहर की तरफ यों ही खड़े थे।

श्रीमती कीयर्नी ने भी बड़ी सहजता के साथ हर काम में उनकी मदद की। सब तैयारी अच्छे से चल रही थी। श्रीमती कीयर्नी ने कैथलीन के लिए महँगी-से-महँगी ड्रेस मँगवाई थी और अपने उन परिचितों तथा दोस्तों के लिए अलग से टिकट मँगवा ली थी, जिन्हें वे कार्यक्रम में विशेष रूप से आमंत्रित करना चाहती थीं। वे एक-एक तैयारी पूरी सावधानी से कर रही थीं कि कहीं कुछ छूट न जाए।

चार अलग-अलग कार्यक्रम, जो बुधवार, बृहस्पतिवार, शुक्रवार और शनिवार को होने थे। पहले दिन यानी बुधवार को जब श्रीमती कीयर्नी अपनी बेटी को लेकर कार्यक्रम स्थल एंटिएंट कंसर्ट रूम में पहुँचीं तो उन्हें सबकुछ थोड़ा अजीब सा लगा। उन्होंने देखा कि कुछ नौजवान अपनी कोट पर नीले रंग का बैज पहने हॉल में बाहर की तरफ यों ही खड़े थे। उनमें से कोई भी इवनिंग ड्रेस में नहीं था। अपनी बेटी को लेकर जब वे थोड़ा आगे बढ़ीं तो हॉल के खुले हुए गेट से अंदर की ओर देखने पर एक बार तो उन्हें लगा कि कहीं वह गलत समय पर तो नहीं आई हैं! लेकिन नहीं, आठ बजने में बीस मिनट बाकी थे।

स्टेज के पीछे ड्रेसिंग-रूम में उनका परिचय सोसाइटी के सेक्रेटरी श्रीमान फिट्जपैट्रिक से कराया गया। दोनों ने मुसकराहट और हाथ मिलाकर एक-दूसरे का अभिवादन किया। श्रीमान फिट्जपैट्रिक एक छोटे कद के व्यक्ति थे, जिनका चेहरा

सफेद और खाली-खाली था। श्रीमती कीयर्नी ने देखा कि उन्होंने सिर पर जो भूरे रंग की टोपी लगा रखी थी, वह तिरछी थी। श्रीमान होलोहन बॉक्स ऑफिस से रिपोर्ट लेकर हर कुछ मिनट बाद ड्रेसिंग-रूम में आ रहे थे। कलाकार आपस में बातें कर रहे थे, बातचीत में उनकी बेचैनी साफ झलक रही थी। बीच-बीच में वे आईने की ओर भी देख लिया करते थे। जब साढ़े आठ बजे तो हॉल में उपस्थित, जो कुछ गिने-चुने लोग थे, उन्होंने इच्छा प्रकट की कि अब कार्यक्रम शुरू किया जाए। तभी श्रीमान फिट्ज़पैट्रिक आए और मुसकराकर दर्शकों का अभिवादन करते हुए बोले, "हाँ, तो देवियो और सज्जनो, मेरा खयाल है कि अब नृत्य-कार्यक्रम का अगाज हो जाना चाहिए।"

श्रीमती कीयर्नी ने उपेक्षा भाव से एक बार उनकी ओर देखा और फिर अपनी बेटी की ओर मुखातिब होकर बोलीं, "तुम तैयार हो, मेरी बच्ची?"

थोड़ी देर बाद मौका पाकर उन्होंने श्रीमान होलोहन को एक ओर बुलाया और पूछा कि ये सब क्या हो रहा है? इस पर श्रीमान होलोहन ने बताया कि कमेटी ने चार चार कार्यक्रम आयोजित करके गलती की थी, दरअसल चार बहुत ज्यादा हो जाते हैं।

थोड़ी देर बाद मौका पाकर उन्होंने श्रीमान होलोहन को एक ओर बुलाया और पूछा कि ये सब क्या हो रहा है? इस पर श्रीमान होलोहन ने बताया कि कमेटी ने चार-चार कार्यक्रम आयोजित करके गलती की थी, दरअसल चार बहुत ज्यादा हो जाते हैं। "तो फिर ये कलाकार?" श्रीमती कीयर्नी ने पूछा।

"तो फिर ये कलाकार?" श्रीमती कीयर्नी ने पूछा।

"निस्संदेह, ये सब अच्छा प्रदर्शन कर रहे हैं, लेकिन ये उतने अच्छे नहीं हैं।"

श्रीमान होलोहन ने स्वीकार किया कि कलाकार अच्छे नहीं हैं, लेकिन उन्होंने कहा कि कमेटी ने पहले तीन कार्यक्रमों को छोड़ने और सब कलाकारों को शनिवार रात के कार्यक्रम के लिए रखने का फैसला किया है।

श्रीमती कीयर्नी ने कहा तो कुछ नहीं, लेकिन सबकुछ देखकर उन्हें गुस्सा आ रहा था। उधर हॉल में जो थोड़े-बहुत लोग मौजूद थे, उनमें से भी कम होते जा रहे थे। उन्हें पछतावा हो रहा था कि इस तरह के कार्यक्रम के लिए उन्होंने इतना सारा खर्च किया। ऊपर से श्रीमान फिट्ज़पैट्रिक का मुसकराना उन्हें और भी गुस्सा दिला

रहा था। पर वे चुपचाप सबकुछ देख रही थीं। दस बजे से पहले-पहले ही कार्यक्रम समाप्त हो गया और सब अपने-अपने घर चले गए।

बृहस्पतिवार के कार्यक्रम में दर्शकों की अच्छी-खासी भीड़ थी, लेकिन श्रीमती कीयर्नी ने देखा कि पूरा हॉल पेपर से भरा पड़ा है; और दर्शकों को देखकर ऐसा लग रहा था, जैसे वे किसी ड्रेस रिहर्सल में आए हों। उधर श्रीमान फिट्जपैट्रिक अपने आप में मस्त थे, उन्हें क्या पता कि श्रीमती कीयर्नी को उनके व्यवहार पर गुस्सा आ रहा है! वे परदे के एक ओर खड़े थे और बालकनी में खड़े दो दोस्तों के साथ खूब हँस-हँसकर बातें कर रहे थे। शाम को श्रीमती कीयर्नी को पता चला कि शुक्रवार वाला कार्यक्रम नहीं होगा, उसकी जगह पर शनिवार की रात जबरदस्त कार्यक्रम आयोजित किया जाएगा। यह बात पता चलते ही उन्होंने श्रीमान होलोहन को आड़े हाथों लिया और उनसे पूछा कि क्या यह बात सही है? श्रीमान होलोहन ने 'हाँ' में जवाब दिया और कहा, "लेकिन हमारी जो चार कार्यक्रमों के लिए बात हुई, उसमें कोई बदलाव नहीं होगा।"

बृहस्पतिवार के कार्यक्रम में दर्शकों की अच्छी-खासी भीड़ थी, लेकिन श्रीमती कीयर्नी ने देखा कि पूरा हॉल पेपर से भरा पड़ा है; और दर्शकों को देखकर ऐसा लग रहा था, जैसे वे किसी ड्रेस रिहर्सल में आए हों। उधर श्रीमान फिट्जपैट्रिक अपने आप में मस्त थे, उन्हें क्या पता कि श्रीमती कीयर्नी को उनके व्यवहार पर गुस्सा आ रहा है!

वे जल्दी में थे, इसलिए उन्होंने श्रीमती कीयर्नी से कहा कि वे श्रीमान फिट्जपैट्रिक से बात कर लें। अब श्रीमती कीयर्नी को चिंता होने लगी। उन्होंने श्रीमान फिट्जपैट्रिक को एक ओर बुलाया और कहने लगीं कि सोसाइटी के एसिस्टेंट सेक्रेटरी श्रीमान होलोहन के साथ उनकी जो बात हुई थी, उसके अनुसार उनकी बेटी को यहाँ चार कार्यक्रम प्रस्तुत करने थे, इसलिए सोसाइटी चाहे चारों कार्यक्रम कराए या एक भी न कराए, तय शर्त के अनुसार उसे पैसे मिलने चाहिए। श्रीमान फिट्जपैट्रिक की समझ में कुछ नहीं आ रहा था, इसलिए उन्होंने कहा कि वे इस मामले को कमेटी के सामने रखेंगे। श्रीमती कीयर्नी का गुस्सा सातवें आसमान पर था, जो किसी भी वक्त बाहर आ सकता था, लेकिन उन्होंने स्त्रियोचित धर्म का पालन करते हुए स्वयं को काबू में रखा।

शुक्रवार को सुबह-सुबह छोटे-छोटे बच्चों के हाथ में इश्तिहार पकड़ाकर

उन्हें डबलिन की गलियों में भेज दिया गया। सांध्यकालीन अखबारों में एक दिन पहले ही खबर छपवा दी गई थी कि कल शाम को जबरदस्त संगीत-कार्यक्रम का आयोजन हो रहा है। इधर श्रीमती कीयर्नी ने अपनी चिंता के बारे में अपने पति को बता देना जरूरी समझा। उनके पति ने कहा कि शनिवार रात वाले कार्यक्रम में वे स्वयं उपस्थित रहेंगे। श्रीमती कीयर्नी ने उनकी बात मान ली। वे अपने पति की बहुत इज्जत करती थीं और एक पुरुष के रूप में उनकी अहमियत को समझती थीं। उन्होंने सारी योजना पहले से तैयार कर ली थी।

आखिर में वह रात आई, जब शानदार संगीत-कार्यक्रम का आयोजन होने वाला था। श्रीमती कीयर्नी अपनी बेटी और पति को लेकर कार्यक्रम शुरू होने के समय से पौना घंटा पहले ही एंटिएंट कंसर्ट रूम में पहुँच गईं। दुर्भाग्य से उस दिन शाम से ही बारिश हो रही थी। श्रीमती कीयर्नी ने अपनी बेटी के कपड़े और म्यूजिक का सामान अपने पति को पकड़ाया और स्वयं श्रीमान होलोहन को ढूँढ़ते हुए पूरी बिल्डिंग का चक्कर लगाने लगीं, लेकिन श्रीमान होलोहन नहीं मिले, न ही श्रीमान फिट्जपैट्रिक कहीं दिखाई दे रहे थे। वहाँ तैनात परिचारकों से पूछा तो बड़ी मुश्किल से कहीं जाकर एक परिचारक ने उन्हें श्रीमती बीयर्ने से मिलवाया। श्रीमती कीयर्नी ने उन्हें सब बात बताई और कहा कि उन्हें सोसाइटी के किसी सेक्रेटरी से मिलना है। श्रीमती बीयर्ने ने बताया कि वे किसी भी वक्त वहाँ आ सकते हैं। उन्होंने श्रीमती कीयर्नी से पूछा कि क्या वे कुछ मदद कर सकती हैं? श्रीमती बीयर्ने के मुरझाए से खाली-खाली चेहरे में जैसे कुछ तलाशते हुए श्रीमती कीयर्नी ने जवाब दिया—"जी नहीं, धन्यवाद!"

आखिर में वह रात आई, जब शानदार संगीत-कार्यक्रम का आयोजन होने वाला था। श्रीमती कीयर्नी अपनी बेटी और पति को लेकर कार्यक्रम शुरू होने के समय से पौना घंटा पहले ही एंटिएंट कंसर्ट रूम में पहुँच गईं। दुर्भाग्य से उस दिन शाम से ही बारिश हो रही थी।

श्रीमती कीयर्नी अपने मन के उत्साह और विश्वास को डगमगाने नहीं दे रही थीं। उन्होंने एक बार बाहर की ओर देखा, बारिश के कारण सबकुछ भीगा-भीगा दिखाई दे रहा था।

वे वापस ड्रेसिंग-रूम में गईं।

कलाकार एक-एक करके पहुँच रहे थे। बास (मंद स्वर गायक) और सेकंड टेर्नार (उच्च स्वर गायक) पहले ही पधार चुके थे। मंद स्वर गायक श्रीमान दुग्गन बिखरी-बिखरी काली मूँछोंवाले एक दुबले-पतले व्यक्ति थे। वे शहर के एक हॉल पोर्टर के सुपुत्र थे और लड़कपन में लंबे-लंबे मंद स्वर गायन कर चुके थे और अपनी मेहनत व लगन के बल पर आज वे उच्च श्रेणी के गायकों में शुमार हो गए थे। ग्रैंड ओपेरा में भी वे अपनी प्रस्तुति दे चुके थे। एक बार एक ओपेरा कलाकार के अचानक बीमार पड़ जाने पर क्वींस थिएटर में मेरिटाना के ओपेरा में उसकी जगह पर इन्होंने अपना संगीत प्रस्तुत किया था, जिसमें दर्शकों ने इनकी खूब वाहवाही की थी, लेकिन एक छोटी सी गलती करके इन्होंने अपनी सारी छवि बिगाड़ ली थी, अनजाने में ध्यान नहीं दिया और एक या दो बार दस्ताने पहने हाथों से नाक पोंछ ली थी। बोलने में वे थोड़ा संयमित थे और पीने की बात करें तो दूध के अलावा और कुछ भी नहीं पीते थे।

उदात्त स्वर गायक थे श्रीमान बेल, जो सुंदर बालोंवाले, छोटे कद के व्यक्ति थे और फीज सीऑयल की पुरस्कार प्रतियोगिता में हर साल भाग लेते थे। चौथे प्रयास में पुरस्कार भी प्राप्त कर लिया—एक कांस्य पदक। किसी और उदात्त स्वर गायक को तो वे जैसे देख ही नहीं पाते थे, लेकिन अपनी ईर्ष्या एवं हीन भावना को दोस्ती का जामा पहनाकर पेश करने में वे खासे माहित थे।

उदात्त स्वर गायक थे श्रीमान बेल, जो सुंदर बालोंवाले, छोटे कद के व्यक्ति थे और फीज सीऑयल की पुरस्कार प्रतियोगिता में हर साल भाग लेते थे। चौथे प्रयास में पुरस्कार भी प्राप्त कर लिया—एक कांस्य पदक। किसी और उदात्त स्वर गायक को तो वे जैसे देख ही नहीं पाते थे, लेकिन अपनी ईर्ष्या एवं हीन भावना को दोस्ती का जामा पहनाकर पेश करने में वे खासे माहित थे। श्रीमान दुग्गन को देखा तो उनके पास पहुँच गए और बोले, "आप भी इसमें हैं?"

"जी!" श्रीमान दुग्गन के जवाब दिया।

श्रीमान बेल पहले तो उनकी बेचारगी पर हँसे और फिर अभिवादन के अंदाज में अपना हाथ उनकी ओर बढ़ा दिया।

श्रीमती कीयर्नी उन दोनों के पास से गुजरते हुए परदे की ओर पहुँचीं और

देखा, सीटें भरती जा रही थीं और ऑडिटोरियम में अच्छी-खासी चहल-पहल हो गई थी। वापस आकर उन्होंने अपने पति को अकेले में बुलाया और कुछ बातें करने लगीं। उनकी बातचीत संभवत: कैथलीन के बारे में थी, क्योंकि बात करते-करते वे बार-बार कैथलीन की ओर देख रहे थे। उधर कैथलीन अपनी एक नेशनलिस्ट सहेली सुश्री हीली, जो एक मंद स्वर की गायिका थीं, से बातें कर रही थी। तभी मुरझाए से चेहरेवाली एक महिला हॉल में दाखिल हुई। वहाँ उपस्थित महिलाओं की नजर उसपर कम, उसकी नीली ड्रेस पर ज्यादा थी। किसी ने बताया कि यह मैडम ग्लिन हैं, सबसे उच्च स्वर की गायिका।

"पता नहीं कहाँ से इसे खोदकर निकाल लाए?" मैडम ग्लिन की ओर देखते हुए कैथलीन ने सुश्री हीली से कहा। सुश्री हीली हँस पड़ीं।

श्रीमान होलोहन लँगड़ाते हुए ड्रेसिंग रूम में पहुँचे तो एक-दो महिलाओं ने उनसे पूछा कि यह नई महिला कौन है? श्रीमान होलोहन ने बताया कि यह मैडम ग्लिन हैं, जो लंदन से आई हैं।

मैडम ग्लिन ने अपना म्यूजिक रोल हाथ में थामे हॉल के कॉर्नर में अपनी पोजीशन ले ली थी और आश्चर्य भरी नजरों से इधर-उधर देख रही थीं। म्यूजिक हॉल में अब पहले से और ज्यादा सुनाई देने लगा था। उदात्त स्वर गायक और मध्यम स्वर गायक दोनों साथ-साथ पहुँचे; दोनों ही स्वस्थ और सजीले नौजवान थे। उनके आने से एक नई रौनक सी आ गई थी।

मैडम ग्लिन ने अपना म्यूजिक रोल हाथ में थामे हॉल के कॉर्नर में अपनी पोजीशन ले ली थी और आश्चर्य भरी नजरों से इधर-उधर देख रही थीं। म्यूजिक हॉल में अब पहले से और ज्यादा सुनाई देने लगा था। उदात्त स्वर गायक और मध्यम स्वर गायक दोनों साथ-साथ पहुँचे; दोनों ही स्वस्थ और सजीले नौजवान थे। उनके आने से एक नई रौनक सी आ गई थी।

श्रीमती कीयर्नी अपने बेटी को उनके पास ले गईं और उनके साथ बड़े मित्र भाव से बातें करने लगीं। तभी उनकी नजर श्रीमान होलोहन पर पड़ी और वे इनके पास जाकर कहने लगीं, "श्रीमान होलोहन मुझे आपसे कुछ बात करनी है।"

दोनों कॉरीडोर में चले गए। श्रीमती कीयर्नी ने उनसे पूछा कि उनकी बेटी को

भुगतान कब मिलेगा? इस पर श्रीमान होलोहन ने कहा कि यह जिम्मेदारी श्रीमान फिट्ज‌पैट्रिक की है। श्रीमती कीयर्नी ने कहा कि वे श्रीमान फिट्ज‌पैट्रिक को नहीं जानतीं और उनकी बेटी ने आठ गिन्नी के करार पर साइन किया है, इसलिए यह रकम उसे मिलनी चाहिए। इस पर श्रीमान होलोहन ने कहा कि यह काम उनका नहीं है।

"आपका काम क्यों नहीं है? हमारे साथ करार तो आपने ही किया था!" श्रीमती कीयर्नी ने गुस्से में कहा, "खैर, अगर यह काम आपका नहीं है, तो ठीक है, मैं खुद सँभाल लूँ।"

"आपका काम क्यों नहीं है? हमारे साथ करार तो आपने ही किया था!" श्रीमती कीयर्नी ने गुस्से में कहा, "खैर, अगर यह काम आपका नहीं है, तो ठीक है, मैं खुद सँभाल लूँ।" "अच्छा होगा, आप श्रीमान फिट्ज‌पैट्रिक से इसके बारे में बात करें।" श्रीमान होलोहन ने सपाट लहजे में कहा।

"अच्छा होगा, आप श्रीमान फिट्ज‌पैट्रिक से इसके बारे में बात करें।" श्रीमान होलोहन ने सपाट लहजे में कहा।

"मैं किसी श्रीमान फिट्ज‌पैट्रिक को नहीं जानती। हमारा करारनामा हुआ है और आपको उसका पालन करना ही होगा।" श्रीमती कीयर्नी ने एक बार फिर अपनी बात दोहराई।

श्रीमती कीयर्नी ड्रेसिंग-रूम में वापस आईं तो उनका चेहरा खिंचा-खिंचा सा था। वहाँ दो लोग बाहर से आए हुए दिखाई दे रहे थे, जो सुश्री हीली से बातें कर रहे थे। उनमें से एक फ्रीमैन का कर्मी था और दूसरे थे श्रीमान ओ मैडन बर्के। फ्रीमैन कर्मी यह बताने के लिए अंदर आया था कि वह कार्यक्रम के लिए और ज्यादा इंतजार नहीं कर सकता, क्योंकि उसे मैंसन हाउस में एक अमेरिकी पादरी की भाषण की रिपोर्टिंग के लिए जाना था। उसने सोसाइटी वालों से कहा कि वे कार्यक्रम की रिपोर्ट फ्रीमैन के ऑफिस में स्वयं पहुँचा दें, जिसे वह बाद में चेक कर लेगा। फ्रीमैन का यह कर्मी भूरे बालोंवाला, मृदुभाषी और अच्छे तौर-तरीकोंवाला आदमी था। वह एक मिनट भी वहाँ नहीं रुकना चाहता था, क्योंकि कार्यक्रम की व्यवस्था और कलाकारों को देखकर उसे घुटन सी हो रही थी। सुश्री हीली उसके सामने खड़ी होकर, हँस-हँसकर बातें कर रही थीं। उसे भी सुश्री हीली की गर्मजोशी और शोख अंदाज बहुत अच्छा लग रहा था। अंत में जब उससे

नहीं रुका गया तो उससे विदा लेकर वह श्रीमान होलोहन की ओर मुखातिब हुआ और बोला, "ओ मैडन बर्के नोटिस लिख देंगे और मैं उसे अग्रसारित करवा दूँगा।"

"शुक्रिया, श्रीमान हेंड्रिक!" श्रीमान होलोहन ने कहा।

"लेकिन जाने से पहले आप कुछ ले लेते।"

"नहीं, बस शुक्रिया।" श्रीमान हेंड्रिक ने कहा।

इधर जब श्रीमान होलोहन फ्रीमैन कर्मी का स्वागत कर रहे थे तो श्रीमती कीयर्नी अपने पति से बातें कर रही थीं। हाथ हिला-हिलाकर वे इतनी जोर से बोल रही थीं कि उनके पति को कहना ही पड़ा कि थोड़ा धीरे बोलो। इसी बीच प्रथम कलाकार, यानी श्रीमान बेल अपने म्यूजिक के साथ तैयार होकर खड़े हुए, लेकिन सहायक कलाकार ने साथ नहीं दिया। कहीं कुछ गड़बड़ था। श्रीमान कीयर्नी अपनी दाढ़ी पर हाथ फेरते हुए ठीक सामने की ओर देखे जा रहे थे और श्रीमती कीयर्नी अपने बेटी कैथलीन के कान में कुछ कह रही थीं। दर्शक तालियाँ बजाने लगे थे। मंद स्वर गायक और मध्यम स्वर गायक तथा सुश्री हीली, तीनों एक साथ खड़े शांत भाव से म्यूजिक के शुरू होने का इंतजार कर रहे थे, लेकिन श्रीमान बेल जस-के-तस खड़े रहे। उनके मुख से स्वर नहीं निकल रहा था, क्योंकि उनके मन में यह डर था कि कहीं लोग ऐसा न सोच रहे हों कि यह बहुत लेट आया है!

इधर जब श्रीमान होलोहन फ्रीमैन कर्मी का स्वागत कर रहे थे तो श्रीमती कीयर्नी अपने पति से बातें कर रही थीं। हाथ हिला-हिलाकर वे इतनी जोर से बोल रही थीं कि उनके पति को कहना ही पड़ा कि थोड़ा धीरे बोलो। इसी बीच प्रथम कलाकार, यानी श्रीमान बेल अपने म्यूजिक के साथ तैयार होकर खड़े हुए, लेकिन सहायक कलाकार ने साथ नहीं दिया।

श्रीमान होलोहन और श्रीमान ओ मैडन बर्के कमरे में दाखिल हुए। श्रीमान होलोहन सारा माजरा समझ गए। वे श्रीमती कीयर्नी के पास गए और उनसे बातें करने लगे। हॉल में दर्शकों का शोर और बढ़ गया था। श्रीमान होलोहन बहुत उत्तेजित दिखाई दे रहे थे और जल्दी-जल्दी बोल रहे थे, लेकिन श्रीमती कीयर्नी की एक ही धुन थी, जब तक उसे उसकी आठ गिनी नहीं मिलेंगी, तब तक वे कुछ नहीं करेंगी।

श्रीमान होलोहन ने हॉल की ओर इशारा किया, जहाँ दर्शक तालियाँ बजाए जा रहे थे। उन्होंने श्रीमान कीयर्नी और कैथलीन से भी बात की, लेकिन श्रीमान कीयर्नी ने अपनी दाढ़ी पर हाथ फेरना बंद नहीं किया और कैथलीन अपनी नई जूती पर से नजर नहीं हटा रही थी। इधर श्रीमती कीयर्नी की बस एक ही धुन थी, अपने पैसे लिये बिना वे कुछ नहीं करेंगी। वाक्युद्ध चल ही रहा था, तभी श्रीमान होलोहन जल्दी से कमरे से बाहर निकल गए। कमरे में शांति छा गई। काफी देर की शांति के बाद सुश्री हीली ने मध्यम स्वर गायक से कहा, "क्या आपने इस हफ्ते श्रीमती पैट कैंपबेल को कहीं देखा था?"

तालियों और सीटियों की लयबद्ध आवाज के बीच श्रीमान फिट्जपैट्रिक और श्रीमान होलोहन कमरे में पधारे। श्रीमान फिट्जपैट्रिक के हाथ में कुछ नोट थे, जिनमें से चार नोट गिनकर श्रीमती कीयर्नी को पकड़ाते हुए उन्होंने कहा कि बाकी के आधे पैसे मध्यावकाश के समय मिलेंगे। श्रीमती कीयर्नी ने कहा, "इसमें अभी चार शिंलिंग कम हैं।"

मध्यम स्वर गायक ने श्रीमती पैट कैंपबेल को देखा तो नहीं था, लेकिन इतना जरूर सुना था कि वे बहुत अच्छी हैं।

इधर मंद स्वर गायक अपना चेहरा नीचे की ओर झुकाए अपनी कमर में पहनी सोने की जंजीर की कड़ियाँ गिनने में लग गया था। बीच-बीच में सब एक बार श्रीमती कीयर्नी की ओर देख लिया करते थे।

तालियों और सीटियों की लयबद्ध आवाज के बीच श्रीमान फिट्जपैट्रिक और श्रीमान होलोहन कमरे में पधारे। श्रीमान फिट्जपैट्रिक के हाथ में कुछ नोट थे, जिनमें से चार नोट गिनकर श्रीमती कीयर्नी को पकड़ाते हुए उन्होंने कहा कि बाकी के आधे पैसे मध्यावकाश के समय मिलेंगे। श्रीमती कीयर्नी ने कहा, "इसमें अभी चार शिंलिंग कम हैं।"

कैथलीन ने अपना स्कर्ट सँभाला और श्रीमान बेल की ओर मुखातिब होकर बोलीं, "तो अब, श्रीमान बेल!" श्रीमान बेल पीपल के पत्ते की तरह हिल रहे थे। गायक और उसका सहायक कलाकार दोनों एक साथ बाहर निकल गए। हॉल में कुछ देर के लिए शांति थी। उसके बाद पियानो की आवाज सुनाई देने लगी।

कार्यक्रम का पहला हिस्सा अच्छा-खासा रहा। बस एक मैडम ग्लिन का

आइटम थोड़ा गड़बड़ रहा। उन्होंने बड़े पुराने अंदाज में किलरनी राग छेड़ा, इस उम्मीद में कि यह उनके गायन में चार चाँद लगा देगा, लेकिन उनकी रोने की सी आवाज ने उन्हें दर्शकों की हँसी का पात्र बना दिया। कैथलीन ने एक आयरिश राग प्रस्तुत किया, जिसे दर्शकों ने खूब पसंद किया। उसके बाद एक महिला ने एक देशभक्ति गीत प्रस्तुत किया और इसी के साथ कार्यक्रम के प्रथम भाग का समापन हो गया तथा सब लोग मध्यावकाश के लिए बाहर चले गए।

इधर ड्रेसिंग-रूम में खूब चहल-पहल थी। वहाँ एक ओर श्रीमान होलोहन, श्रीमान फिट्जपैट्रिक, सुश्री बीयर्ने, दो परिचारक, मध्यम स्वर गायक, उदात्त स्वर गायक और श्रीमान ओ मैडन बर्के उपस्थित थे। श्रीमान ओ मैडन बर्के ने कहा कि अब तक उन्होंने कई संगीत कार्यक्रम देखे, लेकिन यह उन सबमें सबसे गंदा कार्यक्रम रहा। उन्होंने यह भी कहा कि इसके साथ ही डबलिन में सुश्री कैथलीन के म्यूजिकल कॅरियर का अंत हो गया। मध्यम स्वर गायक से जब श्रीमती कीयर्नी के आचार-व्यवहार के बारे में पूछा गया तो इस विषय पर उसने कोई बात नहीं की। उसे अपने पैसे मिल गए थे, इसलिए वह ज्यादा किसी के चक्कर में नहीं पड़ना चाहता था। उसने इतना जरूर कहा कि श्रीमती कीयर्नी कलाकारों की इज्जत करती हैं। उधर परिचारकों और सेक्रेटरियों के बीच इसको लेकर गरमा-गरम बहस छिड़ी थी कि मध्यावकाश पर क्या होना चाहिए?

इधर ड्रेसिंग-रूम में खूब चहल-पहल थी। वहाँ एक ओर श्रीमान होलोहन, श्रीमान फिट्जपैट्रिक, सुश्री बीयर्ने, दो परिचारक, मध्यम स्वर गायक, उदात्त स्वर गायक और श्रीमान ओ मैडन बर्के उपस्थित थे। श्रीमान ओ मैडन बर्के ने कहा कि अब तक उन्होंने कई संगीत कार्यक्रम देखे, लेकिन यह उन सबमें सबसे गंदा कार्यक्रम रहा।

"मैं सुश्री बीयर्ने की बात से सहमत हूँ।" श्रीमान ओ मैडन बर्के ने कहा, "उसे कोई भुगतान मत कीजिए।" कमरे में दूसरी ओर श्रीमान और श्रीमती कीयर्नी, श्रीमान बेल एवं सुश्री हीली के साथ-साथ वह महिला भी थी, जिसे देशभक्ति गीत प्रस्तुत करना था। श्रीमती कीयर्नी कह रही थीं कि कमेटी ने उनके साथ अच्छा सलूक नहीं किया। इस कार्यक्रम के लिए उन्होंने क्या कुछ नहीं

किया, जिसका उन्हें यह शिला मिला! एक अकेली लड़की जानकर कमेटीवाले उसकी बेटी के साथ ऐसा सलूक कर रहे हैं, लेकिन वह भी कमेटीवालों को उनकी गलती का एहसास करवाकर ही रहेगी। उसकी जगह पर कोई पुरुष होता तो क्या ये लोग उसके साथ ऐसा बरताव कर सकते थे? लेकिन वह अपनी बेटी को उसका हक दिलाकर ही रहेगी। अगर उसे पूरे पैसे नहीं मिले तो वह पूरा डबलिन हिलाकर रख देगी। उन्होंने मंद स्वर गायक की ओर मुखातिब होकर उसका समर्थन जुटाना चाहा, तो उसने भी कहा कि हाँ, उसे लगता है कि उनके साथ जो कुछ हो रहा है, वह अच्छा नहीं है। उसके बाद उन्होंने सुश्री हीली से भी यही बात की। सुश्री हीली वैसे तो दूसरे गुट में जाना चाहती थी, लेकिन चूँकि कैथलीन उसकी अच्छी सहेली थी और कीयर्नी परिवार अकसर उसे अपने घर पर बुलाता रहता था, इसलिए वह ऐसा नहीं कर पाई।

कार्यक्रम का प्रथम हिस्सा समाप्त होते ही श्रीमान फिट्‌जपैट्रिक और श्रीमान होलोहन सीधे श्रीमती कीयर्नी के पास आए और कहने लगे कि उन्हें बाकी की चार गिनी मंगलवार को कमेटी की बैठक के बाद दिए जाएँगे और अगर उनकी बेटी कार्यक्रम के दूसरे हिस्से में अपना संगीत प्रस्तुत नहीं करती है, तो कमेटी यह मानेगी कि उसने करार को भंग किया है और उसे कोई भुगतान नहीं किया जाएगा।

कार्यक्रम का प्रथम हिस्सा समाप्त होते ही श्रीमान फिट्‌जपैट्रिक और श्रीमान होलोहन सीधे श्रीमती कीयर्नी के पास आए और कहने लगे कि उन्हें बाकी की चार गिनी मंगलवार को कमेटी की बैठक के बाद दिए जाएँगे और अगर उनकी बेटी कार्यक्रम के दूसरे हिस्से में अपना संगीत प्रस्तुत नहीं करती है, तो कमेटी यह मानेगी कि उसने करार को भंग किया है और उसे कोई भुगतान नहीं किया जाएगा।

"मैं किसी कमेटी-वमेटी को नहीं जानती।" श्रीमती कीयर्नी ने गुस्से में कहा, "बेटी का आपके साथ करार हुआ है और उसे पूरे पैसे मिलने चाहिए। जब तक पैसे नहीं मिलेंगे, तब तक वह स्टेज पर पाँव भी नहीं रखेगी।"

"श्रीमती कीयर्नी हमने सोचा भी नहीं था कि आप हमारे साथ इस तरह पेश आएँगी!" श्रीमान होलोहन ने कहा।

"और आप लोग हमारे साथ कैसे पेश आ रहे हैं?" श्रीमती ने कहा।

श्रीमती कीयर्नी बहुत गुस्से में थीं। उन्हें देखकर ऐसा लग रहा था कि वे किसी के साथ हाथापाई तक पर उतर सकती हैं।

"मैं अपना हक माँग रही हूँ।" उन्होंने एक बार फिर अपनी बात दोहराई।

"आपको मर्यादा में रहकर बात करनी चाहिए।" श्रीमान होलोहन ने कहा।

"अच्छा, और अगर मैं यह पूछती हूँ कि आखिर मेरी बेटी को भुगतान कब मिलेगा तो मुझे मर्यादित उत्तर नहीं मिलना चाहिए?"

श्रीमती कीयर्नी का गुस्सा थमने का नाम नहीं ले रहा था। वे लगातार बोले जा रही थीं।

"सेक्रेटरी से आप बात करें। मैं नहीं जानती।"

अब उनके व्यवहार पर हर कोई उँगली उठाने लगा था और कमेटी के फैसले को सभी सही ठहरा रहे थे।

वे हॉल के दरवाजे के पास खड़ी थीं। उनका चेहरा गुस्से से लाल हो रहा था और वे अपने पति तथा बेटी से भी बहस करने लगीं। वे मध्यावकाश के बाद कार्यक्रम का दूसरा भाग शुरू होने तक इस उम्मीद में रुकी रहीं कि कमेटी के सेक्रेटरी उनके पास आएँगे, लेकिन उनके पास कोई नहीं आया। सुश्री हीली एक-दो प्रस्तुति देने के लिए तैयार हो गई थीं।

वे हॉल के दरवाजे के पास खड़ी थीं। उनका चेहरा गुस्से से लाल हो रहा था और वे अपने पति तथा बेटी से भी बहस करने लगीं। वे मध्यावकाश के बाद कार्यक्रम का दूसरा भाग शुरू होने तक इस उम्मीद में रुकी रहीं कि कमेटी के सेक्रेटरी उनके पास आएँगे, लेकिन उनके पास कोई नहीं आया। सुश्री हीली एक-दो प्रस्तुति देने के लिए तैयार हो गई थीं।

श्रीमती कीयर्नी बुत बनकर खड़ी थीं। जब पहले गाने का स्वर उनके कानों में पड़ा तो वे एकदम हरकत में आ गईं और अपनी बेटी को खींचते हुए अपने पति से बोली, "टैक्सी लाओ!"

वे बाहर निकलने लगे तो श्रीमती कीयर्नी और उनकी बेटी भी उनके साथ चल पड़ीं। दरवाजे से गुजरते हुए श्रीमती कीयर्नी ने श्रीमान होलोहन की ओर देखते हुए कहा, "मुझे आपकी जरूरत नहीं है।"

"लेकिन मुझे आपकी जरूरत है।" श्रीमान होलोहन ने कहा।

कैथलीन चुपचाप अपनी माँ के पीछे-पीछे चल रही थी।

उधर श्रीमान होलोहन स्वयं को सहज करने की कोशिश में कमरे में इधर-से-उधर चहलकदमी करने लगे।

"अच्छी महिला है!" उन्होंने कहा, "बहुत अच्छी।"

"होलोहन, तुमने बहुत अच्छा किया।" श्रीमान ओ मैडन बर्के ने कहा।

□

5

एक दर्दनाक हादसा

श्रीमान जेम्स डफी डबलिन के नागरिक थे, लेकिन डबलिन के सारे उपनगरों में उन्हें बहुत ज्यादा आधुनिकता और तड़क-भड़क दिखाई देती थी, इसलिए वे शहर से दूर, बहुत दूर चैपेलिजॉड में एक पुराने से मकान में रहते थे। मकान की खिड़की से नदी के किनारे, जिस पर डबलिन शहर बसा हुआ है, पर बनी पुरानी डिस्टिलरी साफ दिखाई देती थी। जिस कमरे में वे रहते थे, उसमें न तो फर्श पर कोई कालीन बिछा था और न ही दीवारों पर कोई तसवीर दिखाई देती थी। कमरे में जो भी फर्नीचर था, उसे वे खुद खरीदकर लाए थे। एक काले रंग का पलंग, एक वॉशस्टैंड, चार कुरसियाँ, कपड़े रखने के लिए एक अलमारी, एक चौकोर टेबल वगैरह-वगैरह। किताबें रखने के लिए सफेद लकड़ी की एक अलमारी थी। पलंग पर सफेद रंग की चादरें बिछी थीं। वॉशस्टैंड के ऊपर एक छोटा सा आईना टँगा रहता था। अलमारी में किताबें बड़े सलीके से सजाकर रखी गई थीं। एक ओर महान् कवि वड्र्सवर्थ की कविताओं की किताबें सजी थीं और एक ओर मेनूथ कैटेशिज्म (Maynooth Catechism) की एक प्रति भी लगी थी, जिस पर कपड़े का कवर चढ़ा हुआ था। डेस्क पर लिखने-पढ़ने की सामग्री हर वक्त तैयार पड़ी रहती थी। डेस्क पर ही एक ओर हॉफ्टमैन (Hauptman) की कृति माइकल क्रैमर (Michael Kramer) के अनुवाद की पांडुलिपि पड़ी थी और पिन में नत्थी किए हुए कागज के कुछ पन्ने रखे रहते थे, जिन पर समय-समय पर अलग-अलग सूक्ति वाक्य लिखे मिलते थे या फिर बाइल बींस के किसी विज्ञापन की हेडलाइन चिपकी दिखाई देती थी। डेस्क के ऊपर का ढक्कन खोलने पर एक भीनी सी खुशबू फैल जाती

थी। वह खुशबू या तो केदार की नई पेंसिलों की होती थी या गोंद की बोतल की या फिर कभी-कभी कई दिन से रखे सेब की होती थी।

श्रीमान डफी को हर उस चीज से घृणा थी, जो किसी भी तरह से शारीरिक या मानसिक बीमारी का सूचक होती थी। यह भी कह सकते हैं कि वे शनि के प्रकोप से पीड़ित थे। चेहरा ऐसा था, जिस पर उनकी ताउम्र की कहानी पढ़ी जा सकती थी। लंबे, भारी-भरकम सिर पर उगे काले बाल हर वक्त सूखे से रहते थे और खुरदरे से चेहरे पर मूँछों का भूरा रंग एक अलग ही नजारा पेश करता था। गालों पर हड्डियों के अलावा और कुछ नहीं दिखाई देता था, इस कारण चेहरा भी हड्डियों की तरह कठोर ही दिखाई देता था। हाँ, लेकिन आँखों में ऐसी कठोरता नहीं थी, जो भौंहों के नीचे से दुनिया को बड़ी जिज्ञासा से निहारती थीं। उनका मन और शरीर अकसर अलग-अलग ही रहते थे। अपने बारे में आत्म-कथात्मक अंदाज में कुछ-न-कुछ सोचते रहने की उनकी एक अजीब आदत थी, जिसके चलते वे अपने बारे में मन-ही-मन कोई वाक्य रच डाला करते थे, जिसमें कर्ता उत्तम पुरुष का और विधेय भूतकाल में होता था। भिखारियों को कुछ देना तो उन्होंने सीखा ही नहीं था।

बैगॉट स्ट्रीट में वे एक बैंक में कैशियर हुआ करते थे और रोज सुबह चैपेलिजॉड से ट्राम से आया करते थे। मध्यावकाश में वे डैन बर्केज जाकर अपना लंच खुद लाते थे। एक बीयर की बोतल और एक छोटी ट्रे में अरारोट बिस्कुट। शाम को चार बजे बैंक से छुट्टी होती थी तो जॉर्ज स्ट्रीट में एक भोजनालय में डिनर के लिए जाते थे।

बैगॉट स्ट्रीट में वे एक बैंक में कैशियर हुआ करते थे और रोज सुबह चैपेलिजॉड से ट्राम से आया करते थे। मध्यावकाश में वे डैन बर्केज जाकर अपना लंच खुद लाते थे। एक बीयर की बोतल और एक छोटी ट्रे में अरारोट बिस्कुट। शाम को चार बजे बैंक से छुट्टी होती थी तो जॉर्ज स्ट्रीट में एक भोजनालय में डिनर के लिए जाते थे। दरअसल यहाँ एक तो खाने के बिल के मामले में कोई गड़बड़ नहीं होती थी और दूसरे यह जगह डबलिन के अमीरजादों की पहुँच से भी थोड़ी सुरक्षित थी। शाम का समय वे या तो अपनी मकान-मालकिन के सामने बैठकर पियानो सुनने में बिताते थे या फिर शहर के बाहरी इलाके में कहीं घूमने निकल जाते

थे। मोजार्ट का संगीत उन्हें बहुत अच्छा लगता था, जिसे सुनने के लिए वे यदा-कदा किसी ओपरा या संगीत कार्यक्रम में चले जाया करते थे। बस उनके जीवन में यही कुछ व्यसन थे।

यारी-दोस्ती के नाम पर उनके पास कुछ भी नहीं था और न ही वे किसी धर्म-कर्म को मानते थे। हाँ, क्रिसमस वाले दिन कुछेक रिश्तेदारों से मिलने जरूर चले जाते थे और उनमें से जब कोई मर जाता था तो उसे अंतिम विदाई देने के लिए कब्रगाह तक चले जाते थे। सामाजिक रीति-रिवाजों में इसके अलावा और कोई रीति-रिवाज वह नहीं मानते थे। इस तरह जिंदगी एक ही रास्ते पर चलती जा रही थी।

एक शाम वे गोलघर में बैठे थे। उनकी बगल में दो महिलाएँ बैठी थीं। उस समय वहाँ ज्यादा लोग नहीं थे, इस कारण बहुत शांति थी। उनके ठीक बगल में बैठी महिला ने सुनसान पड़े गोलघर के चारों ओर नजर घुमाते हुए कहा, "इतना बेकार घर! यहाँ खाली पड़ी बेंचों पर बैठने और गीत गाने के लिए कौन आएगा?" श्रीमान डफी ने इसे बातचीत शुरू करने के आमंत्रण के रूप में स्वीकार किया। बातचीत शुरू हुई तो पता चला कि बगल में बैठी लड़की उसकी बेटी है, इससे उन्होंने अंदाजा लगाया कि महिला की उम्र उनसे एकाध साल कम होगी। बातचीत के दौरान श्रीमान डफी के हाव-भाव से ऐसा लग रहा था, जैसे वे उस महिला को अपने दिल की गहराइयों में हमेशा-हमेशा के लिए उतार लेना चाहते थे। उसका खूबसूरत अंडाकार चेहरा, गहरी नीली आँखें और आँखों में झलकती उसकी स्वाभाविक चपलता एवं चतुराई।

एक शाम वे गोलघर में बैठे थे। उनकी बगल में दो महिलाएँ बैठी थीं। उस समय वहाँ ज्यादा लोग नहीं थे, इस कारण बहुत शांति थी। उनके ठीक बगल में बैठी महिला ने सुनसान पड़े गोलघर के चारों ओर नजर घुमाते हुए कहा, "इतना बेकार घर! यहाँ खाली पड़ी बेंचों पर बैठने और गीत गाने के लिए कौन आएगा?" श्रीमान डफी ने इसे बातचीत शुरू करने के आमंत्रण के रूप में स्वीकार किया।

कुछ सप्ताह बाद उनकी मुलाकात दुबारा अर्ल्सफोर्ट टेरेस में एक संगीत-कार्यक्रम में हुई। उसकी बेटी का ध्यान थोड़ा इधर-उधर हुआ तो श्रीमान डफी को

महिला के साथ नजदीकी बढ़ाने का अच्छा मौका मिल गया। महिला ने एक-दो बार अपने पति की ओर इशारा किया, लेकिन वह इशारा चेतावनी के रूप में नहीं था। महिला का नाम श्रीमती सिनिको था। उसके पति के दादा लेघॉर्न से आए थे और उसका पति डबलिन से हॉलैंड के बीच चलने वाली एक मर्केंटाइल बोट में कैप्टन था। उनकी एक ही संतान थी।

दुर्भाग्यवश तीसरी बार उनकी मुलाकात हुई तो श्रीमान डफी ने हिम्मत करके उससे एक अपॉइंटमेंट ले लिया। तय जगह और समय पर दोनों मिले। उसके बाद उनके मिलने का सिलसिला शुरू हो गया। पहले वे चोरी-छिपे मिला करते थे, बाद में महिला के घर पर ही आना-जाना शुरू हो गया। उधर, कैप्टन सिनिको ने भी यह सोचकर उसके आने-जाने पर कोई रोक नहीं लगाई कि हो सकता है, बेटी के लिए रिश्ते की बात बन जाए! उनके दिमाग में यह बात आई ही नहीं कि उनकी पत्नी में कोई और दिलचस्पी ले सकता है! पति अकसर बाहर रहता था और बेटी अपनी म्यूजिक क्लास चली जाती थी। इस प्रकार श्रीमान डफी को उसके साथ समय बिताने का अच्छा मौका मिल जाता था। दोनों के लिए यह एक नया अनुभव था, जिसका वे भरपूर फायदा उठा रहे थे। श्रीमान डफी उसे अपनी किताबें लाकर देते थे, उसके साथ अपने जीवन की बातें साझा करते थे, जिन्हें वह ध्यान से सुनती थी।

दुर्भाग्यवश तीसरी बार उनकी मुलाकात हुई तो श्रीमान डफी ने हिम्मत करके उससे एक अपॉइंटमेंट ले लिया। तय जगह और समय पर दोनों मिले। उसके बाद उनके मिलने का सिलसिला शुरू हो गया। पहले वे चोरी-छिपे मिला करते थे, बाद में महिला के घर पर ही आना-जाना शुरू हो गया।

कभी-कभी वह स्वयं भी अपने जीवन की सच्चाइयाँ श्रीमान डफी के साथ साझा करती थी। बड़े ममत्वपूर्ण भाव से उसने श्रीमान डफी से आग्रह किया कि वे खुलकर बिना किसी तकल्लुफ के अपनी बात बताएँ। श्रीमान डफी ने उसे बताया कि कुछ समय तक वे एक आयरिश सोशलिस्ट पार्टी में रहे थे, जिसका बाद में तीन अलग-अलग गुटों में विभाजन हो गया और तीनों का अपना अलग-अलग नेता हो गया। तब उन्होंने पार्टी की बैठकों में जाना बंद कर दिया। कामगार मजदूरी के मसले पर वे कुछ ज्यादा ही दिलचस्पी ले रहे थे। श्रीमान डफी को

लगा कि वे जिस यथार्थता के खिलाफ खड़े हो रहे हैं, वे उनकी पहुँच से कहीं दूर हैं। आगे उन्होंने कहा कि डबलिन में अभी कुछ सदियों तक कोई सामाजिक क्रांति नहीं आने वाली है।

महिला ने उनसे कहा कि वे अपने विचारों को लिखते क्यों नहीं हैं? इस पर उन्होंने कहा कि किसलिए लिखें, उन लोगों को अपना भाषा-पांडित्य दिखाने के लिए, जो एक मिनट के लिए भी गंभीरता से चिंतन नहीं कर सकते? या उस मध्यम वर्ग की आलोचना का पात्र बनने के लिए, जिसने अपनी नैतिकता को पुलिसवालों के हाथ में सौंप दिया है और अपनी ललित कलाओं को प्रबंधकर्ताओं पर छोड़ दिया है?

शाम का समय अकसर दोनों साथ-साथ बिताते थे। धीरे-धीरे उनके बीच की दूरियाँ कम होती जा रही थीं और वे अंतरंग विषयों पर भी बातें करने लगे थे। कभी-कभी जब दोनों घर पर मिलते थे तो महिला अँधेरा होने पर भी बत्ती नहीं जलाती थी। एकांत कमरा, कमरे में अँधेरा और कानों में गूँजता उत्तेजक संगीत, यह सबकुछ उन दोनों को एक-दूसरे के इतना करीब लाता जा रहा था कि वे सारी सीमाएँ तोड़कर एक-दूसरे में समा जाने को बेताब थे। श्रीमान डफी उसके लिए किसी फरिश्ता से कम नहीं थे।

शाम का समय अकसर दोनों साथ-साथ बिताते थे। धीरे-धीरे उनके बीच की दूरियाँ कम होती जा रही थीं और वे अंतरंग विषयों पर भी बातें करने लगे थे। कभी-कभी जब दोनों घर पर मिलते थे तो महिला अँधेरा होने पर भी बत्ती नहीं जलाती थी। एकांत कमरा, कमरे में अँधेरा और कानों में गूँजता उत्तेजक संगीत, यह सबकुछ उन दोनों को एक-दूसरे के इतना करीब लाता जा रहा था कि वे सारी सीमाएँ तोड़कर एक-दूसरे में समा जाने को बेताब थे।

श्रीमान डफी को अकसर अपने अंतर्मन से विरोध का स्वर सुनाई देता था, लेकिन उनकी समझ में कुछ नहीं आ रहा था। इसी तरह एक दिन जब दोनों कमरे में अकेले थे तो अँधेरे का फायदा उठाते हुए महिला ने उनका हाथ कसकर पकड़ लिया और उसे अपने गालों पर फेरने लगीं।

श्रीमान डफी हैरान थे। महिला उनकी बातों का जो अर्थ निकाल रही थी, उससे उनका भ्रम टूट गया था। उस दिन के बाद उन्होंने स्वयं पत्र लिखकर उससे मिलने की

इच्छा प्रकट की। पार्क गेट के पास एक केकशॉप में दोनों मिले। सर्दियों का महीना था, लेकिन सर्द मौसम के बावजूद दोनों लगभग तीन घंटे तक सड़क पर साथ-साथ टहलते रहे। दोनों ने आपसी सहमति से एक-दूसरे के साथ अपने सारे संबंध तोड़ दिए। पार्क से बाहर निकलकर दोनों चुपचाप ट्राम की ओर बढ़ने लगे, लेकिन तभी महिला बुरी तरह से काँपने लगी, श्रीमान डफी डर गए और जल्दी से उसे अलविदा कहकर वहाँ से चलते बने। इसके कुछ दिन बाद उन्हें एक पार्सल मिला, जिसमें उनकी किताबें और संगीत था।

चार साल बीत गए। श्रीमान डफी ने अपनी जिंदगी को पुराने सीधे-सादे रास्ते पर मोड़ लिया था। उनके कमरे को देखकर अंदाजा लगाया जा सकता था कि अब उनकी मनोदशा सुव्यवस्थित है। नीचे वाले कमरे में म्यूजिक स्टैंड पर कुछ नए म्यूजिक दिखाई दे रहे थे और किताबों की अलमारी में नीट्ज्शे के दो वॉल्यूम और आ गए थे। डेस्क पर रखे कागज के पन्नों पर कभी-कभी कुछ लिख लिया करते थे।

चार साल बीत गए। श्रीमान डफी ने अपनी जिंदगी को पुराने सीधे-सादे रास्ते पर मोड़ लिया था। उनके कमरे को देखकर अंदाजा लगाया जा सकता था कि अब उनकी मनोदशा सुव्यवस्थित है। नीचे वाले कमरे में म्यूजिक स्टैंड पर कुछ नए म्यूजिक दिखाई दे रहे थे और किताबों की अलमारी में नीट्ज्शे (Neitzsche) के दो वॉल्यूम और आ गए थे। डेस्क पर रखे कागज के पन्नों पर कभी-कभी कुछ लिख लिया करते थे। श्रीमती सिनिको के साथ आखिरी मुलाकात के दो महीने बाद का लिखा उनका एक वाक्य था—'पुरुष के बीच प्रेम असंभव है, क्योंकि उसमें यौन-संसर्ग की गुंजाइश नहीं होती और पुरुष-महिला के बीच मित्रता असंभव है, क्योंकि उसमें यौन-संसर्ग की गुंजाइश बनी रहती है।' वे संगीत-कार्यक्रमों में कम जाने लगे थे, इस डर से कि कहीं श्रीमती सिनिको से दुबारा मुलाकात न हो जाए! इसी बीच उनके पिता स्वर्गवासी हो गए और बैंक में काम करनेवाला उनका कनिष्ठ साथी सेवानिवृत्त हो गया। हाँ, लेकिन इस दौरान भी उनका रोज सुबह ट्राम से शहर जाना, शाम को जॉर्ज स्ट्रीट में भोजन करके शहर से पैदल वापस आना और रोज शाम को अखबार पढ़ना नहीं छूटा था।

एक शाम जब वे खाने की मेज पर बैठे थे और भोजन का ग्रास मुँह में डालने

ही वाले थे, तभी उनकी नजर मेज पर पड़े अखबार में छपे एक पैराग्राफ पर पड़ी एवं उसी पर जमी रह गई। भोजन का ग्रास उन्होंने वापस प्लेट में रख दिया और उसे पढ़ने लगे। बड़ी मुश्किल से वे भोजन का एक-दो ग्रास खा पाए होंगे, बाकी सारा भोजन प्लेट में पड़ा रह गया था। गिलास में रखा पानी पीकर वे अखबार को दुबारा पढ़ने लगे। भोजनालय की लड़की ने उनके पास आकर पूछा कि क्या भोजन अच्छा नहीं है? इस पर उन्होंने जवाब दिया कि "नहीं, भोजन तो बहुत अच्छा बना है।" उसके बाद उन्होंने अखबार को मोड़कर जेब में रखा और बिल चुकाकर बाहर निकल आए।

नवंबर का महीना था। अँधेरा होने वाला था। सर्द हवाओं के बीच तेजी से कदम बढ़ाते हुए वे अपने घर की ओर चले जा रहे थे। घर पहुँचकर सीधे अपने बेडरूम में गए और जेब से अखबार निकालकर एक बार फिर पढ़ने लगे। पढ़ते समय सिर्फ उनके होंठ हिल रहे थे, जैसे कोई पादरी चर्च में प्रार्थना कर रहा हो। पैराग्राफ कुछ इस प्रकार था—

"सिडनी परेड में एक महिला की मौत—एक दर्दनाक हादसा

"आज डबलिन हॉस्पिटल में डिप्टी कोरोनर (अपमृत्यु अधिकारी) ने चालीस वर्षीय ऐमिली सिनिको, जिनकी कल शाम सिडनी परेड स्टेशन पर ट्रेन के नीचे आने से मौत हो गई थी, के शव का परीक्षण किया। सूत्रों से मिली जानकारी के अनुसार लाइन पार करने की कोशिश के दौरान महिला किंग्सटाउन की ओर से आ रही रेलगाड़ी के नीचे आ गई, जिससे उसकी मौत हो गई।

आज डबलिन हॉस्पिटल में डिप्टी कोरोनर (अपमृत्यु अधिकारी) ने चालीस वर्षीय ऐमिली सिनिको, जिनकी कल शाम सिडनी परेड स्टेशन पर ट्रेन के नीचे आने से मौत हो गई थी, के शव का परीक्षण किया। सूत्रों से मिली जानकारी के अनुसार लाइन पार करने की कोशिश के दौरान महिला किंग्सटाउन की ओर से आ रही रेलगाड़ी के नीचे आ गई, जिससे उसकी मौत हो गई।

"गाड़ी के ड्राइवर जेम्स लेनन ने बताया कि वे पिछले पंद्रह साल से रेलवे कंपनी में काम कर रहे हैं। गार्ड के सीटी बजाने पर उन्होंने गाड़ी चलाई और एक या दो सेकंड में ही चीख सुनकर गाड़ी रोक दी। गाड़ी बहुत धीमी गति में थी।

"एक प्रत्यक्षदर्शी कुली ने बताया कि गाड़ी चलने ही वाली थी, तभी उसने एक महिला को लाइन पार करते देखा, जिसे रोकने के लिए वह उसकी ओर दौड़ा और चिल्लाया, लेकिन जब तक वह पहुँच पाता, महिला गाड़ी के नीचे आ गई।"

एक जूरी सदस्य—"आपने महिला को गिरते देखा था?"

गवाह—"जी हाँ।"

पुलिस सार्जेंट क्रॉली ने बताया कि जब वे पहुँचे, उस समय महिला प्लेटफॉर्म पर मृत पड़ी थी। शव को वेटिंगरूम में रखवाकर वे एंबुलेंस के आने का इंतजार करने लगे।

डबलिन हॉस्पिटल के असिस्टेंट हाउस सर्जन ने बताया कि मृतक की रीढ़ की दो हड्डियों में फ्रैक्चर था और उसके दाहिने कंधे पर गंभीर चोट आई थी। उन्होंने बताया कि महिला की मौत चोट के कारण नहीं, बल्कि शॉक लगने से, हृदय का अचानक काम करना बंद कर देने के कारण हुई है।

डबलिन हॉस्पिटल के असिस्टेंट हाउस सर्जन ने बताया कि मृतक की रीढ़ की दो हड्डियों में फ्रैक्चर था और उसके दाहिने कंधे पर गंभीर चोट आई थी। उन्होंने बताया कि महिला की मौत चोट के कारण नहीं, बल्कि शॉक लगने से, हृदय का अचानक काम करना बंद कर देने के कारण हुई है।

रेलवे कंपनी की ओर से श्रीमान एच.बी. पैटरसन फिनले ने घटना पर अफसोस जताते हुए कहा कि कंपनी यह सुनिश्चित करने के लिए कि लोग पुल से ही लाइन पार करें, हर संभव सावधानी बरतती है, लेकिन यह मृतक महिला अकसर लाइन पार करके एक प्लेटफॉर्म से दूसरे प्लेटफॉर्म पर जाया करती थी, जो इसकी रोज की आदत थी। इस कारण इस घटना के लिए रेलवे अधिकारियों को जिम्मेदार नहीं ठहराया जा सकता।

मृतका का पति कैप्टन सिनिको ने अपने बयान में कहा कि मृतका उनकी पत्नी थी। दुर्घटना के समय वे डबलिन में नहीं थे। उन्होंने बताया कि उनकी शादी 22 वर्ष पहले हुई थी और उनका वैवाहिक जीवन खुशहाल था। साथ ही उन्होंने यह बात स्वीकार की कि पिछले दो साल से उनकी पत्नी के स्वभाव में थोड़ा बदलाव आ गया था।

मिस मेरी सिनिको ने अपने बयान में कहा कि उनकी माँ की रात में अकसर

बाहर जाने की आदत थी। इस बारे में उन्होंने अपनी माँ से बात भी की थी और उन्हें किसी लीग से जुड़ने के लिए सलाह भी दिया करती थी। घटना के एक घंटे बाद वह घर पहुँची थी। डॉक्टरी परीक्षण और गवाहों के बयान के आधार पर जूरी ने श्रीमान लेनन को आरोप-मुक्त करार दिया।

डिप्टी कोरोनर ने इसे एक दर्दनाक हादसा बताया और कैप्टन सिनिको तथा उनकी बेटी के साथ हमदर्दी जताते हुए कहा कि रेलवे कंपनी भविष्य में इस प्रकार की दुर्घटना से बचने के लिए हर संभव सावधानी बरतेगी। इस प्रकार किसी भी व्यक्ति पर कोई आरोप तय नहीं हुआ।

डिप्टी कोरोनर ने इसे एक दर्दनाक हादसा बताया और कैप्टन सिनिको तथा उनकी बेटी के साथ हमदर्दी जताते हुए कहा कि रेलवे कंपनी भविष्य में इस प्रकार की दुर्घटना से बचने के लिए हर संभव सावधानी बरतेगी। इस प्रकार किसी भी व्यक्ति पर कोई आरोप तय नहीं हुआ।

श्रीमान डफी ने अखबार पर से नजर हटाई और पथराई सी आँखों से खिड़की की ओर देखने लगे। नदी शांत थी, चारों ओर निस्तधता थी, बीच-बीच में ल्यूकन रोड की ओर से किसी मकान से बत्ती की हलकी रोशनी दिखाई दे जाती थी। इतना बुरा अंत! उसकी मौत का पूरा दृश्य उनकी आँखों के सामने नाचने लगा था और उन्हें यह सोचने को विवश कर रहा था कि नाहक ही उन्होंने उसके साथ अपने मन की बात साझा की और नाहक ही अपनी भावनाओं को उसकी भावनाओं के साथ जुड़ने का मौका दिया! सबकुछ सोच-सोचकर उनका दिल बैठा जा रहा था। हे भगवान्, इतना बुरा अंत! उसने अपने आपको बहुत नीचे गिरा लिया था। अपने आपको ही नहीं, बल्कि उन्हें भी नीचे गिरा दिया था। इतनी अधमता!

निस्संदेह, उसके पास जीने का कोई मकसद नहीं था, लेकिन क्या वह इतना नीचे गिर सकती थी? उन्हें उस रात की वह घटना याद आ रही थी, जब उसने उनका हाथ पकड़कर अपने गालों पर फेरना शुरू कर दिया था। अब उन्हें अपना निर्णय हर तरह से जायज लगने लगा था। तभी बत्ती चली गई और कमरे में अँधेरा हो गया। अँधेरे में उन्हें उस महिला के हाथों का स्पर्श सा महसूस होने लगा था, जिसने उनके दिलो-दिमाग को बुरी तरह से झकझोरना शुरू कर दिया था। अपना ओवरकोट पहनकर वह तुरंत बाहर निकल गए और चैपेलिजॉड ब्रिज के पब्लिक हाउस में जाकर बैठे।

वहाँ उन्होंने एक गरमागरम पंच (एक प्रकार की मदिरा) का ऑर्डर किया। पब्लिक हाउस के मालिक ने उन्हें शराब तो परोस दी, लेकिन उनके साथ कोई बात नहीं की। वहाँ कुल चार-पाँच लोग मौजूद थे, जो काउंटी किलडेयर के एक अमीर आदमी की संपत्तियों के बारे में बातचीत कर रहे थे और बीच-बीच में शराब के गिलास से शराब पिए जा रहे थे। सिगरेट की राख गिराने और थूकने के लिए वे अपने पैरों के नीचे के फर्श का इस्तेमाल कर रहे थे। श्रीमान डफी अपने स्टूल पर बैठे-बैठे चुपचाप उनकी ओर देख रहे थे, न किसी से कुछ बोल रहे थे और न किसी की बात सुन रहे थे। थोड़ी देर बाद जब वे सब चले गए तो श्रीमान डफी ने और शराब मँगवाई और काफी देर तक बैठे-बैठे पीते रहे। दुकान पर और कोई नहीं था। दुकान का मालिक भी जम्हाइयाँ लेते-लेते अखबार का पन्ना पलट रहा था। बीच-बीच में बाहर सुनसान सड़क पर आती-जाती ट्राम की आवाज सुनाई पड़ जाती थी।

अकेले बैठे-बैठे वे उस महिला के साथ बिताए अपने जीवन के क्षणों के बारे में सोच रहे थे, जो अब सिर्फ एक याद बनकर रह गई थी। 'आखिर वे कर भी क्या सकते थे, और न ही उसके साथ खुलकर जी सकते थे। तो उन्होंने वही किया, जो उन्हें ठीक लगा। इसमें उनका क्या दोष?' अब वे सोच रहे थे कि जिंदगी में वह कितनी अकेली थी! एक दिन वे खुद भी इस अकेली जिंदगी से तथा पूरी दुनिया से दूर, बहुत दूर चले जाएँगे और अगर कोई याद करनेवाला हुआ तो उसके लिए एक याद बनकर रह जाएँगे।

अकेले बैठे-बैठे वे उस महिला के साथ बिताए अपने जीवन के क्षणों के बारे में सोच रहे थे, जो अब सिर्फ एक याद बनकर रह गई थी। 'आखिर वे कर भी क्या सकते थे, और न ही उसके साथ खुलकर जी सकते थे। तो उन्होंने वही किया, जो उन्हें ठीक लगा। इसमें उनका क्या दोष?'

नौ बजे वे दुकान से बाहर निकले। बाहर बहुत सर्दी थी। पहले गेट से वे पार्क के अंदर आए और उन्हीं पेड़ों के झुरमुट में घूमने लगे, जहाँ चार साल पहले श्रीमती सिनिको के साथ घूमा करते थे। रात के अँधेरे में वे उसे अपने पास महसूस कर रहे थे। उसकी आवाज उनके कानों में गूँजती महसूस हो रही थी। 'आखिर क्यों मैंने उसका साथ छोड़ दिया? उसे यों मरने के लिए छोड़ दिया?' कई तरह के सवाल उनके जेहन में उठ रहे थे।

मैगाजिन हिल के पास वे रुके और डबलिन की ओर बहती नदी को देखने लगे। उस सर्द अँधेरी रात में शहर की लाल जगमगाती रोशनी मन को थोड़ा ढाढ़स बँधा रही थी। पहाड़ी के नीचे कुछ मानवीय आकृतियाँ दिखाई दे रही थीं। वे उस महिला के साथ अपने संबंधों के बारे में सोचने लगे। दुनिया को धोखा देकर चोरी से हासिल किए गए उस प्यार के बारे में सोचते हुए उनका मन निराशा से भर गया। वे स्वयं को जिंदगी की खुशियों से वंचित महसूस कर रहे थे। एक इनसान उन्हें प्यार करनेवाला मिला भी तो उसे उन्होंने स्वयं नकार दिया और ऐसा करके उन्होंने खुद को उसके दर्दनाक अंत का कारण बना लिया। पहाड़ी के नीचे जो लोग दिखाई दे रहे थे, वे श्रीमान डफी को देख रहे थे; वे यह जानते थे, लेकिन उनका मन चारों ओर से निराशा से भरा था। वे दुनिया में अकेला, बिल्कुल अकेला महसूस कर रहे थे। वे रात के अँधेरे में चमकते नदी के मटमैले पानी को देखने लगे। नदी के दूसरी ओर उन्होंने देखा कि एक मालगाड़ी रात के अँधेरे को चीरती हुई किंग्सब्रिज स्टेशन से निकलकर तेजी से आगे बढ़ रही थी। गाड़ी के इंजन से जैसे उसी के नाम की ध्वनि निकलती प्रतीत हो रही थी।

मैगाजिन हिल के पास वे रुके और डबलिन की ओर बहती नदी को देखने लगे। उस सर्द अँधेरी रात में शहर की लाल जगमगाती रोशनी मन को थोड़ा ढाढ़स बँधा रही थी। पहाड़ी के नीचे कुछ मानवीय आकृतियाँ दिखाई दे रही थीं। वे उस महिला के साथ अपने संबंधों के बारे में सोचने लगे। दुनिया को धोखा देकर चोरी से हासिल किए गए उस प्यार के बारे में सोचते हुए उनका मन निराशा से भर गया।

जिस रास्ते से वे गए थे, उसी रास्ते से वापस आने लगे। गाड़ी के इंजन की आवाज अब भी उनके कानों में गूँज रही थी। वे एक पेड़ के नीचे रुक गए। थोड़ी देर बाद इंजन की आवाज आनी बंद हो गई। अब उस अँधेरे में उन्हें न तो उसकी निकटता महसूस हो रही थी और न ही उनके कानों में उसकी आवाज सुनाई दे रही थी। उन्होंने कान लगाकर दुबारा सुनने की कोशिश की, लेकिन कुछ भी सुनाई नहीं दे रहा था। रात बिल्कुल निस्तब्ध थी और उस निस्तब्ध रात में वे खुद को अकेला, बिल्कुल अकेला महसूस कर रहे थे।

□

6

रेस के बाद

हवा से बात करती कारें नास रोड पर गोली की तरह सनसनाती डबलिन की ओर चली जा रही थीं। इंचीकोर पहाड़ी पर दर्शकों की भीड़ जमा थी, जो कारों की इस रेस को देखने के लिए इकट्ठा हुई थी और गरीबी तथा अकर्मण्यता के इस चैनल के माध्यम से देश अपने ऐश्वर्य और उद्योग का प्रदर्शन कर रहा था। बीच-बीच में लोगों की भीड़ अपनी जयध्वनि से कारचालकों का उत्साह बढ़ाती जा रही थी। हालाँकि उनकी सहानुभूति खासकर नीली कारों के साथ थी, जो उनके मित्रों यानी फ्रांसीसियों की थीं।

पहले स्थान पर रही जर्मन कार का ड्राइवर बेल्जियम का बताया जा रहा था। फ्रांसीसी टीम दूसरे और तीसरे स्थान पर रही। हर नीली कार को दोहरा अभिवादन मिल रहा था और कार में बैठे लोग मुसकराकर इस अभिवादन का जवाब दे रहे थे। ऐसी ही एक नीली कार में चार नौजवानों की एक पार्टी बैठी थी, जिनका जोश-ओ-खरोश देखते ही बनता था। इन चार नौजवानों में एक, कार का मालिक चार्ल्स सेगुइन था। दूसरा, कनाडाई मूल का एक इलेक्ट्रीशियन आंद्रे रिवियरे था। तीसरा, एक हंगेरियन था, जिसका नाम विलोना था और चौथा, डॉयले नाम का एक सजीला नौजवान था। चारों बहुत खुश दिखाई दे रहे थे। सेगुइन की खुशी का कारण यह था कि वह पेरिस में एक मोटर कंपनी शुरू करनेवाला था और उसे एडवांस में कुछ ऑर्डर मिल गए थे। रिवियरे इसलिए खुश था कि उसे उस मोटर कंपनी का मैनेजर नियुक्त किया जा रहा था। बाकी दोनों नौजवान (जो आपस में चचेरे भाई थे) रेस में फ्रांसीसी कारों की सफलता पर खुश थे। विलोना तो स्वभाव से ही हँसमुख और आशावादी था तथा डॉयले रेस को लेकर इतना उत्साहित था कि उसके चेहरे पर एक स्वाभाविक प्रसन्नता झलक रही थी।

वह छब्बीस वर्ष का नौजवान था, जिसके चेहरे पर हलकी मूँछें और आँखों में मासूमियत झलक रही थी। उसके पिता ने एक प्रगतिशील नेशनलिस्ट के रूप में अपना जीवन शुरू किया था और किंग्सटाउन तथा डबलिन में अपनी दुकानों से उन्होंने खूब पैसा कमाया था। उन्हें कुछ पुलिस कॉण्ट्रैक्ट भी मिले थे। इस प्रकार वे इतने अमीर बन गए थे कि डबलिन के अखबारों में उन्हें 'मर्चेंट प्रिंस' के नाम से संबोधित किया जा रहा था। अपने बेटे को उन्होंने इंग्लैंड के एक बड़े कैथोलिक कॉलेज में पढ़ाया था और उसके बाद डबलिन यूनिवर्सिटी से उसे कानून की पढ़ाई कराई थी। जिम्मी पढ़ाई को लेकर बहुत ज्यादा संजीदा नहीं था, उसे म्यूजिक और रेस का ज्यादा शौक था। उसके बाद कैंब्रिज में उसने पढ़ाई की। कैंब्रिज में ही उसकी मुलाकात सेगुइन से हुई थी। शुरू-शुरू में तो दोनों के बीच बस जान-पहचान ही थी, लेकिन जिम्मी को ऐसे व्यक्ति के साथ रहना अच्छा लग रहा था, जिसने इतनी दुनिया देखी थी और फ्रांस में कई बड़े-बड़े होटलों का मालिक था। विलोना, जो स्वभाव से हँसमुख था, जबरदस्त पियानो-वादक था, लेकिन दुर्भाग्य से गरीब था।

वह छब्बीस वर्ष का नौजवान था, जिसके चेहरे पर हलकी मूँछें और आँखों में मासूमियत झलक रही थी। उसके पिता ने एक प्रगतिशील नेशनलिस्ट के रूप में अपना जीवन शुरू किया था और किंग्सटाउन तथा डबलिन में अपनी दुकानों से उन्होंने खूब पैसा कमाया था।

कार, जिस पर ये चारों नौजवान सवार थे, तेजी से आगे बढ़ रही थी। दोनों चचेरे भाई आगे की सीट पर बैठे थे। जिम्मी अपने हंगेरियन दोस्त के साथ पीछे की सीट पर बैठा था। विलोना कोई संगीत गुनगुना रहा था, जिसकी आवाज गाड़ी के इंजन की आवाज के साथ विलीन होती जा रही थी।

दौलत, शोहरत और तेज गति, ये तीन चीजें हैं, जो व्यक्ति को भौतिक खुशी देने वाली होती हैं और ये तीनों चीजें जिम्मी के पास थीं। उस दिन उसके कई दोस्तों ने उसे इन कॉण्टिनेंटल (महाद्वीपीय) लोगों के साथ देखा था। सेगुइन ने उसका सामना एक फ्रांसीसी प्रतिस्पर्धी के साथ कराया था। उसकी प्रशंसा भरी बुदबुदाहट के जवाब में ड्राइवर के काले चेहरे पर सफेद मोतियों जैसे दाँत चमक उठे थे। दौलत की बात करें तो उसके पास अच्छी-खासी दौलत थी। जिम्मी यह बात अच्छी

तरह से जानता था कि यह दौलत कितनी मुश्किल से जुटाई गई है, जिसे आज वह दाँव पर लगाने जा रहा है। यह उसकी जिंदगी का एक अहम मसला था।

निस्संदेह यह एक अच्छा निवेश था। जिम्मी को अपने पिता की व्यावसायिक कुशलता पर बहुत विश्वास था और इस निवेश का सुझाव सबसे पहले उसके पिता ने ही उसे दिया था। वैसे रुपए-पैसे के मामले में सेगुइन भी कुछ कम नहीं था। वह कार, जिसमें वे बैठे थे, कितनी मजे में दौड़ रही थी। कितने मस्त अंदाज में वे गाँव की सड़कों से होकर चल रहे थे।

उनकी कार डेम स्ट्रीट की ओर दौड़ रही थी। सड़क पर ट्रैफिक बहुत ज्यादा था। हर तरफ मोटरगाड़ियों के हॉर्न और ट्राम चालकों की घंटी की आवाजें सुनाई दे रही थीं। रात का खाना वे सेगुइन के होटल में खाने वाले थे, उसके बाद जिम्मी और उसके दोस्त को घर जाकर कपड़े बदलने थे। बैंक के पास आकर गाड़ी रुकी और जिम्मी तथा उसका दोस्त दोनों गाड़ी से उतर गए। घर्र-घर्र की आवाज करती गाड़ी के फुटपाथ पर लोगों की एक भीड़ इकट्ठा हो गई थी। दोनों नौजवान उनके बीच में से रास्ता बनाकर निकलने लगे तो गाड़ी धीमी गति से ग्राफ्टन स्ट्रीट की ओर बढ़ने लगी।

उनकी कार डेम स्ट्रीट की ओर दौड़ रही थी। सड़क पर ट्रैफिक बहुत ज्यादा था। हर तरफ मोटरगाड़ियों के हॉर्न और ट्राम चालकों की घंटी की आवाजें सुनाई दे रही थीं। रात का खाना वे सेगुइन के होटल में खाने वाले थे, उसके बाद जिम्मी और उसके दोस्त को घर जाकर कपड़े बदलने थे। बैंक के पास आकर गाड़ी रुकी और जिम्मी तथा उसका दोस्त दोनों गाड़ी से उतर गए।

यह डिनर जिम्मी के घर पर रखा गया था। नई ड्रेस में जिम्मी बहुत सजीला लग रहा था। जिम्मी के पिता का व्यवहार विलोना के प्रति काफी मित्रवत् था और उनके तौर-तरीकों से पता चलता था कि विदेशी सौंदर्य के प्रति उनके मन में विशेष लगाव था। डिनर बहुत मजेदार था। इसी बीच उनके साथ एक और नौजवान आकर मिल गया था, राउथ नाम था उसका, जिसे जिम्मी ने कैंब्रिज में सेगुइन के साथ देखा था। सब मस्ती के मूड में थे और खूब खुलकर बातें कर रहे थे। इलेक्ट्रिक कैंडल लैंप से रोशन एक शानदार कमरे में उन्होंने डिनर किया। पाँचों की अपनी अलग-अलग पसंद और अलग-अलग रुचि थीं। विलोना अंग्रेजी लोकगीतों

के सौंदर्य की बात कर रहा था, तो रिवियरे ने फ्रांसीसी मेकैनिकों की दक्षता की बात शुरू कर दी। उधर उनके हंगेरियन साथी ने रोमांटिक पेंटरों को अपनी बातचीत का विषय बनाया तो सेगुइन ने राजनीति की बात छेड़ दी। सब डिनर कर चुके तो मेजबान ने कमरे की एक खिड़की खोल दी।

उस रात शहर जैसे राजधानी बन गया था। स्टीफेंस ग्रींस में घूमते हुए पाँचों दोस्तों ने खूब बातें कीं। लोग उन्हें देखकर बगल हो जाते थे। ग्राफ्टन स्ट्रीट के नुक्कड़ पर एक मोटा सा आदमी तो खूबसूरत महिलाओं को एक कार में बैठा रहा था। कार चल पड़ी तो उस मोटे से आदमी की नजर इन लोगों पर पड़ी।

"आंद्रे!"

"फार्ली!"

इसके साथ ही बातचीत का दौर शुरू हो गया। फार्ली एक अमेरिकन था। दोनों किस विषय पर बात कर रहे थे, यह कोई नहीं जान पाया। विलोना और रिवियरे सबसे ज्यादा बोल रहे थे, लेकिन वे सब-के-सब उत्साहित थे। इस प्रकार हँसते-हँसते वे कार में बैठे और गीत-संगीत का आनंद लेते चल पड़े। वेस्टलैंड रो पर उन्होंने ट्रेन पकड़ी और कुछ ही देर में किंग्सटाउन स्टेशन पहुँच गए। स्टेशन से बाहर निकलते समय टिकट कलेक्टर, जो एक उम्रदराज आदमी था, ने जिम्मी का अभिवादन किया, "फाइन नाइट, सर!" उसके बाद वे एक-दूसरे के हाथों में हाथ डाले और एक स्वर में गाते हुए बंदरगाह की ओर चले गए। रात शांत और सुहावनी थी। वे एक नाव में बैठे। अब समय था देर रात के भोजन का, संगीत का और पत्तों का।

उस रात शहर जैसे राजधानी बन गया था। स्टीफेंस ग्रींस में घूमते हुए पाँचों दोस्तों ने खूब बातें कीं। लोग उन्हें देखकर बगल हो जाते थे। ग्राफ्टन स्ट्रीट के नुक्कड़ पर एक मोटा सा आदमी तो खूबसूरत महिलाओं को एक कार में बैठा रहा था। कार चल पड़ी तो उस मोटे से आदमी की नजर इन लोगों पर पड़ी।

"मजा आएगा!" विलोना बोल पड़ा।

कैबिन में एक पियानो पड़ा था। विलोना ने उसे बजाना शुरू कर दिया। पाँचों दोस्त एक बार फिर मस्ती के मूड में थे। तभी फार्ली ने उन्हें रोकते हुए कहा, "रुक जाओ!" एक आदमी भोजन लेकर आया और सब बैठकर भोजन करने लगे। भोजन

के साथ-साथ वे पीने का लुत्फ भी उठा रहे थे। जिम्मी ने एक लंबा-चौड़ा भाषण दिया। विलोना बीच-बीच में बोलता जा रहा था, "सुनो! सुनो!" भाषण खत्म हुआ तो सब तालियाँ बजाने लगे। भाषण के लिए फार्ली ने जिम्मी की पीठ थपथपाई और हँसने लगा। कितने मस्त दोस्त थे और कितनी मस्त उनकी दोस्ती थी!

अब बारी थी पत्तों की। मेज खाली की गई और खेल शुरू हो गया। विलोना वापस अपना पियानो बजाने लगा और बाकी लोग पत्ते खेल रहे थे। विलोना को लगा कि उसका पियानो सुननेवाला कोई नहीं है, क्योंकि ताश का खेल जोर-शोर से चल रहा था। जिम्मी यह नहीं जान पा रहा था कि कौन जीत रहा है, लेकिन वह इतना जरूर जानता था कि वह हार रहा है, लेकिन वह अपनी ही गलती के कारण हार रहा था। देर बहुत हो चुकी थी। तभी किसी ने अंतिम गेम का प्रस्ताव रखा।

पियानो बंद हो गया था। विलोना छत पर चला गया। अंतिम गेम बहुत दिलचस्प था। जिम्मी जानता था कि असली खेल राउथ और सेगुइन के बीच है। कितना रोमांचकारी था! जिम्मी भी रोमांचित था, यह जानते हुए भी कि वह हारनेवाला है। जल्दी-जल्दी उन्होंने अपना अंतिम गेम पूरा किया और पत्ते समेटकर रख लिये। उसके बाद हार-जीत का हिसाब-किताब होने लगा। फार्ली और जिम्मी सबसे ज्यादा हारे थे।

उसे पता था कि सुबह होने पर उसे अपनी इस हार का पछतावा होगा, लेकिन अभी तो वह सबके साथ खुश था। मेज पर दोनों कोहनियों के बल झुककर और अपना सिर दोनों हाथों के बीच में रखकर जैसे वह अपनी कनपटियों की धड़कन गिन रहा था। तभी कैबिन का दरवाजा खुला और उसकी नजर अपने हंगेरियन साथी पर पड़ी, जो कह रहा था, "भाइयो, सुबह हो गई।"

□

7

एक मुलाकात

'वाइल्ड वेस्ट' के बारे में हमें जो डिल्लों ने बताया था, उसके पास एक छोटी सी लाइब्रेरी थी, जो द यूनियन जैक, प्लक और द हॉफपेनी मार्बल के पुराने नंबरों से तैयार की गई थी। रोज शाम को स्कूल से आने के बाद हम उसके गार्डन में मिलते थे और भारतीय खेल खेला करते थे। वह और उसका छोटा भाई लियो घुड़साल के मचान को पकड़े रहते थे और हम उसे लेकर भागते थे। कभी-कभी हम घास के ऊपर कुश्ती भी लड़ते थे, जिसमें हर बार जो डिल्लनों ही जीतता था। उसके माता-पिता रोज सुबह गार्डिनर स्ट्रीट में आठ बजे की प्रार्थना में जाया करते थे। हम उम्र में उससे छोटे थे और थोड़ा डरते भी थे। जब वह हाथ से डिब्बा बजाता हुआ और मुँह से 'याका, याका, याका, याका' की चीख निकालता हुआ गार्डन में उछलता था तो बिल्कुल किसी भारतीय की तरह लगता था।

जब यह बात पता चली कि उसे पादरी का काम मिल रहा है तो इस पर किसी को विश्वास ही नहीं हो रहा था, लेकिन बात सही थी।

हम सब मस्ती के मूड में थे और उसके प्रभाव से हमारे बीच मौजूद सांस्कृतिक और संवैधानिक भेदभाव मिट गया था। हमारा एक-दूसरे के साथ भावनात्मक जुड़ाव हो गया। 'वाइल्ड वेस्ट' में जो कहानियाँ थीं, वे मेरी स्वाभाविक पसंद से बिल्कुल हटकर थीं। मुझे अमेरिकी जासूसी कहानियाँ ज्यादा पसंद थीं। इन कहानियों में वैसे तो कोई बुराई नहीं थी और इनका परिप्रेक्ष्य भी प्राय: साहित्यिक था, लेकिन स्कूल फादर बटलर रोमन इतिहास के चार पेज सुना रहे थे तो लियो डिल्लों के पास द हॉफपेनी मार्बल की एक प्रति मिली। इस पर फादर बटलर बहुत नाराज हुए थे—"क्या है यह ? रोमन इतिहास पढ़ने की बजाय यही सब पढ़ते हो

तुम लोग? कॉलेज में दुबारा ऐसा कोई साहित्य मुझे नहीं दिखाई देना चाहिए। इसे लिखनेवाला आदमी भी कोई पागल रहा होगा, जो अपनी पीने की लत के लिए इस तरह की सामग्री लिखता रहा होगा। तुम जैसे पढ़े-लिखे लड़कों को इस तरह की कहानियाँ पढ़ते देखकर मुझे हैरानी होती है। डिल्लों, अब मैं तुम्हें साफ-साफ कह देता हूँ, चुपचाप अपनी पढ़ाई करो, वरना···"

लियो डिल्लों का चेहरा देखने लायक था। फादर की इस डाँट के बाद 'वाइल्ड वेस्ट' की जो छवि मेरे मन में थी, वह धूमिल पड़ गई और मेरी आँखें खुल गईं, लेकिन धीरे-धीरे जब सुबह स्कूल जाना, शाम को स्कूल से आकर खेलना, यह रोज की दिनचर्या मुझे उबाऊ लगने लगी तो एक बार फिर मन कुछ यथार्थ एवं साहसिक गतिविधियों के लिए भटकने लगा और इतना मैं जानता था कि इस प्रकार की साहसिक गतिविधियों का आनंद उन लोगों को नहीं मिलता, जो घर में पड़े रहते हैं, इसके लिए बाहर निकलना पड़ता है।

गरमी की छुट्टियाँ निकट थीं। मैंने पूरा मन बना था कि ज्यादा नहीं तो कम-से-कम एक दिन के लिए इस उबाऊ स्कूली दिनचर्या से बाहर निकलकर जरूर देखूँगा। लियो डिल्लों और एक अन्य लड़के के साथ, जिसका नाम महोनी था, मैंने स्कूल से एक दिन की छुट्टी करने की योजना बनाई। तीनों के पास छह-छह पैसे थे।

गरमी की छुट्टियाँ निकट थीं। मैंने पूरा मन बना था कि ज्यादा नहीं तो कम-से-कम एक दिन के लिए इस उबाऊ स्कूली दिनचर्या से बाहर निकलकर जरूर देखूँगा। लियो डिल्लों और एक अन्य लड़के के साथ, जिसका नाम महोनी था, मैंने स्कूल से एक दिन की छुट्टी करने की योजना बनाई। तीनों के पास छह-छह पैसे थे। हमने सुबह दस बजे कैनाल ब्रिज पर मिलना तय किया। महोनी ने अपनी बड़ी बहन से एक प्रार्थना-पत्र लिखवा लिया और डिल्लों ने अपने भाई से कहलवा दिया कि वह बीमार है। हमें हवार्फ रोड से होते हुए पिजम हाउस तक जाना था। लियो डिल्लों के मन में डर था कि कहीं वहाँ फादर बटलर न मिल जाएँ, लेकिन महोनी ने समझदारी दिखाते हुए कहा कि फादर बटलर वहाँ पिजम हाउस क्या करने जाएँगे? मैंने अपने छह पैसे निकाले और उन दोनों के छह-छह पैसे भी लेकर इकट्ठा किए तथा मन में अगले दिन की साहसिक यात्रा का उत्साह लिये हम एक-दूसरे से हाथ मिलाकर

घर के लिए चल पड़े। रात में मैं चैन की नींद सोया और सुबह सबसे पहले उठकर कैनाल ब्रिज पर पहुँच गया। किताबें गार्डन के छोर पर कूड़ेदान के पास उगी लंबी-लंबी घासों में छिपाईं और कैनाल (नहर)के किनारे-किनारे चलने लगा। जून का महीना था। धूप खिली हुई थी। मैं पुल पर आराम से बैठ गया और अपने जर्जर जूतों की ओर देखने लगा। पहाड़ी की ओर नजर गई तो देखा कि एक घोड़ागाड़ी में बैठकर कुछ लोग जा रहे थे। पेड़ों की हरी-हरी पत्तियाँ धूप में चमक रही थीं और सूर्य की रोशनी उनसे छनकर पानी पर पड़ रही थी। पुल का ग्रेनाइट पत्थर गरम होने लगा था। मैं बहुत खुश था।

पाँच या दस मिनट के बाद मुझे महोनी आता दिखाई दे गया। मुसकराते हुए आकर वह मेरी बगल में बैठ गया। वह अपनी जेब में गुलेल लेकर आया था और कह रहा था कि इससे वह चिड़ियों को मारेगा। डिल्लों अब तक नहीं आया था। लगभग आधा घंटा इंतजार करने के बाद महोनी एकदम उठा और कहने लगा,

नॉर्थ स्ट्रैंड रोड से होते हुए हम पहले विट्रिऑल वर्क्स तक गए, फिर वहाँ दाएँ मुड़कर चलते हुए हवार्फ रोड आ गए। जब हम लोगों की नजरों से दूर हुए तो महोनी ने अपनी चाल-ढाल किसी भारतीय की तरह ही बना ली। अपनी खाली गुलेल को भाँजते हुए वह लड़कियों के एक झुंड का पीछा करने लगा।

"चलो, चलते हैं। मुझे पता था वह भोंदू नहीं आएगा।"

"और उसके छह पैसे?" मैंने कहा।

"वे जब्त हो गए।" महोनी ने कहा।

नॉर्थ स्ट्रैंड रोड से होते हुए हम पहले विट्रिऑल वर्क्स तक गए, फिर वहाँ दाएँ मुड़कर चलते हुए हवार्फ रोड आ गए। जब हम लोगों की नजरों से दूर हुए तो महोनी ने अपनी चाल-ढाल किसी भारतीय की तरह ही बना ली। अपनी खाली गुलेल को भाँजते हुए वह लड़कियों के एक झुंड का पीछा करने लगा। लड़कियों के सामने अपना प्रभाव जमाने के लिए दो लड़कों ने हमारी ओर पत्थर मारना शुरू कर दिया। जवाब में महोनी ने कहा कि हम भी पत्थर मारेंगे, लेकिन मैंने उसे रोक दिया। हमें चिढ़ाते हुए वे कुछ दूर तक हमारे पीछे-पीछे आए, लेकिन हम उनसे उलझने की बजाय चुपचाप चलने लगे।

वहाँ से चलकर हम नदी के पास आए। पत्थर की ऊँची-ऊँची दीवारों से घिरी और शोरगुल से भरी सड़कों पर हमें काफी समय लग गया, क्योंकि हम क्रेनों और इंजनों को देखते हुए चल रहे थे। जब हम घाटों पर पहुँचे, उस समय दोपहर हो चुकी थी। सारे मजदूर लंच कर रहे थे। हमने भी दो बड़ी डबलरोटियाँ खरीदीं और एक ओर आराम से बैठकर खाने लगे। वहाँ डबलिन का वाणिज्यिक कारोबार देखकर हमें बहुत अच्छा लग रहा था। ऊन के गुच्छों की तरह धुआँ छोड़ते मालवाहक पोत, मछली पकड़नेवाला बेड़ा और सामने के घाट पर खड़ा सफेद रंग का बड़ा सा जहाज, जिस पर से माल खाली किया जा रहा था। उस समय स्कूल और घर की चिंता हमारे मन में बिल्कुल नहीं थी।

एक नाव में बैठकर हमने लिफी पार की। नाव में हमारे साथ दो मजदूर और हाथ में थैला लिये एक यहूदी बैठे थे। वैसे तो हम पूरी तरह से संजीदा थे, लेकिन जब एक बार हमारी निगाहें मिलीं तो हम हँस पड़े। दूसरी तरफ पहुँचकर हमने उस सफेद रंग के जहाज को नजदीक से देखा, जो हमें पहले घाट से दिखाई दे रहा था।

एक नाव में बैठकर हमने लिफी पार की। नाव में हमारे साथ दो मजदूर और हाथ में थैला लिये एक यहूदी बैठे थे। वैसे तो हम पूरी तरह से संजीदा थे, लेकिन जब एक बार हमारी निगाहें मिलीं तो हम हँस पड़े। दूसरी तरफ पहुँचकर हमने उस सफेद रंग के जहाज को नजदीक से देखा, जो हमें पहले घाट से दिखाई दे रहा था। पास में खड़े एक व्यक्ति ने बताया कि यह नॉर्वे का जहाज है। मैं वहाँ खड़े विदेशी नाविकों को देखने लगा। मैं देखना चाहता था कि क्या उनमें से कोई हरी आँखों वाला भी है? सब नाविकों की आँखें नीली, भूरी या फिर काली थीं। एक ही नाविक ऐसा था, जिसकी आँखें कुछ हरी थीं, वह एक लंबा सा आदमी था, जो बीच-बीच में 'बहुत अच्छे! बहुत अच्छे!' बोलते हुए वहाँ काम कर रहे मजदूरों का उत्साह बढ़ा रहा था।

यहाँ के दृश्य से जब मन भर गया तो हम रिंगसेंड की ओर निकल गए। तब तक दिन काफी गरम हो चुका था। हमने एक दुकान से कुछ बिस्कुट व चॉकलेट खरीदे और रिंगसेंड की उन गलियों से होकर घूमने लगे, जिनमें मछुआरों के परिवार रहा करते हैं। वहाँ कोई डेयरी दिखाई नहीं दे रही थी, इसलिए हमने एक दुकान से एक-एक बोतल रसभरी शिकंजी खरीदी। उसे पीने के बाद हम तरोताजा महसूस

कर रहे थे। तभी महोनी की नजर एक बिल्ली पर पड़ी और वह उसका पीछा करने लगा, लेकिन वह एक बड़े से खेत में निकल गई।

अब तक काफी देर हो चुकी थी और दिनभर घूमते-घूमते हम काफी थक भी गए थे। हमें चार बजे से पहले-पहले घर भी पहुँचना था, ताकि किसी को यह पता न चले कि हम कॉलेज जाने की बजाय कहीं घूमने गए थे। महोनी अपनी गुलेल की ओर देख रहा था। सूर्य बादलों के पीछे कहीं छिप गया था। महोनी किसी नए खेल में उलझता, इससे पहले ही मैं उससे कहने लगा कि हमें रेल द्वारा घर चलना चाहिए।

वहाँ उस बड़े से मैदान में हम दोनों के अलावा और कोई दिखाई नहीं दे रहा था। हम वहीं लेट गए। थोड़ी देर बाद मुझे मैदान के एक छोर से एक आदमी आता दिखाई दिया, जो धीरे-धीरे हमारी ओर बढ़ रहा था। उसका एक हाथ कमर पर था और दूसरे हाथ में एक छड़ी थी, जिसे वह जमीन पर पटकता हुआ चल रहा था। मैं लेटे-लेटे उसे ही देख रहा था। वह गहरे हरे रंग का सूट पहने हुए था और सिर पर जैरी की टोपी लगा रखी थी। उसकी सफेद होती मूँछें और चाल-ढाल देखकर उसकी उम्र का अंदाजा लगाया जा सकता था। हमारे ठीक बगल से गुजरते हुए उसने एक नजर हम दोनों पर डाली और आगे चला गया। हम उसे ही देख रहे थे। लगभग पचास कदम आगे चलने के बाद वह पीछे मुड़ा और धीरे-धीरे चलते हुए वापस हमारे पास आ गया। उसे जमीन पर छड़ी पटक-पटककर चलते हुए देखकर ऐसा लग रहा था, जैसे वह कुछ ढूँढ़ रहा हो।

वहाँ उस बड़े से मैदान में हम दोनों के अलावा और कोई दिखाई नहीं दे रहा था। हम वहीं लेट गए। थोड़ी देर बाद मुझे मैदान के एक छोर से एक आदमी आता दिखाई दिया, जो धीरे-धीरे हमारी ओर बढ़ रहा था। उसका एक हाथ कमर पर था और दूसरे हाथ में एक छड़ी थी, जिसे वह जमीन पर पटकता हुआ चल रहा था। मैं लेटे-लेटे उसे ही देख रहा था।

हमारे बिल्कुल पास आकर वह रुक गया और हमें 'शुभ दिन' कहते हुए वहीं बैठ गया। हमने भी जवाब में उसे 'शुभ दिन' कहा। अब वह हमारे साथ बातें करने लगा, "इस बार गरमी ज्यादा है, हम लोग छोटे-छोटे थे, तब से अब तक मौसम की दशाओं ने कितना बदलाब आ चुका है! बातों-बातों में उसने यह भी कहा कि

स्कूल के दिन जिंदगी के सबसे अच्छे दिन होते हैं, अपने उन दिनों को वापस पाने के लिए मैं कुछ भी दे सकता हूँ।" हम चुप थे, क्योंकि उसकी ये सब बातें हमें उबाऊ लग रही थीं। उसके बाद वह स्कूल और किताबों के बारे में बात करने लगा। उसने हमसे पूछा कि क्या तुमने थॉमस मूरे की कविताएँ या सर वॉल्टर स्कॉट और लॉर्ड लिटन की रचनाएँ पढ़ी हैं? मैंने कुछ इस तरह बात की कि उसे लगा कि मैंने ये सब किताबें पढ़ी हैं।

उसने कहा, "अच्छा, तो तुम भी मेरी तरह किताबें पढ़ने के शौकीन हो।" उसके बाद जब वह महोनी की ओर इशारा करते हुए कुछ कहने वाला था, तब झट से मैंने कह दिया, "यह थोड़ा अलग है, इसे खेल-कूद में ज्यादा दिलचस्पी है।"

वह हमें बताने लगा कि उसने अपने घर पर सर वॉल्टर स्कॉट और लॉर्ड लिटन की सारी रचनाएँ रखी हैं और बड़े चाव से उन्हें पढ़ता है। उसने कहा, "लॉर्ड लिटन की कुछ रचनाएँ ऐसी हैं, जिन्हें लड़के नहीं पढ़ सकते।" इस पर महोनी एकदम पूछ पड़ा, "क्यों, लड़के क्यों नहीं पढ़ सकते?" उसके इस सवाल से मैं थोड़ा परेशान सा हो गया, क्योंकि मुझे डर था कि कहीं यह आदमी मुझे भी महोनी की तरह भोंदू न समझ बैठे! खैर, वह आदमी बस मुसकराकर रह गया। मैंने देखा कि उसके पीले-पीले दाँतों के बीच बड़े-बड़े सुराग थे। तब उसने प्रेमिकाओं की बात छेड़ दी और पूछने लगा कि किसके पास सबसे ज्यादा प्रेमिकाएँ हैं?

वह हमें बताने लगा कि उसने अपने घर पर सर वॉल्टर स्कॉट और लॉर्ड लिटन की सारी रचनाएँ रखी हैं और बड़े चाव से उन्हें पढ़ता है। उसने कहा, "लॉर्ड लिटन की कुछ रचनाएँ ऐसी हैं, जिन्हें लड़के नहीं पढ़ सकते।" इस पर महोनी एकदम पूछ पड़ा, "क्यों, लड़के क्यों नहीं पढ़ सकते?" उसके इस सवाल से मैं थोड़ा परेशान सा हो गया, क्योंकि मुझे डर था कि कहीं यह आदमी मुझे भी महोनी की तरह भोंदू न समझ बैठे!

महोनी ने बताया कि उसके पास तीन प्रेमिकाएँ हैं। जब मैंने बताया कि मेरे पास एक भी प्रेमिका नहीं है तो उसे विश्वास नहीं हो रहा था। उसने कहा कि कम-से-कम एक तो जरूर होगी!

तब महोनी ने उससे पूछा, "अच्छा, आप बताइए, आपके पास कितनी हैं?"

वह आदमी पहले तो मुसकराया, फिर कहने लगा कि जब वह हमारी उम्र का था, तब उसके पास कई-कई प्रेमिकाएँ हुआ करती थीं। उसने कहा, "हर लड़के की कोई-न-कोई प्रेमिका होती है।"

लड़के-लड़कियों और प्रेमी-प्रेमिकाओं के विषय पर वह बड़े खूबसूरत अंदाज में बातें कर रहा था, लेकिन पता नहीं क्यों, मुझे लग रहा था कि बात करते-करते वह अंदर से डर सा रहा था। वह हमें अपने बारे में बता रहा था कि कैसे उसे खूबसूरत बालों, गोरे-गोरे हाथोंवाली लड़कियाँ अच्छी लगती थीं। वह कुछ ऐसे अंदाज में बता रहा था, जैसे ये सारे शब्द उसके रटे-रटाएँ हों। बीच-बीच में बहुत धीमी आवाज में बोलने लगता था, जैसे वह चाहता था कि कोई और उसकी बात को न सुन पाए। उसकी बातें मैं सुन तो रहा था, लेकिन मुझे उसमें कोई मजा नहीं आ रहा था। काफी देर तक वह इसी तरह बातें करता रहा और फिर उठा और कहने लगा कि उसे चलना चाहिए। इतना कहकर वह धीरे-धीरे मैदान के दूसरे छोर की ओर चल पड़ा। उसके जाने के बाद एक-दो मिनट तक हमने कोई बात नहीं की। तभी अचानक महोनी बोल पड़ा, "अरे, देख तो क्या कर रहा है वह ?"

लड़के-लड़कियों और प्रेमी-प्रेमिकाओं के विषय पर वह बड़े खूबसूरत अंदाज में बातें कर रहा था, लेकिन पता नहीं क्यों, मुझे लग रहा था कि बात करते-करते वह अंदर से डर सा रहा था। वह हमें अपने बारे में बता रहा था कि कैसे उसे खूबसूरत बालों, गोरे-गोरे हाथोंवाली लड़कियाँ अच्छी लगती थीं। वह कुछ ऐसे अंदाज में बता रहा था, जैसे ये सारे शब्द उसके रटे-रटाएँ हों।

लेकिन न मैंने उसकी ओर देखा और न ही कोई जवाब दिया। तब महोनी ने फिर कहा, "अरे, देख न, वह बूढ़ा सनकी है।"

"अच्छा, अगर वह हमारा नाम पूछे तो तुम अपना नाम मरफी बताना और मैं अपना नाम स्मिथ बता दूँगा।" मैंने उसे सावधान करते हुए कहा।

हम वहाँ से चलने की सोच ही रहे थे कि वह बूढ़ा दुबारा हमारे पास आकर बैठ गया। इतने में महोनी को वह बिल्ली दुबारा दिखाई दे गई, जिसका थोड़ी देर पहले वह पीछा कर रहा था। वह झट से उठा और एक बार फिर उसका पीछा करने लगा, लेकिन इस बार भी वह भाग निकली और एक दीवाल पर चढ़ गई। महोनी

थोड़ी देर तक उस दीवाल पर पत्थर मारता रहा, उसके बाद यों ही इधर-उधर घूमने लगा।

थोड़ी देर बाद वह आदमी मुझसे बात करने लगा। महोनी के बारे में कहने लगा कि तुम्हारा दोस्त तो बहुत शरारती लगता है, जरूर स्कूल में उसे सजा मिलती होगी। मैं कहनेवाला था कि हम लोग कोई नेशनल स्कूल के छात्र नहीं हैं, जो हमें सजा मिलेगी; लेकिन कुछ सोचकर मैं चुप ही रहा। इस बार उसने स्कूल में लड़कों को अध्यापक द्वारा सजा देने को अपनी बातचीत का विषय बनाया था। इस विषय पर अपनी राय रखते हुए उसने कहा कि स्कूल में बच्चा अगर शरारत करे तो उसे सजा मिलनी चाहिए, जरूर मिलनी चाहिए और हलकी-फुलकी नहीं, अच्छी-खासी सजा मिलनी चाहिए। उसकी बातें सुनकर मुझे हैरानी हो रही थी, मैं उसके चेहरे की ओर देखने लगा। उसने भी मेरी ओर देखा, तब मैंने अपनी आँखें हटा लीं। वह फिर शुरू हो गया। कहने लगा कि अगर मैं किसी लड़के को लड़की से बात करते या प्रेमिका के साथ घूमते देख लूँ तो उसकी खूब पिटाई करूँ, इतनी कि वह जिंदगी भर किसी लड़की से बात करने की हिम्मत न जुटा पाए। उसने आगे कहा कि अगर किसी लड़के को अपनी प्रेमिका के बारे में झूठ बोलते पकड़ लूँ तो उसे ऐसी सजा दूँ, जैसी कभी किसी लड़के को न मिली हो। ये सब बातें वह मुझे कुछ इस अंदाज में बता रहा था, जैसे कोई बहुत बड़ा रहस्योद्घाटन कर रहा हो।

मैं इंतजार कर रहा था कि कब उसका नीरस प्रवचन खत्म हो और मैं उठूँ! जैसे ही उसने बोलना बंद किया, मैं तुरंत वहाँ से उठा और उसे 'शुभ दिन' कहते हुए ढाल से ऊपर की ओर चल पड़ा। पता नहीं क्यों, मुझे लग रहा था कि कहीं यह आदमी मुझे पकड़ न ले और इसी डर से मेरा दिल जोर-जोर से धड़क रहा था।

मैं इंतजार कर रहा था कि कब उसका नीरस प्रवचन खत्म हो और मैं उठूँ! जैसे ही उसने बोलना बंद किया, मैं तुरंत वहाँ से उठा और उसे 'शुभ दिन' कहते हुए ढाल से ऊपर की ओर चल पड़ा। पता नहीं क्यों, मुझे लग रहा था कि कहीं यह आदमी मुझे पकड़ न ले और इसी डर से मेरा दिल जोर-जोर से धड़क रहा था। ढाल के ऊपर पहुँचकर मैंने इधर-उधर देखा और जोर से आवाज लगाने लगा—"मरफी!"

अंदर से तो मैं डरा हुआ था, लेकिन आवाज में अपना डर प्रकट नहीं होने दे रहा था। जब महोनी की ओर से कोई जवाब नहीं मिला तो मैंने दुबारा आवाज दी। इस बार महोनी ने जवाब दिया। जब वह दौड़ता हुआ मेरे पास आया तो मेरा दिल कितनी जोर-जोर से धड़क रहा था! ऐसा लग रहा था, जैसे मुझे मदद पहुँचाने के लिए वह दौड़ा आ रहा था।

□

8

हृदय-परिवर्तन

दो सज्जन, जो उस समय लैवेटरी (हाथ-मुँह धोने की जगह) में मौजूद थे, उसे उठाने की कोशिश कर रहे थे, लेकिन वह उठ नहीं पा रहा था। सीढ़ियों पर वह औंधे मुँह गिरा था, उसकी टोपी दूर जाकर गिरी थी और कपड़े मिट्टी में सन गए थे। उसकी आँखें बंद थीं और वह नाक से घर्र-घर्र की आवाज करते हुए साँस ले रहा था। उसके मुँह से खून भी बह रहा था।

दोनों सज्जन एवं बार के एक व्यवस्थापक ने मिलकर बड़ी मुश्किल से उसे उठाया और सीढ़ियों से ऊपर ले जाकर बार की फर्श पर लिटा दिया। एक-दो मिनट में ही वहाँ लोगों की भीड़ लग गई। बार का मैनेजर लोगों से उस आदमी के बारे में पूछ रहा था कि यह कौन है और इसके साथ कोई है या नहीं? लेकिन वहाँ मौजूद लोगों में से कोई भी उसे नहीं जानता था। बार के एक कर्मचारी ने बताया कि उसने उस आदमी को रम (शराब) परोसी थी।

"क्या यह अकेला था?" मैनेजर ने उससे पूछा।

"नहीं सर, इसके साथ दो और सज्जन थे।"

"वे दोनों सज्जन कहाँ हैं?"

इसका जवाब किसी के पास नहीं था। तभी किसी ने कहा, "हवा आने दो, इसे मूर्च्छा आ गई है।"

उसे घेरकर खड़े लोग थोड़ी देर के लिए इधर-उधर हुए, लेकिन फिर आकर वहीं खड़े हो गए। फर्श पर उसके सिर के पास खून का एक थक्का सा दिखाई दे रहा था। उसका चेहरा एकदम पीला पड़ गया था। उसकी स्थिति देखकर मैनेजर घबरा गया, उसने पुलिस को फोन कर दिया।

उसकी टाई और कॉलर खोल दिए गए थे। थोड़ी देर बाद उसने आँखें खोलीं,

एक गहरी साँस ली और फिर बेहोश हो गया। मैनेजर वहाँ मौजूद लोगों से बार-बार पूछे जा रहा था कि यह आदमी कौन है और इसके साथ के दो और लोग कहाँ गए? तभी बार का दरवाजा खुला और एक सिपाही अंदर आया। मैनेजर ने उसे पूरी बात बताई। सिपाही, जो एक हट्टा-कट्टा नौजवान था, ने उसकी बातें सुनते हुए दाएँ-बाएँ सिर हिलाया और फिर अपनी कमर से एक छोटी सी पुस्तिका निकाली, पेंसिल की नोक को जीभ से लगाकर लिखने के लिए तैयार हो गया।

"यह आदमी कौन है? इसका नाम-पता क्या है?" पुलिसिया अंदाज में उसने पूछा। तभी पास खड़े लोगों में से साइकिलिंग सूट पहने एक आदमी निकला और फर्श पर घायल पड़े आदमी के पास जाकर घुटनों के बल बैठ गया। उसने पानी मँगाकर पहले तो उसके मुँह से खून को साफ किया और फिर थोड़ी ब्रांडी माँगी। उसकी मदद के लिए सिपाही भी उसके पास बैठ गया था। बार का एक कर्मचारी गिलास में ब्रांडी लेकर आया, जिसे उस आदमी के मुँह में डाला गया। ब्रांडी गले के नीचे उतरते ही उस आदमी ने आँखें खोल दीं और इधर-उधर देखने लगा। अपने आसपास खड़े लोगों की ओर देखते हुए वह खड़ा होने की कोशिश करने लगा।

"यह आदमी कौन है? इसका नाम-पता क्या है?" पुलिसिया अंदाज में उसने पूछा। तभी पास खड़े लोगों में से साइकिलिंग सूट पहने एक आदमी निकला और फर्श पर घायल पड़े आदमी के पास जाकर घुटनों के बल बैठ गया। उसने पानी मँगाकर पहले तो उसके मुँह से खून को साफ किया और फिर थोड़ी ब्रांडी माँगी।

"अब आप ठीक हैं?" साइकिलिंग सूट पहने नौजवान ने पूछा।

"कुछ नहीं, मैं ठीक हूँ।" उठने की कोशिश करते-करते उस आदमी ने जवाब दिया।

उसे उठाकर खड़ा किया गया और उसकी टोपी उसके सिर पर रखी गई। तब सिपाही ने उससे पूछा, "कहाँ रहते हैं आप?"

उससे कोई जवाब नहीं दिया और अपनी मूँछों की दोनों नोंकों पर हाथ फेरने लगा। उसका हाव-भाव देखकर ऐसा लग रहा था, जैसे कुछ हुआ ही न हो। कहने लगा, "कुछ नहीं, बस मामूली सा एक्सीडेंट था।"

"आप रहते कहाँ हैं?" सिपाही ने दुबारा पूछा।

तब भी उसने कोई जवाब नहीं दिया। वहाँ खड़े लोगों से एक टैक्सी मँगाने के लिए कह रहा था। तभी बार के एक ओर से पीले रंग का लंबा चोंगा पहने एक आदमी वहाँ आया और सारा माजरा देखते हुए बोला, "हेलो, टॉम! क्या हुआ?"

"अरे, कुछ नहीं।" उस आदमी ने जवाब दिया।

वह नवागंतुक तब सिपाही की ओर मुखातिब हुआ और कहने लगा, "कोई बात नहीं, कांस्टेबल! मैं इसे घर पहुँचा दूँगा।"

सिपाही ने हाथ से उसके हेलमेट को स्पर्श किया और बोला, "ठीक है, मि. पावर!"

"चलो टॉम।" अपने दोस्त का हाथ थामते हुए मि.पावर ने कहा, "कोई हड्डी नहीं टूटी। तुम चल तो सकते हो?"

तब साइकिलिंग सूटवाले नौजवान ने उसका दूसरा हाथ थामा और उसे घेरकर खड़े लोग इधर-उधर होने लगे।

"कैसे हुआ यह सब?" मि. पावर ने पूछा।

"ये सज्जन सीढ़ियों से गिर गए थे।" साइकिलिंग सूटवाले नौजवान ने बताया।

"मैं आपका बहुत एहसानमंद हूँ।" घायल आदमी ने स्वयं को सँभालते हुए कहा।

"चलो टॉम।" अपने दोस्त का हाथ थामते हुए मि.पावर ने कहा, "कोई हड्डी नहीं टूटी। तुम चल तो सकते हो?" तब साइकिलिंग सूटवाले नौजवान ने उसका दूसरा हाथ थामा और उसे घेरकर खड़े लोग इधर-उधर होने लगे। "कैसे हुआ यह सब?" मि. पावर ने पूछा। "ये सज्जन सीढ़ियों से गिर गए थे।" साइकिलिंग सूटवाले नौजवान ने बताया।

"नहीं, नहीं, ऐसी कोई बात नहीं है।"

"क्या हम थोड़ी-थोड़ी··· ?"

"नहीं, अभी नहीं।"

तीनों आदमी बार से बाहर निकल गए और वहाँ खड़े लोग लेन की ओर चले गए। बार के मैनेजर ने सिपाही को वह जगह दिखाई, जहाँ वह आदमी गिरा था। घटनास्थल का मुआयना करने के बाद उन्होंने निष्कर्ष निकाला कि सीढ़ियों पर चढ़ते समय उसका पैर फिसल गया होगा, जिससे वह गिर गया। बार के एक

कर्मचारी ने फर्श पर खून के धब्बों को साफ किया। वे बाहर निकलकर ग्राफ्टन स्ट्रीट पर आए तो मि. पावर ने एक आदमी को देखकर सीटी बजाई।

"मैं आपका बहुत एहसानमंद हूँ, सर! मुझे आशा है कि हम फिर मिलेंगे। मेरा नाम करनैन है।" घायल आदमी ने एक बार फिर उसी लहजे में कहा, "नहीं, ऐसा मत कहिए, इसमें एहसान की कोई बात नहीं।" साइकिलिंग सूट पहने नौजवान ने कहा।

उन्होंने एक-दूसरे से हाथ मिलाया और मि. करनैन को दोनों ने मिलकर एक कार में बैठाया। मि. पावर ने कार ड्राइवर को रास्ता बताते हुए साइकिलिंग सूटवाले उस नौजवान का शुक्रिया अदा किया और इस बात पर अफसोस प्रकट किया कि वे एक साथ बैठकर थोड़ी-थोड़ी पी न सके।

"अगली बार।" नौजवान ने कहा।

कार वेस्टमोरलैंड स्ट्रीट की ओर बढ़ने लगी। जब वह बैलास्ट ऑफिस से आगे निकल रही थी, उस समय साढ़े नौ बजे थे। नदी की ओर से बहती पूर्वी हवा का एक झोंका आया और मि. करनैन ठंड से हिल गए।

मि. पावर के पूछने पर मि. करनैन ने बताया कि उनकी जीभ में चोट लगी है और मुँह खोलकर दिखाने लगे। मि. पावर ने देखने की कोशिश की, पर कुछ दिखाई नहीं दे रहा था। तब उन्होंने माचिस की तीली जलाकर उसकी रोशनी में देखा। नीचे के दाँतों और जबड़ों पर खून का थक्का जमा था और जीभ थोड़ी सी कट गई थी।

मि. पावर के पूछने पर मि. करनैन ने बताया कि उनकी जीभ में चोट लगी है और मुँह खोलकर दिखाने लगे। मि. पावर ने देखने की कोशिश की, पर कुछ दिखाई नहीं दे रहा था। तब उन्होंने माचिस की तीली जलाकर उसकी रोशनी में देखा। नीचे के दाँतों और जबड़ों पर खून का थक्का जमा था और जीभ थोड़ी सी कट गई थी।

"यह अच्छा नहीं हुआ।" मि. पावर ने कहा।

"नहीं, कोई बात नहीं।" मुँह बंद करते हुए और गंदे कोट का कॉलर ठीक करते हुए मि. करनैन ने कहा।

मि. करनैन पुराने स्कूल के एक कॉमर्शियल ट्रैवलर थे, जो अपनी वृत्ति की गरिमा में विश्वास करता था। शहर में निकलने पर वे हमेशा सिर पर एक सुंदर

सी सिल्क की टोपी और पैरों में सुंदर सी पट्टी लगाए रखते थे। वे नेपोलियन की परंपरा पर चलने वाले थे, जिसकी स्मृति में वे कभी-कभी उसकी नकल भी उतारते थे। क्रोवे स्ट्रीट में उनका एक छोटा सा ऑफिस था, जिसके दरवाजे पर उनकी फर्म का नाम और पता लिखा था—लंदन, ई.सी. ऑफिस के छज्जे की दीवार पर सुंदर चित्रकारी की गई थी और खिड़की के सामने रखी मेज पर चीनी मिट्टी के चार या पाँच कटोरे रखे रहते थे, जो किसी काले द्रव से आधे भरे दिखाई देते थे। उन्हीं कटोरे से मि. करनैन चाय का स्वाद लेते थे। पहले थोड़ी सी मुँह में लेते थे, उसका स्वाद जानने की कोशिश करते थे और फिर अँगीठी की जाली में थूक देते थे।

ग्लासनेविन रोड पर एक छोटे से घर के सामने कार रुकी और मि. करनैन को सहारा देकर घर के अंदर ले जाया गया। उनकी पत्नी ने उन्हें पलंग पर ले जाकर लिटाया। मि.पावर बच्चों का हाल-चाल पूछते हुए किचन में सीढ़ियों के पास बैठ गए। बच्चे, दो लड़कियाँ और एक लड़का उनके साथ खेलने लगे।

मि. पावर, जो अभी बिल्कुल युवा थे, डबलिन कैशल में स्थित रॉयल आयरिश कांस्टेबुलरी ऑफिस में कार्यरत थे। उनकी सामाजिक तरक्की ने उनके दोस्तों की संख्या कम कर दी थी, लेकिन वे मि.करनैन के उन खास दोस्तों में से थे, जो अब भी उनको बहुत मान देते थे। स्वभाव से भी वे बहुत सज्जन थे।

ग्लासनेविन रोड पर एक छोटे से घर के सामने कार रुकी और मि. करनैन को सहारा देकर घर के अंदर ले जाया गया। उनकी पत्नी ने उन्हें पलंग पर ले जाकर लिटाया। मि.पावर बच्चों का हाल-चाल पूछते हुए किचन में सीढ़ियों के पास बैठ गए। बच्चे, दो लड़कियाँ और एक लड़का उनके साथ खेलने लगे। थोड़ी देर बाद श्रीमती करनैन किचन में दाखिल हुईं और हैरानी भरे स्वर में कहने लगीं, "हे भगवान्, ऐसी दुर्दशा! ये पिछले शुक्रवार से पिए ही जा रहे हैं।"

मि. पावर को एक बार के लिए लगा कि कहीं वह इसके लिए उन्हें जिम्मेदार न मान रही हो, इसलिए सफाई देते हुए उन्होंने सारी बात बता दी और कहा कि इसमें उनकी कोई गलती नहीं है।

श्रीमती करनैन उनकी दोस्ती और स्वभाव के बारे जानती थीं और फिर मि.

पावर के कई छोटे-छोटे उधार भी थे उनके परिवार पर, इसलिए उन्होंने कहा, "आपको बताने की जरूरत नहीं है, मि. पॉवर। मैं जानती हूँ, जो इनकी जेब में पैसा रहने तक इन्हें पत्नी और बच्चों से दूर रखने के लिए दोस्ती निभाते हैं। मुझे पता तो चले कि आज रात ये किसके साथ थे?"

मि. पावर ने कोई जवाब नहीं दिया।

"मुझे बहुत अफसोस है।" श्रीमती करनैन ने कहा।

"आज घर में कुछ नहीं है, जो मैं आपके सामने रख सकूँ। आप थोड़ी देर बैठें, मैं कॉर्नर वाली दुकान से कुछ मँगाती हूँ।"

मि. पावर उठकर खड़े हो गए।

"हम इंतजार कर रहे थे कि ये अपने साथ कुछ पैसे लेकर आएँगे, लेकिन इन्हें तो घर-परिवार की फिक्र ही नहीं है।"

"अरे नहीं, श्रीमती करनैन।" मि. पावर ने कहा, "मैं मार्टिन से बात करूँगा और इनके लिए हम कोई नया रास्ता निकालेंगे। किसी रात को हम आकर इस विषय पर बात करेंगे।"

इतना कहकर वे जाने लगे। श्रीमती करनैन उन्हें दरवाजे तक छोड़ने आईं। कार का ड्राइवर फुटपाथ पर चहलकदमी कर रहा था।

"अरे नहीं, श्रीमती करनैन।" मि. पावर ने कहा, "मैं मार्टिन से बात करूँगा और इनके लिए हम कोई नया रास्ता निकालेंगे। किसी रात को हम आकर इस विषय पर बात करेंगे।" इतना कहकर वे जाने लगे। श्रीमती करनैन उन्हें दरवाजे तक छोड़ने आईं। कार का ड्राइवर फुटपाथ पर चहलकदमी कर रहा था।

"आपने इन्हें सुरक्षित घर तक पहुँचाया, इसके लिए हम आपके एहसानमंद हैं।" श्रीमती करनैन ने कहा।

"अरे नहीं, ऐसी कोई बात नहीं है।" मि. पावर ने कहा और जाकर कार में बैठ गए। कार चलने लगी तो उन्होंने अपनी टोपी हिलाते हुए कहा, "हम इन्हें बिल्कुल नया आदमी बना देंगे, अच्छा, गुडनाइट श्रीमती करनैन।"

जब तक कार दिखाई दे रही थी, तब तक वह दरवाजे पर खड़ी उसे देखती रही, उसके बाद अंदर आई और अपने पति की जेबें खाली कीं।

वे अधेड़ उम्र की एक चुस्त और व्यवहारकुशल महिला थीं। अभी कुछ समय

पहले ही उन्होंने अपनी शादी के 25 वर्ष पूरे करने की खुशी में जश्न मनाया था और मि.पावर के सामने अपने पति के साथ डांस किया था। उसके पति पहले ऐसे नहीं थे। अब भी जब कभी उन्हें कहीं नवविवाहित जोड़ा दिखाई दे जाता है तो वे उन दिनों को याद करने लगती हैं, जब फ्रॉक कोट और लैवेंडर ट्राउजर पहने तथा एक हाथ में सुंदर सिल्क की टोपी सँभाले अपने सुंदर-सजीले पति की बाँहों में लिपटकर सैंडीमाउंट स्थित 'स्टार ऑफ द सी चर्च' से निकली थीं और कुछ दिनों बाद ही वे माँ बन गई थीं। बड़ी कुशलतापूर्वक वे माँ और पत्नी की भूमिका निभा रही थीं। दोनों बड़े बेटे काम में लग गए थे। 'एक ग्लासगो में बजाज (कपड़े बेचनेवाला) की दुकान पर काम करता था और दूसरा बेलफास्ट में एक चाय व्यापारी के यहाँ क्लर्क था। दोनों सुशील और आज्ञाकारी थे, घर पर बराबर पत्र व पैसे भेजा करते थे। बाकी बच्चे अभी स्कूल में पढ़ रहे थे। पिछले 25 साल से वे बड़े सलीके से घर को सँभालती आ रही थीं।

अगले दिन मि. करनैन ने अपने ऑफिस में पत्र भेज दिया और खुद ऑफिस नहीं गए। पत्नी ने उनके लिए चाय बनाई और उन्हें डाँट भी लगाई। जब भी मि. करनैन बीमार पड़ते थे, वह पूरे मन से उनकी सेवा करती थी और हर संभव कोशिश करती थी कि वे अपना नाश्ता जरूर लें। उसे पता था कि दुनिया में उसके पति से भी ज्यादा बुरे पति हैं।

अगले दिन मि. करनैन ने अपने ऑफिस में पत्र भेज दिया और खुद ऑफिस नहीं गए। पत्नी ने उनके लिए चाय बनाई और उन्हें डाँट भी लगाई। जब भी मि. करनैन बीमार पड़ते थे, वह पूरे मन से उनकी सेवा करती थी और हर संभव कोशिश करती थी कि वे अपना नाश्ता जरूर लें। उसे पता था कि दुनिया में उसके पति से भी ज्यादा बुरे पति हैं। वैसे भी जब से बच्चे बड़े हो गए थे, तब से उसके पति उसके साथ कभी हिंसक रूप में पेश नहीं आए थे।

दो दिन बाद तीसरी रात मि. करनैन के दोस्त घर पर आए। उनकी पत्नी ने उन्हें बेडरूम में बिठाया। मि. करनैन की जीभ में जो चोट लगी थी, वह अब थोड़ी-थोड़ी ठीक हो रही थी। तकिए के सहारे टिककर वे बेड पर बैठे थे, गालों पर चोट के लाल-लाल निशान अब भी दिखाई दे रहे थे। कमरा थोड़ा अस्त-व्यस्त था, इसके लिए उन्होंने मेहमानों से माफी माँगी।

वे उस साजिश से बिल्कुल बेखबर थे, जिसका उन्हें शिकार बनाया गया था और जिसके बारे में उनके दोस्तों मि. कनिंघम, मि. एम. कॉय और मि. पावर ने उनकी पत्नी को बताया था।

मार्टिन कनिंघम एक सुलझे हुए व्यक्ति थे। वे मि.पावर के वरिष्ठ सहकर्मी थे, उनका अपना पारिवारिक जीवन बहुत खुशहाल था। लोगों को उनके साथ बहुत सहानुभूति थी, क्योंकि सब जानते थे कि उन्होंने जिस महिला से शादी की है, वह उनके लायक नहीं है, बहुत पियक्कड़ है। छह-छह बार उन्होंने उसके लिए घर तैयार किया और हर बार उसने घर का फर्नीचर गिरवी रख दिया।

मि. कनिंघम को पुलिस और कोर्ट से जुड़े विषयों की विशेष समझ थी। उनके सब दोस्त उनका सम्मान करते थे और उनकी राय मानते थे। उनके दोस्त यह भी कहते थे कि उनका चेहरा शेक्सपीयर जैसा है।

जब श्रीमती करनैन को पूरी बात का पता चला, तो उन्होंने कहा, "यह सब मैं आप पर छोड़ती हूँ, मि. कनिंघम।"

मि. कनिंघम को पुलिस और कोर्ट से जुड़े विषयों की विशेष समझ थी। उनके सब दोस्त उनका सम्मान करते थे और उनकी राय मानते थे। उनके दोस्त यह भी कहते थे कि उनका चेहरा शेक्सपीयर जैसा है।
जब श्रीमती करनैन को पूरी बात का पता चला, तो उन्होंने कहा, "यह सब मैं आप पर छोड़ती हूँ, मि. कनिंघम।"

पच्चीस साल का वैवाहिक जीवन गुजारने के बाद अब उसे वैवाहिक जीवन के प्रति कोई मोह नहीं रह गया था। खुद को उसने धर्म-कर्म में रमा लिया था। वह जानती थी कि इस उम्र में आने के बाद अब उसके पति के सुधरने की गुंजाइश कम ही है। वह अपने पति की कटी हुई जीभ के बारे में सोच रही थी और कहना चाहती थी कि मि. करनैन की जीभ अगर थोड़ी छोटी भी हो जाती है तो उससे कोई हर्ज नहीं है। परंतु ऐसी बात बोलकर वह उन सबके सामने अपनी छवि नहीं बिगाड़ना चाहती थी।

उस रात की घटना का जिक्र शुरू हुआ, तो मि. कनिंघम कहने लगे कि ऐसा एक वाकया उनकी जानकारी में हुआ था, जिसमें मिरगी का दौरा पड़ने के दौरान एक सत्तर वर्षीय व्यक्ति की जीभ कट गई थी, जो बाद में फिर भर आई।

"लेकिन मैं सत्तर साल का तो हूँ।" मि. करनैन बोल पड़े।

"भगवान् भला करे।" मि. कनिंघम ने कहा।

"अब इसमें दर्द तो नहीं होता?" मि. एम. कॉय ने पूछा।

मि. एम. कॉय किसी समय एक जाने-माने उदात्त स्वर गायक हुआ करते थे। उनकी पत्नी पियानो बजाती थीं और छोटे बच्चों को पियानो बजाना सिखाती थीं। वे मिडलैंड रेलवे में क्लर्क के पद पर भी काम कर चुके थे। इसके अलावा 'द आयरिश टाइम्स' और 'द फ्रीमैंस जर्नल' में वे एक विज्ञापन एजेंट के रूप में कोयला फर्म में टाउन ट्रैवलर के रूप में एक प्राइवेट इंक्वायरी एजेंट के रूप में सब शेरिफ के ऑफिस में एक क्लर्क के रूप में भी काम कर चुके थे और अभी हाल में वह सिटी कोरोनर के सेक्रेटरी बने थे। सिटी कोरोनर का सेक्रेटरी होने के नाते मि. करनैन के मामले में उनकी दिलचस्पी ज्यादा थी।

"दर्द? नहीं, ज्यादा दर्द नहीं है।" मि. करनैन ने जवाब दिया, लेकिन हर वक्त जैसे उबकाई सी आती है।
"ज्यादा पी ली थी न, इसलिए।" मि. कनिंघम ने जोर देकर कहा।
"नहीं," मि. करनैन ने जवाब दिया, "दरअसल मुझे लगता है कि उस रात कार में मुझे सर्दी लग गई थी, बलगम के कारण गले में खराश सी होती है।"

"दर्द? नहीं, ज्यादा दर्द नहीं है।" मि. करनैन ने जवाब दिया, लेकिन हर वक्त जैसे उबकाई सी आती है।

"ज्यादा पी ली थी न, इसलिए।" मि. कनिंघम ने जोर देकर कहा।

"नहीं," मि. करनैन ने जवाब दिया, "दरअसल मुझे लगता है कि उस रात कार में मुझे सर्दी लग गई थी, बलगम के कारण गले में खराश सी होती है।"

"हाँ, हाँ, सीने में बलगम जम गया है।" मि. एम. कॉय ने कहा।

उन्होंने मि. कनिंघम एवं मि. पावर की ओर देखा, मि. कनिंघम तेजी से सिर हिलाने लगे और मि. पावर ने कहा, "हाँ, तो अंत भला तो सब भला!"

"मैं आपका बहुत एहसानमंद हूँ।" मि. करनैन ने कहा।

मि. पावर अपना हाथ हिलाने लगे।

"वे दोनों लोग, जो मेरे साथ थे…।"

"कौन था तुम्हारे साथ?" मि. कनिंघम ने पूछा।

"एक आदमी था, उसका नाम मुझे मालूम नहीं।"

"और दूसरा कौन था?"

"हारफोर्ड।"

"हूँ!" मि. कनिंघम ने कहा।

सब लोग चुप थे। मि. कनिंघम ने इस 'हूँ' पदांश में एक बड़ा अर्थ दिया था। मि. हारफोर्ड कभी-कभी लोगों का एक छोटा सा गुट बनाते थे, जो इतवार वाले दिन शहर के बाहरी इलाके में किसी हाउस में जाता था और वहाँ गुट के सदस्य स्वयं को यथार्थ प्रवासी बताते थे। हालाँकि उनके साथी प्रवासी उनकी पृष्ठभूमि के बारे में जानते थे। शुरू-शुरू में वे मजदूरों और कामगारों को ऊँची ब्याज दर पर छोटे-छोटे ऋण देने का काम किया करते थे। बाद में लिफी लोन बैंक में मि. गोल्डबर्ग के पार्टनर बन गए थे। यद्यपि वे यहूदी आचार-संहिता को मानते थे, लेकिन उनके साथी कैथोलिक, जो उनके बारे में अच्छी राय नहीं रखते थे तथा एक अनपढ़, आयरिश यहूदी के रूप में उनकी बुराई करते थे। उनके बेटे के निकम्मेपन को वे उनकी ब्याजखोरी का फल बताते थे। हालाँकि उनकी कुछ अच्छाइयों के बारे में भी वे बातें करते थे।

सब लोग चुप थे। मि. कनिंघम ने इस 'हूँ' पदांश में एक बड़ा अर्थ दिया था। मि. हारफोर्ड कभी-कभी लोगों का एक छोटा सा गुट बनाते थे, जो इतवार वाले दिन शहर के बाहरी इलाके में किसी हाउस में जाता था और वहाँ गुट के सदस्य स्वयं को यथार्थ प्रवासी बताते थे। हालाँकि उनके साथी प्रवासी उनकी पृष्ठभूमि के बारे में जानते थे।

"समझ में नहीं आता कि वह कहाँ गया?" मि. करनैन ने कहा।

उनके दोस्त मि. हारफोर्ड के पियक्कड़ स्वभाव के बारे में अच्छी तरह से जानते थे, इसलिए वे कुछ बोल नहीं रहे थे। अंत में मि. पावर ने फिर कहा, "अंत भला तो सब भला।"

मि. करनैन ने तुरंत विषय बदल दिया।

"एक अच्छा नौजवान था वह।" उन्होंने कहा, "केवल उसके लिए…।"

"अच्छा, केवल उसके लिए।" मि. पावर ने कहा, "पूरे सात दिन की बात है यह।"

“हाँ, हाँ।” मि. करनैन ने याद करने की कोशिश करते हुए कहा, “अब याद आया एक पुलिसवाला था। अच्छा आदमी लगता था। यह सब कैसे हुआ?”

“यह सब ऐसे हुआ कि तुम गिर गए थे, टॉम।” मि. कनिंघम ने कहा।

“सही बात है।” मि. करनैन ने कहा।

“मुझे लगता है, तुमने पुलिसवाले को घूस दी होगी।” जैक मि. एम. कॉय ने कहा।

मि. पावर को अपने इस क्रिश्चियन नाम से संबोधित किया जाना अच्छा नहीं लगा, इसलिए उन्होंने जवाब कुछ इस तरह दिया, जैसे प्रश्न मि. एम. कॉय ने नहीं, बल्कि मि. करनैन ने पूछा हो।

मि. करनैन थोड़ा रोष में लग रहे थे। अपनी नागरिकता को लेकर वे बहुत संवेदनशील रहते थे और एक मर्यादित नागरिक की हैसियत से शहर में रहना चाहते थे। कोई देहाती, गँवार इसमें रोड़ा बने, यह बात उन्हें पसंद नहीं थी।

“तो क्या इसीलिए हम उन अनपढ़-गँवारों के भोजन और वस्त्र के लिए पैसे देते हैं?” उन्होंने रोब भरे लहजे में कहा।

मि. कनिंघम हँसने लगे। वे कैशल अधिकारी थे तो अपने दफ्तर के लिए थे।

“वे और कर भी क्या सकते हैं, टॉम?” उन्होंने कहा।

लगभग आदेश भरे स्वर में उन्होंने कहा, “अपनी-अपनी पत्तागोभी पकड़ो।”

मि. पावर को अपने इस क्रिश्चियन नाम से संबोधित किया जाना अच्छा नहीं लगा, इसलिए उन्होंने जवाब कुछ इस तरह दिया, जैसे प्रश्न मि. एम. कॉय ने नहीं, बल्कि मि. करनैन ने पूछा हो।

मि. करनैन थोड़ा रोष में लग रहे थे। अपनी नागरिकता को लेकर वे बहुत संवेदनशील रहते थे और एक मर्यादित नागरिक की हैसियत से शहर में रहना चाहते थे। कोई देहाती, गँवार इसमें रोड़ा बने, यह बात उन्हें पसंद नहीं थी।

सब हँस पड़े। मि. एम. कॉय, जो पहले से इस बातचीत में शामिल होने की गुंजाइश की तलाश में थे, कुछ इस तरह व्यवहार करने लगे, जैसे उन्होंने कुछ सुना ही न हो।

मि. कनिंघम ने कहा, “भंडारे में ऐसा ही कुछ होता है, जहाँ गाँव के देहाती लोग मिल जाते हैं। सार्जेंट उन्हें एक लाइन में खड़ा करता है और वे अपने-अपने

हाथ में प्लेट लेकर पंक्ति में खड़े रहते हैं।" अजीब से हाव-भाव के साथ वह यह सबकुछ बता रहा था।

"डिनर में पत्तागोभी का एक बड़ा सा पतीला उसकी मेज पर होता है और उसमें एक बड़ी सी कलछी होती है। उसी कलछी से वह गोभी के पत्तों का पुलिंदा उठाता है और कमरे में उछालता है, जिसे ये गरीब देहाती अपनी-अपनी प्लेट में रोपने की कोशिश करते हैं।"

एक बार फिर सब हँसने लगे, लेकिन मि. करनैन अब भी नाराज से दिखाई दे रहे थे। वह अखबारवालों को एक पत्र लिखने की बात कर रहे थे। मि. कनिंघम ने उनकी राय से सहमति जताई।

तभी श्रीमती करनैन ने कमरे में प्रवेश किया और मेज पर एक ट्रे रखते हुए कहा, "शुरू कीजिए।"

मि. पावर ने अपनी कुरसी छोड़ दी और उन्हें बैठने के लिए कहा, लेकिन वह कमरे से जाने लगीं। तभी उनके पति ने उन्हें पीछे से आवाज दी।

"तुम्हारे पास मेरे लिए कुछ भी नहीं?"

"अच्छा, आपके लिए। आपके लिए मेरा उलटा हाथ है।" इतना कहकर वह चलने को हुई तो मि. करनैन ने बड़ी बेचारगी से आवाज दी, "इस गरीब नाचीज के लिए कुछ भी नहीं।"

मि. पावर ने अपनी कुरसी छोड़ दी और उन्हें बैठने के लिए कहा, लेकिन वह कमरे से जाने लगीं। तभी उनके पति ने उन्हें पीछे से आवाज दी। "तुम्हारे पास मेरे लिए कुछ भी नहीं?" "अच्छा, आपके लिए। आपके लिए मेरा उलटा हाथ है।" इतना कहकर वह चलने को हुई तो मि. करनैन ने बड़ी बेचारगी से आवाज दी, "इस गरीब नाचीज के लिए कुछ भी नहीं।"

उनके हाव-भाव में इतना व्यंग्य था कि सबके चेहरे पर एक बार फिर मुसकराहट दौड़ गई। सबने अपना-अपना गिलास उठाया और पीने लगे।

तभी मि. कनिंघम ने मि. पावर की ओर मुखातिब होते हुए कहा, "हाँ तो जैक, बृहस्पतिवार की रात?"

"हाँ-हाँ, बृहस्पतिवार।" मि. पावर ने कहा।

"ठीक है!" मि. कनिंघम ने कहा।

"हम माडलीज में मिल सकते हैं," मि. एम. कॉय ने कहा, "सबसे अच्छी जगह रहेगी।"

"लेकिन हमें वहाँ निश्चित समय पर पहुँच जाना होगा।" मि. पावर ने कहा।

"हम वहाँ साढ़े सात में मिलेंगे।" मि. एम. कॉय ने कहा।

"हाँ, ठीक है।" मि. कनिंघम ने कहा।

"साढ़े सात बजे, माडलीज में, पक्का!"

उसके बाद थोड़ी देर के लिए सब चुप थे। मि. करनैन देखना चाहते थे कि उनके दोस्त उनके बारे में क्या सोच रहे हैं? वे बोल पड़े, "क्या चल रहा है?"

"अरे, कुछ नहीं।" मि. कनिंघम ने कहा, "हम लोग बृहस्पतिवार के लिए कुछ-एक छोटी सी योजना बना रहे थे।"
"ऑपेरा की, है न?" मि. करनैन ने कहा।
"नहीं, नहीं।" मि. कनिंघम कहने लगे, "कोई आध्यात्मिक विषय है।"
"अच्छा।" मि. करनैन ने कहा।
एक बार फिर सब चुप हो गए। तभी मि. पावर ने कहा, "टॉम, सच बताऊँ, हम लोग एक प्रवचन में जाने की बात कर रहे हैं।"

"अरे, कुछ नहीं।" मि. कनिंघम ने कहा, "हम लोग बृहस्पतिवार के लिए कुछ-एक छोटी सी योजना बना रहे थे।"

"ऑपेरा की, है न?" मि. करनैन ने कहा।

"नहीं, नहीं।" मि. कनिंघम कहने लगे, "कोई आध्यात्मिक विषय है।"

"अच्छा।" मि. करनैन ने कहा।

एक बार फिर सब चुप हो गए। तभी मि. पावर ने कहा, "टॉम, सच बताऊँ, हम लोग एक प्रवचन में जाने की बात कर रहे हैं।"

"हाँ!" मि. कनिंघम ने स्वर से स्वर मिलाते हुए कहा, "मैं जैक और मि. एम. कॉय इस (शरीर रूपी) बरतन को साफ (शुद्ध) करने के लिए जा रहे हैं।"

फिर मि. करनैन की ओर मुखातिब होते हुए उन्होंने कहा, "जानते हो, टॉम! मेरे मन में क्या आइडिया आया है? हमारे साथ तुम भी चल सकते हो, हम चार हो जाएँगे।"

"अच्छा आइडिया है।" मि. एम. कॉय ने कहा।

मि. करनैन चुप थे। वे बातचीत में हिस्सा तो नहीं ले रहे थे, लेकिन अपने

दोस्तों की बातें गौर से सुन रहे थे। उनके दोस्त जीसूट्स के बारे में बाते कर रहे थे। "जीसूट्स के बारे में मेरी कोई गलत राय नहीं है।" बीच में टोकते हुए उन्होंने कहा। 'यह पढ़े-लिखे लोगों का संघ है। चर्च में इसे सबसे अच्छा संघ माना जाता है, जिसके जनरल या अध्यक्ष का दर्जा पोप के बाद दूसरे नंबर का होता है।" मि. कनिंघम ने कहा।

मि. पावर ने भी कहा, "जीसूट्स एक अच्छा संघ है।"

"जीसूट्स के नियमों के बारे में एक खास बात है," मि. कनिंघम ने कहा, "चर्च के सब नियमों में कभी-न-कभी बदलाव किया जा चुका है, लेकिन जीसूट्स के नियम अब तक एक बार भी नहीं बदले हैं।"

"अच्छा, ऐसी बात है?" मि. एम. कॉय ने कहा।

"हाँ, यह सच्चाई है।" मि. कनिंघम ने कहा।

"उनका चर्च देखो, उनका समाज-समागम देखो।" मि. पावर ने कहा।

"जीसूट्स उच्च वर्ग के लोगों के लिए है।" मि. एम. कॉय ने कहा।

"हाँ, बिल्कुल।" मि. पावर ने सहमति जताई।

"जीसूट्स के नियमों के बारे में एक खास बात है," मि. कनिंघम ने कहा, "चर्च के सब नियमों में कभी-न-कभी बदलाव किया जा चुका है, लेकिन जीसूट्स के नियम अब तक एक बार भी नहीं बदले हैं।"

"अच्छा, ऐसी बात है?" मि. एम. कॉय ने कहा।

"हाँ, यह सच्चाई है।" मि. कनिंघम ने कहा।

"उनका चर्च देखो, उनका समाज-समागम देखो।" मि. पावर ने कहा।

"हाँ।" मि. करनैन बोल पड़े, "इसीलिए जीसूट्स के प्रति मेरा भावनात्मक जुड़ाव रहा है।"

"इसमें सब अच्छे लोग होते हैं," मि. कनिंघम ने कहा, "आयरिश पादरी का दुनिया भर में सम्मान होता है।"

"हाँ, सच बात है।" मि. पावर ने कहा।

"दूसरे देशों के कुछ पादरी तो ऐसे हैं, जो सिर्फ नाम के पादरी है।" मि. पावर ने कहा।

"शायद आप ठीक कह रहे हैं।" मि. करनैन ने कहा।

ये सब बातें चल रही थीं और चारों ने एक-दूसरे की देखा-देखी फिर पीनी शुरू कर दी। मि. करनैन कुछ सोच रहे थे। मि. कनिंघम का चेहरा पढ़ने की काबिलीयत से वे बहुत प्रभावित थे। उन्होंने मि. कनिंघम से प्रवचन के बारे में और जानकारी माँगी तो वे कहने लगे—

"अरे, फादर परदॉन का एक प्रवचन है व्यवसायी वर्ग के लोगों के लिए।"

"फादर परदॉन? फादर परदॉन?" मि. करनैन ने चौंकने के से अंदाज में पूछा।

"हाँ टॉम, तुम उन्हें जानते होगे। बहुत अच्छे व्यक्ति हैं।" मि. कनिंघम ने कहा।

"हाँ, मुझे लगता है, मैं उन्हें जानता हूँ। लंबे से हैं, चेहरा थोड़ा लाल सा है।"

"हाँ-हाँ, वही।"

"तो मार्टिन, मुझे बताओ, क्या वह एक अच्छे धर्मोपदेशक हैं?"

"इसे कोई धर्मोपदेश या प्रवचन मत समझो, बल्कि एक अनौपचारिक चर्चा समझ लो।" मि. कनिंघम ने कहा।

***"हाँ टॉम, तुम उन्हें जानते होगे। बहुत अच्छे व्यक्ति हैं।" मि. कनिंघम ने कहा।
"हाँ, मुझे लगता है, मैं उन्हें जानता हूँ। लंबे से हैं, चेहरा थोड़ा लाल सा है।"
"हाँ-हाँ, वही।"
"तो मार्टिन, मुझे बताओ, क्या वह एक अच्छे धर्मोपदेशक हैं?"
"इसे कोई धर्मोपदेश या प्रवचन मत समझो, बल्कि एक अनौपचारिक चर्चा समझ लो।" मि. कनिंघम ने कहा।***

"फादर टॉम बुरके भी क्या धर्मोपदेशक थे?" मि. एम. कॉय ने कहा।

"अच्छा, फादर टॉम बुरके, वे तो जन्मजात प्रवक्ता थे," मि. कनिंघम ने कहा, "उनका प्रवचन तुमने कभी सुना है, टॉम?"

"हाँ, बिल्कुल सुना है।" मि. करनैन ने कहा।

"लेकिन कुछ लोग कहते हैं, वह ब्रह्मज्ञानी नहीं थे।" मि. कनिंघम ने कहा।

"क्या ऐसी बात है?" मि. एम. कॉय ने कहा।

"अरे, इसमें गलत क्या है? यह सही है कि कभी-कभी उनका धर्मोपदेश थोड़ा आधुनिकता लिये होता है।"

"बहुत अच्छे व्यक्ति थे वे।" मि. एम. कॉय ने कहा।

"मैंने एक बार उनका प्रवचन सुना था।" मि. करनैन ने अपनी बात को आगे बढ़ाते हुए कहा, "प्रवचन का विषय मुझे इस समय याद नहीं आ रहा है। मेरे साथ क्रॉफ्टन भी था।"

"शरीर।" मि. कनिंघम ने अनुमान लगाते हुए कहा।

"अच्छा हाँ, पोप; पोप पर था उनका भाषण। क्या अंदाज था भाषण का और क्या आवाज थी! स्वर्गीय पोप को वेटिकन का कैदी बता रहे थे वे। मुझे याद है, जब हम बाहर आए तो क्रॉफ्टन कह रहा था।"

"लेकिन वह, क्रॉफ्टन, तो एक ऑरेंजमैन है, नहीं?" मि. पावर ने कहा।

"हाँ, जरूर," मि. करनैन ने कहा, "एक पक्का ऑरेंजमैन कह रहा था। करनैन हम लोग अलग-अलग जगहों पर पूजा करते हैं, लेकिन हमारा धर्म एक है। फादर टॉम जहाँ अपना धर्मोपदेश देते थे, वहाँ प्रोटेस्टेंट की भीड़ जुट जाती थी।" मि. पावर ने कहा।

"हमारे बीच कोई ज्यादा अंतर नहीं है।" गि. एग. कॉय ने कहा।

"हम दोनों का विश्वास।"

इतना कहकर वे क्षणभर के लिए रुके, फिर कहने लगे, "मुक्तिदाता में है। बस (इतना अंतर है कि) वे पोप और मदर ऑफ गॉड को नहीं मानते हैं।"

"हाँ, जरूर," मि. करनैन ने कहा, "एक पक्का ऑरेंजमैन कह रहा था। करनैन हम लोग अलग-अलग जगहों पर पूजा करते हैं, लेकिन हमारा धर्म एक है। फादर टॉम जहाँ अपना धर्मोपदेश देते थे, वहाँ प्रोटेस्टेंट की भीड़ जुट जाती थी।" मि. पावर ने कहा। "हमारे बीच कोई ज्यादा अंतर नहीं है।" मि. एम. कॉय ने कहा। "हम दोनों का विश्वास।"

"लेकिन इसमें कोई संदेह नहीं कि हमारा धर्म पुराना और मौलिक है।" मि. करनैन ने कहा।

"बिल्कुल, निस्संदेह।" मि. करनैन ने कहा।

ये बातें हो रही थीं, तभी श्रीमती करनैन बेडरूम के दरवाजे पर आईं और बोलीं, "कौन है?"

"मि. फोगार्टी।"

"अरे, आइए, आइए?"

मि. फोगार्टी कमरे में दाखिल हुए, उनके चेहरे पर लंबी-लंबी मूँछें थीं और आँखें चमक रही थीं। मि. फोगार्टी एक सीधे-सादे दुकानदार थे। शहर में उनका अच्छा कारोबार हुआ करता था, लेकिन अधिक स्थिति बिगड़ जाने से वह व्यवसाय में कामयाब नहीं हो पाए। ग्लासनेविन रोड पर उन्होंने एक छोटी सी दुकान खोली थी। उनका तौर-तरीका और व्यवहार बहुत अच्छा था। छोटे बच्चों के साथ वे बहुत अच्छे से पेश आते थे।

पाँचों दोस्तों ने अपना-अपना गिलास सँभाल लिया और एक बार फिर पीने का दौर शुरू हो गया। इससे महफिल में एक नया रंग आ गया। मि. फोगार्टी, जो कुरसी पर बहुत कम जगह में टिककर बैठे थे, कुछ ज्यादा ही दिलचस्पी ले रहे थे।

मि. कनिंघम कहने लगे, "पोप लियो तेरहवाँ इस युग के महान् पुरुष थे। लैटिन और ग्रीक चर्चों का एकाकार उनके जीवन का लक्ष्य था।"

मि. फोगार्टी अपने साथ एक उपहार लेकर आए थे—ह्विस्की की बोतल। मि. करनैन के बारे में पूछते हुए वे बैठ गए और उपहार को मेज पर रख दिया। मि. करनैन उपहार देखकर कुछ ज्यादा ही खुश थे, क्योंकि वे जानते थे कि मि. फोगार्टी के साथ उनका दुकान का कुछ हिसाब-किताब है। उन्होंने कहा, "इसे खोलो तो जरा।"

पाँचों दोस्तों ने अपना-अपना गिलास सँभाल लिया और एक बार फिर पीने का दौर शुरू हो गया। इससे महफिल में एक नया रंग आ गया। मि. फोगार्टी, जो कुरसी पर बहुत कम जगह में टिककर बैठे थे, कुछ ज्यादा ही दिलचस्पी ले रहे थे।

मि. कनिंघम कहने लगे, "पोप लियो तेरहवाँ इस युग के महान् पुरुष थे। लैटिन और ग्रीक चर्चों का एकाकार उनके जीवन का लक्ष्य था।"

"पोप होने के साथ-साथ वे यूरोप के सबसे बुद्धिजीवी व्यक्तियों में से एक थे।" मि. पावर ने कहा।

"बिल्कुल थे।" मि. कनिंघम ने कहा, "अज्ञान रूपी अंधकार को दूर करके ज्ञान रूपी प्रकाश फैलाना उनका मिशन था।"

उन्होंने आगे कहा, "उनके परवर्ती पोप पियस नवम रहे, जिनका मिशन

था—क्रॉस पर क्रॉस। दोनों के दर्शन में यही अंतर था।"

मि. किनंघम फिर कहने लगे, "पोप लियो एक महान् विद्वान् और कवि थे। वे लैटिन में कविताएँ लिखा करते थे।"

"अच्छा, ऐसी बात है?" मि. फोगार्टी ने कहा।

"सच बात है, मैं भी जानता हूँ।" मि. एम. कॉय ने अपनी ह्विस्की पीते-पीते कहा।

"मैने पोप लियो की एक कविता पढ़ी है, जो फोटोग्राफ के आविष्कार पर लैटिन भाषा में लिखी गई है।" मि. कनिंघम ने कहा।

"फोटोग्राफ के आविष्कार पर!" मि. करनैन ने आश्चर्य प्रकट करते हुए कहा।

"हाँ।" मि. कनिंघम ने कहा और अपनी ह्विस्की पीने लगे।

"यह फोटोग्राफी भी एक शानदार चीज नहीं है?" मि. एम. कॉय ने कहा।

"हाँ, बिल्कुल।" मि. पावर ने कहा, "विद्वान् लोग दूरद्रष्टा होते हैं।"

"जैसा कवि ने लिखा है—विद्वान् लोग पागल जैसे होते हैं।" मि. फोगार्टी ने कहा।

"मैने पोप लियो की एक कविता पढ़ी है, जो फोटोग्राफ के आविष्कार पर लैटिन भाषा में लिखी गई है।" मि. कनिंघम ने कहा।
"फोटोग्राफ के आविष्कार पर!" मि. करनैन ने आश्चर्य प्रकट करते हुए कहा।
"हाँ।" मि. कनिंघम ने कहा और अपनी ह्विस्की पीने लगे।
"यह फोटोग्राफी भी एक शानदार चीज नहीं है?" मि. एम. कॉय ने कहा।

मि. करनैन कुछ सोच रहे थे। वे प्रोटेस्टेंट दर्शन के बारे में कुछ याद करने की कोशिश कर रहे थे। अंत में मि. कनिंघम को संबोधित करते हुए बोले, "अच्छा मार्टिन, पहले के कुछ पोप गंदे भी तो रहे थे?"

थोड़ी देर के लिए सब चुप हो गए। फिर मि. कनिंघम ने जवाब देते हुए कहा, "हाँ, बिल्कुल, कुछ पोप बुरे थे, लेकिन हैरानी की बात है कि बुरे-से-बुरे पोप ने भी कभी पादरी के सिंहासन पर रहते गलत सिद्धांत की शिक्षा नहीं दी। क्या यह हैरानी की बात नहीं है?"

"सो तो है।" मि. करनैन के कहा।

"क्योंकि पोप जब अपनी गद्‌दी पर बैठकर कुछ बोलता है, तो उस समय उसमें एक दैवीय प्रभाव होता है।" मि. फोगार्टी ने स्पष्ट करते हुए कहा।

"हाँ," मि. कनिंघम ने कहा, "मैं पोप के दैवीय प्रभाव के बारे में जानता हूँ। मुझे याद है, उस समय में छोटा था।"

मि. कनिंघम अपनी बात पूरी करते, इससे पहले ही मि. फोगार्टी ने बोतल उठाई और सबके गिलास में थोड़ी-थोड़ी ह्विस्की और उड़ेलने लगे।

तब मि. एम. कॉय ने कहा, "हाँ टॉम, तुम कुछ कह रहे थे।"

"पोप के दैवीय प्रभाव के बारे में बात कर रहा था।" मि. कनिंघम ने कहा। "चर्च के अब तक के इतिहास का सबसे शानदार मौका था वह।"

"कैसे?" मि. पावर ने पूछा।

मि. कनिंघम ने अपनी दो उँगलियाँ ऊपर की ओर उठाईं और कहने लगे, "कार्डिनल, आर्चबिशॉप और बिशप के (कैथोलिक धर्माध्यक्षों का अलग-अलग पद) के ईसाई कॉलेज में दो लोग इसके खिलाफ थे, जबकि बाकी सब इसके पक्ष में थे। इन दो को छोड़कर बाकी सारा संघ एकमत था।"

"अच्छा!" मि. एम. कॉय ने जिज्ञासापूर्ण लहजे में कहा।

"कैसे?" मि. पावर ने पूछा। मि. कनिंघम ने अपनी दो उँगलियाँ ऊपर की ओर उठाईं और कहने लगे, "कार्डिनल, आर्चबिशॉप और बिशप के (कैथोलिक धर्माध्यक्षों का अलग-अलग पद) के ईसाई कॉलेज में दो लोग इसके खिलाफ थे, जबकि बाकी सब इसके पक्ष में थे। इन दो को छोड़कर बाकी सारा संघ एकमत था।"

"अच्छा!" मि. एम. कॉय ने जिज्ञासापूर्ण लहजे में कहा।

"उनमें से एक तो जर्मन कार्डिनल था, जिसका नाम डॉलिंग या डोलिंग, ऐसा ही कुछ था।"

"डोलिंग तो जर्मन नहीं हो सकता।" मि. पावर ने हँसते हुए कहा।

"खैर, नाम जो भी रहा हो, वह एक महान् कार्डिनल था और दूसरा था जॉन मैकहेल।"

"क्या?" मि. करनैन ने लगभग चिल्लाते हुए कहा।

"जॉन या टुआम?"

"आपको अच्छी तरह याद है?" मि. फोगार्टी ने सवालिया अंदाज में कहा, "मेरा खयाल है कि वह कोई इतालवी या अमेरिकी था।"

"टुआम का जॉन था वह।" मि. कनिंघम ने दोहराया।

कहते हुए उन्होंने गिलास उठाया और ह्विस्की पीने लगे। फिर उन्होंने आगे कहा, "वहाँ दुनिया भर के कैथोलिक धर्माध्यक्ष उपस्थित थे, जिनके साथ इन दोनों का जबरदस्त तर्क-वितर्क चल रहा था। अंत में पोप स्वयं उसे और निर्मलता या दिव्यता को चर्च का एक धर्ममत बताने लगे। तभी जॉन मैकहेल, जो तर्क-पर-तर्क किए जा रहा था, खड़ा हुआ और बुलंद आवाज में बोला, "संप्रदाय!"

"अच्छा!" मि. फोगार्टी ने कहा।

"संप्रदाय!" मि. कनिंघम ने कहा, "इससे उसके धार्मिक मत का पता चल रहा था।" पोप के बोलते ही वह चुप हो गया। "और वह डोलिंग?" मि. एम. कॉय ने पूछा।

"वह पोप की बात मानने को तैयार नहीं था। वह चर्च छोड़कर चला गया।"

मि. कनिंघम के स्वर में दृढ़ता थी, जो सुननेवालों के मन में चर्च की गरिमा के प्रति श्रद्धा और विश्वास पैदा करने वाली थी।

कहते हुए उन्होंने गिलास उठाया और ह्विस्की पीने लगे। फिर उन्होंने आगे कहा, "वहाँ दुनिया भर के कैथोलिक धर्माध्यक्ष उपस्थित थे, जिनके साथ इन दोनों का जबरदस्त तर्क-वितर्क चल रहा था। अंत में पोप स्वयं उसे और निर्मलता या दिव्यता को चर्च का एक धर्ममत बताने लगे।

तभी श्रीमती करनैन अपने हाथ पोंछती हुई कमरे में दाखिल हुईं और चुपचाप पलंग के एक ओर खड़ी हो गईं।

"मैंने एक बार जॉन मैकहोल को देखा था।" मि. करनैन ने कहा, "सचमुच, वह दृश्य मैं कभी नहीं भूल पाऊँगा।"

इतना कहकर वे अपनी पत्नी की ओर मुखातिब हुए और कहने लगे, "मैं तुम्हें अकसर बताया करता था न?"

श्रीमती करनैन ने सहमति में सिर हिला दिया।

"सर जॉन ग्रे की प्रतिमा के अनावरण के समय की बात है, जब एडमड डायर ग्रे बोल रहे थे और जॉन मैकहोल बड़े गुस्से में भौंहें ताने उन्हें घूर रहा था।"

कहते हुए मि. करनैन ने किसी गुस्साए साँड़ की तरह सिर नीचे किए अपनी पत्नी की ओर घूरकर देखा।

फिर सामान्य हाव-भाव बनाकर बोले, “हे भगवान्, इतनी खूँखार आँखें तो मैंने किसी की देखी ही नहीं।”

उसके बाद थोड़ी देर तक सब चुप रहे। फिर मि. पावर ने श्रीमती करनैन की ओर मुखातिब होते हुए कहा, “हाँ तो श्रीमती करनैन, हम आपके पति को एक धर्मात्मा, ईश्वर-प्रेमी रोमन कैथोलिक बनाने जा रहे हैं।”

इतना कहकर वे सब साथियों को अपनी बाँहों में समेटने लगे और बोले, “हमसब एक साथ अपने पापों के प्रायश्चित्त के लिए आध्यात्मिक एकांतवास पर जा रहे हैं।”

इतना कहकर वे सब साथियों को अपनी बाँहों में समेटने लगे और बोले, “हमसब एक साथ अपने पापों के प्रायश्चित्त के लिए आध्यात्मिक एकांतवास पर जा रहे हैं।” श्रीमती करनैन के चेहरे पर संतोष का भाव था, लेकिन उसे छिपाते हुए उन्होंने कहा, “मुझे तो उस बेचारे पादरी पर तरस आता है, जो आपकी कहानी सुनेगा।”

श्रीमती करनैन के चेहरे पर संतोष का भाव था, लेकिन उसे छिपाते हुए उन्होंने कहा, “मुझे तो उस बेचारे पादरी पर तरस आता है, जो आपकी कहानी सुनेगा।”

मि. करनैन के चेहरे का भाव थोड़ा बदला और वह कहने लगे, “मैं तो उसे अपनी कहानी बताऊँगा, चाहे उसे अच्छी लगे या न लगे। वैसे भी मैं कोई इतना बुरा आदमी तो नहीं हूँ।”

मि. कनिंघम बीच में बोल पड़े, “तो, हमसब एक साथ पाप को छोड़कर धर्म के मार्ग पर चलने को तैयार हैं।”

“मेरे पीछे आओ।” कहते हुए मि. फोगार्टी ने सब पर एक नजर डाली और हँसने लगे। मि. पावर चुप थे, लेकिन उनका चेहरा जैसे प्रफुल्लता से चमक रहा था।

मि. कनिंघम बोल पड़े, “अब हमें अपने-अपने हाथ में एक मोमबत्ती लेकर खड़े हो जाना है और अपने ‘बपतिस्मा संकल्प’ को एक बार फिर से जाग्रत् करना है।”

“अरे, कुछ भी करो बस, मोमबत्ती मत भूलना।” मि. एम. कॉय ने कहा।

"क्या ? मुझे मोमबत्ती लेनी होगी ?" मि. करनैन ने कहा।

"हाँ-हाँ!" मि. कनिंघम ने जवाब दिया।

"नहीं-नहीं, छोड़ो इसे।" मि. करनैन ने कहा, "मैं एक लाइन खींच देता हूँ। मैं प्रायश्चित्त की सारी औपचारिकता पूरी करूँगा, लेकिन मोमबत्ती की कोई जरूरत नहीं है।" कहते हुए वह बड़ी संजीदगी से सिर हिलाने लगे।

"इनकी सुनो!" उनकी पत्नी ने कहा।

"हाँ, यह जादुई बत्ती वाली औपचारिकता मैं नहीं करूँगा।" मि. करनैन ने सिर हिलाते-हिलाते दोहराया। सब हँस पड़े।

"आपके लिए एक अच्छा सा कैथोलिक है!" उनकी पत्नी ने कहा।

"मोमबत्ती नहीं, बस कह दिया।" मि. करनैन ने एक बार फिर दोहराया।

गार्डिनर स्ट्रीट का जीसूट्स चर्च जनसमूह से करीब-करीब भरा हुआ था। अब भी लोग एक-एक कर आते जा रहे थे और जगह देखकर अपनी-अपनी सीट पर बैउते जा रहे थे। सबके सब अच्छे-अच्छे कपड़े पहने लोगों और हरे संगमरमर के खंभों पर चमकते चर्च की बत्तियों का प्रकाश बहुत सुंदर लग रहा था। अपनी-अपनी सीट पर बैठकर सब लोग मंच के सामने लटकती लालबत्ती को देख रहे थे।

गार्डिनर स्ट्रीट का जीसूट्स चर्च जनसमूह से करीब-करीब भरा हुआ था। अब भी लोग एक-एक कर आते जा रहे थे और जगह देखकर अपनी-अपनी सीट पर बैठते जा रहे थे। सबके सब अच्छे-अच्छे कपड़े पहने लोगों और हरे संगमरमर के खंभों पर चमकते चर्च की बत्तियों का प्रकाश बहुत सुंदर लग रहा था। अपनी-अपनी सीट पर बैठकर सब लोग मंच के सामने लटकती लालबत्ती को देख रहे थे।

मंच के पास की एक बेंच पर मि. कनिंघम और मि. करनैन बैठे थे। उसके पीछे वाली बेंच पर मि. एम. कॉय अकेले बैठे थे और मि. पावर तथा मि. फोगार्टी उसके पीछे वाली सीट पर बैठे थे। मि. एम. कॉय और लोगों के साथ बेंच पर बैठने की कोशिश में थे, पर जब कहीं गुंजाइश नहीं लगी तो बुदबुदाते हुए आकर अकेले बैठ गए थे। मि. करनैन के कान में बोलते हुए मि. कनिंघम ने थोड़ी दूर पर बैठे मि. हारफोर्ड, जो ब्याज पर पैसे उधार देने का काम करते थे और वार्ड के नवनिर्वाचित

काउंसलर के बगल में बैठे रजिस्ट्रेशन एजेंट मि. फैनिंग की ओर इशारा किया। उनके दाहिनी ओर माइकल ग्राइम्स और डैन होगन के भतीजे बैठे थे। सामने की ओर थोड़ा आगे 'फ्रीमैंस जर्नल' के चीफ रिपोर्टर मि. हेंड्रिक और मि. करनैन के एक पुराने दोस्त ओ कैरॉल बैठे थे, जो कभी एक जाने-माने व्यापारी हुआ करते थे। इतने सारे जाने-पहचाने लोगों के बीच मि. करनैन अब थोड़ा सहज महसूस करने लगे थे। अपनी टोपी उन्होंने पत्नी के हाथ में पकड़ा रखी थी। तभी प्रभावशाली शख्सियत वाला एक व्यक्ति मंच पर स्थित धर्माध्यक्ष के आसन पर खुद को टिकाता दिखाई दिया। इसके साथ ही वहाँ बैठे लोगों में थोड़ी हलचल सी हुई और सबने अपने-अपने रूमाल निकाल लिये तथा श्रद्धा से नतमस्तक होने लगे। पादरी का चेहरा अब कठघरे के ऊपर से दिखाई देने लगा था।

फादर परडॉन घुटनों के बल झुके और फिर लालबत्ती की ओर मुड़कर हाथों से अपने चेहरे को ढकते हुए प्रार्थना करने लगे। थोड़ी देर बाद चेहरे पर से हाथ हटाया और उठकर खड़े हो गए। वहाँ उपस्थित लोग भी अपनी-अपनी सीट पर बैठ गए। मि. करनैन बड़े गौर से फादर परडॉन की ओर देख रहे थे। फादर परडॉन ने सफेद रंग की अपनी बड़ी-बड़ी आस्तीनों को पीछे की ओर किया और वहाँ उपस्थित लोगों पर एक नजर डालते हुए बोले, "इस दुनिया की संतानें अपनी पीढ़ी में प्रकाश रूपी ज्ञान की संतानों से कहीं ज्यादा बुद्धिमान हैं, इसलिए अन्याय, बेईमानी से कमाए धन से खुद को बाहर निकालकर अपने लिए ऐसे मित्र बनाइए, जो इस दुनिया से जाने के बाद स्वर्ग में आपका स्वागत कर सकें।"

फादर परडॉन घुटनों के बल झुके और फिर लालबत्ती की ओर मुड़कर हाथों से अपने चेहरे को ढकते हुए प्रार्थना करने लगे। थोड़ी देर बाद चेहरे पर से हाथ हटाया और उठकर खड़े हो गए। वहाँ उपस्थित लोग भी अपनी-अपनी सीट पर बैठ गए। मि. करनैन बड़े गौर से फादर परडॉन की ओर देख रहे थे।

पाठ का अभिप्राय स्पष्ट करते हुए उन्होंने बताया कि यह सब धर्मग्रंथों में एक सबसे गूढ़ पाठ है, जो विशेष रूप से उन लोगों के मार्गदर्शन के लिए संकलित किया गया है, जिनका जन्म दुनिया को नेतृत्व प्रदान करने के लिए हुआ है। यह पाठ व्यवसायी और पेशेवर लोगों के लिए है। ईसा मसीह को मनुष्य के स्वभाव के

एक-एक पहलू की समझ थी, वे जानते थे कि दुनिया में सब मनुष्य धार्मिक जीवन की ओर प्रवृत्त नहीं हैं, इस दुनिया में कुछ लोग ऐसे भी हैं, जिनका जीवन उनके लिए एक विवशता है। इसके माध्यम से उन्होंने धन के मोह में फँसे लोगों को एक संदेश दिया है।

फादर परडॉन ने वहाँ उपस्थित लोगों को संबोधित करते हुए कहा कि आज वह यहाँ कोई उपदेश देने के लिए नहीं, बल्कि एक सांसारिक व्यक्ति के रूप में सबसे बातें करने के लिए आए हैं। वे व्यवसाइयों से बातें करने के लिए आए हैं, इसलिए व्यवसायी उन्हें अपना आध्यात्मिक एकाउंटेंट मान सकते हैं। उन्होंने सबसे कहा कि वे अपने-अपने आध्यात्मिक जीवन का बहीखाता खोलें और अपनी अंतरात्मा के हिसाब-किताब के साथ उसका मिलान करके देखें।

फादर परडॉन ने वहाँ उपस्थित लोगों को संबोधित करते हुए कहा कि आज वह यहाँ कोई उपदेश देने के लिए नहीं, बल्कि एक सांसारिक व्यक्ति के रूप में सबसे बातें करने के लिए आए हैं। वे व्यवसाइयों से बातें करने के लिए आए हैं, इसलिए व्यवसायी उन्हें अपना आध्यात्मिक एकाउंटेंट मान सकते हैं।

ईसा मसीह स्वयं एक उदात्त पुरुष होते हुए भी सामान्य मनुष्य की स्वाभाविक कमजोरियों को जानते थे, वे हमारे जीवन में व्याप्त लोभ और मोह के प्रभाव को भी जानते थे। फादर परडॉन ने कहा कि वे यहाँ उपस्थित अपने सब श्रोताओं से सिर्फ एक बात कहना चाहते हैं—"ईश्वर के प्रति सरल और ईमानदार बनो। अपने खाते का मिलान करो और यदि सबकुछ सही है। तो पूरे आत्मविश्वास के साथ कहो कि मैंने खाते का मिलान कर लिया है, सारा हिसाब सही सच्चा है और यदि हिसाब में कोई गड़बड़ी मिलती है तो पूरे मन से अपनी गलती स्वीकार करते हुए कहो कि हिसाब में गड़बड़ी है, मैं इसे ठीक करूँगा।"

□

9

ईवलाइन (ईवी)

शाम का समय था। वह खिड़की के परदों से अपना सिर सटाकर बैठी बाहर की ओर देख रही थी। लोग चले जा रहे थे। आखिरी छोरवाले मकान में रहनेवाला आदमी भी अपने घर की ओर जा रहा था, जिसके कदमों की आवाज उसे साफ सुनाई दे रही थी। यहाँ कभी एक मैदान हुआ करता था, जिसमें रोज शाम को वे दूसरे बच्चों के साथ खेला करते थे। बाद में बेलफास्ट के एक आदमी ने उसे खरीद लिया और उसपर पक्के मकान बनवा दिए। जब यहाँ मकान नहीं बने थे, तब वह अपने भाइयों, बहनों और गली के अन्य सब बच्चों के साथ यहाँ खेला करती थी। खेलते-खेलते जब ज्यादा देर हो जाती थी तो उसके पिता अकसर एक छड़ी लेकर आते थे और उन्हें देखते ही वह अपने भाइयों और बहनों को साथ लेकर घर की ओर भागने लगती थी। फिर भी सब कितने खुश रहते थे तब! उसकी माँ तब जिंदा थी और उसके पिता भी उतने बुरे इनसान नहीं थे। अब उसकी माँ नहीं रही और वह, उसके भाई तथा बहनें सब बड़े हो चुके हैं। टिज्जी डन भी नहीं रहा और वाटर्स इंग्लैंड वापस चला गया। सबकुछ बदल चुका था, वह खुद भी घर छोड़कर कहीं और चले जाना चाहती थी।

वही घर, जिसकी एक-एक चीज उसने खुद सलीके से सजाकर रखी थी और अभी एक सप्ताह पहले ही सब चीजें झाड़-पोंछकर रखी थीं। कमरे में खड़ी-खड़ी वह एक-एक चीज को निहार रही थी, जिसे शायद अब वह दुबारा कभी नहीं देख पाएगी। पुराने टूटे पड़े हारमोनियम के ऊपर दीवार पर एक तसवीर थी, लेकिन उसका नाम अब तक वह नहीं जान पाई थी। इतना जानती थी कि वे उसके पिता के स्कूल के दोस्त थे। उसे याद था कि घर में जब भी कोई आगंतुक आता था, उसके

पिता उसे वह तसवीर दिखाते हुए कहा करते थे, "वह अब मेलबॉर्न में रहता है।"

आज उसने घर छोड़कर जाने का मन बना लिया था, लेकिन क्या उसका यह निर्णय सही था? यहाँ उसकी अपनी छत है, घर में खाने को मिल रहा है और उन सब लोगों का साथ है, जिन्हें वह बचपन से जानती रही है। यह सही है कि यहाँ उसे घर में और बिजनेस में मेहनत करनी पड़ती है, लेकिन जब सबको पता चलेगा कि वह एक साथी के साथ घर छोड़कर भाग गई तो वे सब क्या कहेंगे? सब उसे मूर्ख कहेंगे। मिस गैवन तो बहुत खुश होगी। उसके स्टोर्स छोड़कर जाने पर शायद ही उसे कोई दुःख होगा! तरह-तरह के सवाल उसके मन में आ-जा रहे थे।

आज उसने घर छोड़कर जाने का मन बना लिया था, लेकिन क्या उसका यह निर्णय सही था? यहाँ उसकी अपनी छत है, घर में खाने को मिल रहा है और उन सब लोगों का साथ है, जिन्हें वह बचपन से जानती रही है।

लेकिन वहाँ, सुदूर अनजान देश में यह सबकुछ नहीं होगा। उस नए घर में वह यानी ईवलाइन मिस से मिसेज बन जाएगी और लोग उसकी इज्जत करेंगे। अपनी माँ की तरह उसे अपमान की जिंदगी नहीं जीनी पड़ेगी। अब वह उन्नीस की हो चुकी थी, लेकिन अपने पिता के हिंसक व्यवहार के बारे में सोचकर आज भी वह काँप उठती है। उसे याद है, उसके पिता हैरी और अर्नेस्ट का ज्यादा खयाल रखते थे और उसके लिए कुछ नहीं करते थे, सिर्फ इसलिए कि वह एक लड़की थी। बाद में तो उसके पिता उसे डराने-धमकाने भी लगे थे और कहते थे कि वे उसके लिए जो कुछ भी कर रहे हैं, वह उसकी स्वर्गवासी माँ की खातिर कर रहे हैं। उसका बचाव करनेवाला कोई नहीं था। अर्नेस्ट मर चुका था और हैरी, जो चर्च डेकोरेशन का बिजनेस करता था, काम के सिलसिले में अकसर बाहर रहता था। घर में दो छोटे बच्चों को समय पर स्कूल भेजने और उन्हें समय पर खाना खिलाने की जिम्मेदारी उस पर थी। अपनी कमाई का सारा पैसा वह घर में खर्च कर देती थी। हैरी भी कुछ-न-कुछ भेजता रहता था, लेकिन उसके पिता घर के खर्च के लिए कुछ नहीं देते थे, कहते थे कि अपनी खून-पसीने की कमाई का पैसा वह फिजूलखर्ची में उड़ाने के लिए नहीं देंगे। सप्ताहांत में शनिवार की शाम तक उसके लिए बहुत मुश्किल हो जाती थी, क्योंकि घर के लिए सामान खरीदकर लाना होता था और उसके पास पैसे नहीं होते थे। उसके पिता

बहुत मुश्किल से पैसे देते थे, तब वह जल्दी से तैयार होकर बाजार जाती थी और सामान लेकर घर आते-आते उसे बहुत देर हो जाती थी। इस प्रकार बहुत मुश्किल से वह घर को सँभाल रही थी। इतना सब होते हुए भी आज जब वह घर छोड़कर जाने के लिए तैयार थी, तो यह जीवन भी उसे उतना बुरा नहीं लग रहा था।

वह फ्रैंक के साथ एक नई जिंदगी शुरू करनेवाली थी। फ्रैंक खुले विचारोंवाला एक उदार हृदयवाला व्यक्ति था। उसकी पत्नी बनकर वह उसके साथ ब्यूनस आयर्स जाने वाली थी, जहाँ उसका अपना घर था। उसे याद है, जब वह पहली बार फ्रैंक से मिली थी, जो मेन रोड पर एक मकान में रहा करता था। दोनों की जान-पहचान हुई। फिर वह रोज शाम को उससे मिलने स्टोर्स पर आने लगा था। उसे अपने साथ थिएटर ले जाता था। उसे म्यूजिक का बहुत शौक था और खुद भी थोड़ा-बहुत गाता था। वह मजाक में उसे 'पोपस' कहकर बुलाया करता था। पहले तो उनकी यह निकटता एक दोस्ती के रूप में थी, बाद में वह फ्रैंक को चाहने लगी और उसके साथ जीवन बिताने के सपने देखने लगी। फ्रैंक उसे दूर देशों की कहानियाँ सुनाया करता था। उसे अपने स्वयं के बारे में भी उसे बताता था। उसने कनाडा जानेवाले एलन लाइन के एक जहाज पर डेक बॉय के रूप में एक पाउंड प्रतिमाह पर काम करते हुए अपने कॅरियर की शुरुआत की थी और ब्यूनस आयर्स में आकर वह अपने पाँव पर खड़ा हो गया था।

वह फ्रैंक के साथ एक नई जिंदगी शुरू करनेवाली थी। फ्रैंक खुले विचारोंवाला एक उदार हृदयवाला व्यक्ति था। उसकी पत्नी बनकर वह उसके साथ ब्यूनस आयर्स जाने वाली थी, जहाँ उसका अपना घर था। उसे याद है, जब वह पहली बार फ्रैंक से मिली थी, जो मेन रोड पर एक मकान में रहा करता था।

उसके पिता को दोनों के इस प्रेम-प्रसंग के बारे में पता चल गया था। वे फ्रैंक को पसंद नहीं करते थे। एक दिन उन्होंने फ्रैंक से झगड़ा भी कर लिया। उसके बाद दोनों छिप-छिपकर मिलने लगे।

गली में अँधेरा पसरता जा रहा था। उसके पास दो पत्र थे, एक हैरी के लिए और दूसरा उसके पिता के लिए। अर्नेस्ट उसका प्रिय रहा था, लेकिन हैरी को भी वह प्यार करती थी। उसके पिता अब बूढ़े हो चले थे। वे इतने बुरे भी नहीं थे। उसे

याद है, जब एक दिन वह थोड़ी अस्वस्थ थी तो उसके पिता ने उसके लिए टोस्ट बनाया था तथा उसे भक्तों की कहानी सुनाई थी और एक दिन जब उसकी माँ जिंदा थी, वह सबको पिकनिक पर ले गए थे और वहाँ बच्चों को खूब हँसाया था।

अँधेरा गहराता जा रहा था, लेकिन वह उसी तरह खिड़की के परदों से सिर सटाए बैठी थी। नीचे गली में उसे स्ट्रीट ऑगर्न की आवाज साफ सुनाई दे रही थी। बैठी-बैठी वह माँ को दिए अपने वचन के बारे में सोचने लगी थी। उसने माँ को वचन दिया था कि वह जहाँ तक हो सकेगा, घर-परिवार को सँभाले रखेगी। माँ की बीमारी की वह आखिरी रात उसे याद थी, जब वह कमरे में थी और बाहर इतालवी शोक-संगीत सुनाई दे रहा था। ऑर्गन बजानेवाले को छह पैसे देकर जाने के लिए कह दिया गया था।

वह ये सब बातें सोच रही थी, तभी जैसे उसे माँ की आवाज दुबारा सुनाई दी—"डेरेवॉन सेरॉन! डेरेवॉन सेरॉन!" वह डर गई और एकदम उठकर खड़ी हो गई। एक बार फिर वह सोचने लगी कि सबकुछ छोड़कर भाग जाऊँ! फ्रैंक उसे नई जिंदगी देगा और प्यार भी। तो वह इस तरह उदासी की जिंदगी क्यों जिए? आखिर जिंदगी की खुशी पाने का हक उसका भी है। फ्रैंक उसे यह खुशी देगा, उसे अपनी बाँहों का सहारा देगा।

अँधेरा गहराता जा रहा था, लेकिन वह उसी तरह खिड़की के परदों से सिर सटाए बैठी थी। नीचे गली में उसे स्ट्रीट ऑगर्न की आवाज साफ सुनाई दे रही थी। बैठी-बैठी वह माँ को दिए अपने वचन के बारे में सोचने लगी थी। उसने माँ को वचन दिया था कि वह जहाँ तक हो सकेगा, घर-परिवार को सँभाले रखेगी।

नॉर्थ वॉल स्टेशन पर वह लोगों की भीड़ के बीच खड़ी थी। फ्रैंक उसका हाथ पकड़े हुए था। स्टेशन पर चारों ओर सैनिक दिखाई दे रहे थे। वह मौन थी और मन-ही-मन भगवान् से प्रार्थना कर रही थी कि उसे इतनी बुद्धि दे कि वह अपने कर्तव्य का निर्वहन कर सके। वह सोच रहा थी कि अगर वह आज यहाँ से चली जाएगी तो कल वह फ्रैंक के साथ ब्यूनस आयर्स के जहाज पर बैठकर जा रही होगी। दोनों के टिकट बुक हो चुके थे। फ्रैंक उसके लिए इतना सबकुछ कर रहा था, इसके बावजूद क्या वह फ्रैंक का साथ छोड़कर वापस चली जाए? वह कुछ समझ नहीं पर रही थी। उसका दिल जैसे बैठा जा रहा था। तभी उसके दिल में एक

घंटी सी बजी और उसने महसूस किया कि फ्रैंक उसका हाथ अपनी ओर खींचते हुए कह रहा है, "आओ!" उसे लग रहा था, जैसे दुनिया के सारे समुद्र एक साथ मिलकर उसकी ओर उमड़ पड़े हैं और फ्रैंक उसे उसी ओर लिये जा रहा है! उसने किनारे-किनारे बनी आयरन रेलिंग को दोनों हाथों से कसकर पकड़ लिया।

"आओ!"

"नहीं! नहीं! नहीं! ऐसा नहीं हो सकता था।" उसने पूरी ताकत से रेलिंग पर अपने हाथ जमा रखे थे। अचानक उसके मुँह से एक आह भरी चीख निकल पड़ी—

"ईवलाइन! ईवी!"

फ्रैंक बैरियर पार करके आगे बढ़ा और उसे अपने पीछे आने को कहा, लेकिन वह किसी निरीह प्राणी की तरह टुकर-टुकर उसका मुँह देखे जा रही थी। उसकी आँखों में कोई भाव नहीं था—न प्रेम का, न कृतज्ञता का और न ही बिछड़ने का भाव था। उसका चेहरा निस्तेज था।

□

10

मि. फैरिंगटन

घंटी जोर-जोर से बज रही थी और मिस पारकर जब तलमार्ग पर पहुँची तो एक जोरदार आवाज आई, "फैरिंगटन को यहाँ भेजो!"

मिस पारकर अपनी मशीन पर वापस आई और डेस्क पर बैठे एक आदमी को संबोधित करते हुए बोली, "मि. एलीने आपको ऊपर बुला रहे हैं।"

वह आदमी बुदबुदाया, "धत्त तेरी की!" और अपना लटका हुआ सा चेहरा तथा भारी-भरकम शरीर लेकर कुरसी पर से उठ गया। उसकी आँखें आगे की ओर थोड़ी उभरी हुई सी थीं। वह उठा और भारी कदमों से ऊपर की सीढ़ियाँ चढ़ने लगा। सेकंड फ्लोर पर जहाँ दरवाजे पर पीतल की प्लेट पर 'मि. एलीने' लिखा था, वह रुक गया और हिम्मत जुटाते हुए दरवाजा खटखटाया। अंदर से वही कर्कश आवाज आई, "आ जाओ!" वह आदमी मि. एलीने के कमरे में दाखिल हुआ। छोटे कद के सपाट (गंजे) सिर और सपाट चेहरेवाले मि. एलीने आँखों पर सुनहरे रंग का चश्मा पहने हुए थे। सिर इतना सपाट और चमकदार था कि मेज पर फैले कागजों के ढेर के बीच में वह बिल्कुल अंडे जैसा दिखाई दे रहा था।

"फैरिगंटन?" एक पल गँवाए बिना वे बोल पड़े, "क्या अर्थ हुआ इसका? मुझे तुमसे बार-बार शिकायत क्यों करनी पड़ती है? क्या मैं जान सकता हूँ कि तुमने बॉडली और किरवान के कॉण्ट्रैक्ट की कॉपी क्यों नहीं तैयार की? मैंने तुमसे कहा था कि मुझे चार बजे तक वह कॉपी तैयार मिलनी चाहिए।"

"लेकिन सर, मि. शेली ने कहा।"

"मि. शेली ने नहीं, मैं जो कह रहा हूँ, उसे सुनो और मि. शेली ने क्या कहा था, उसे छोड़ो। तुम्हारे पास काम न करने का कोई-न-कोई बहाना हमेशा तैयार रहता है। अब मैं तुम्हें बता देता हूँ कि आज शाम तक अगर वह कॉपी तैयार नहीं

हुई तो मैं यह बात मि. क्रॉस्बी तक पहुँचा दूँगा, समझे ?"

"जी, सर।"

"सुन रहे हो ? एक और बात! तुम्हें लंच के लिए आधा घंटा मिलता है, न कि डेढ़ घटा। मेरी बात समझ गए ?"

"जी, सर।"

मि. एलीने फिर से उन्हीं कागजों और फाइलों के ढेर में सिमट गए। वह आदमी अब भी खड़ा-खड़ा उनके सपाट अंडे जैसे चमकते सिर को एकटक देखे जा रहा था, मानो अंदाजा लगा रहा हो कि उसे फोड़ने के लिए उसे कितनी ताकत लगानी पड़ सकती है! शायद उसके मन में आ रहा था कि अपनी भड़ास वहीं निकाल दे, लेकिन कुछ सोचकर वह रुका हुआ था। महीने का आधा हिस्सा बीत चुका था। वह सोचने लगा कि अगर वह कॉण्ट्रैक्ट की कॉपी समय पर तैयार करके दे देगा तो मि. एलीने उसके एडवांस के लिए कैशियर को बोल सकते हैं। वह खड़ा-खड़ा सोच ही रहा था कि मि. एलीने अचानक सारे कागज उलटने-पलटने लगे, जैसे कुछ ढूँढ़ रहे हों। तब उनकी नजर वहाँ अब तक खड़े आदमी पर पड़ी और वह कहने लगे—

मि. एलीने फिर से उन्हीं कागजों और फाइलों के ढेर में सिमट गए। वह आदमी अब भी खड़ा-खड़ा उनके सपाट अंडे जैसे चमकते सिर को एकटक देखे जा रहा था, मानो अंदाजा लगा रहा हो कि उसे फोड़ने के लिए उसे कितनी ताकत लगानी पड़ सकती है!

"तो तुम दिनभर यहीं खड़े रहोगे ?"

"फैरिंगटन, तुम मेरी बात को गंभीरता से नहीं लेते हो।"

"सर, मैं देख…।"

"तुम्हें कुछ देखने की जरूरत नहीं है। अब नीचे जाओ और अपना काम करो।"

वह आदमी भारी कदमों से दरवाजे की ओर बढ़ा और जब कमरे से बाहर निकलने लगा, तो पीछे से एक बार फिर उसे हिदायत मिली—"आज शाम तक अगर कॉण्ट्रैक्ट की कॉपी तैयार नहीं हुई तो मि. क्रॉस्बी ही तुमसे निपटेंगे।"

वह वापस अपनी डेस्क पर आया और कॉपी करने के लिए बाकी बचे

पेपरों को गिनने लगा। कलम तो उठाई, लेकिन अपने लिखे अंतिम शब्दों को ही घूर-घूरकर देखता रहा, "किसी भी परिस्थिति में बनॉर्ड बॉडली।" शाम होने वाली थी और कुछ ही देर में वहाँ गैसबत्ती जलने वाली थी, तब वह लिख सकेगा, वह सोचने लगा। उसे कुछ पीने की हुड़क लग रही थी। वह अपनी डेस्क से उठा और ऑफिस से बाहर निकल गया। उसे निकलते देखकर बड़े बाबू सवालिया अंदाज में उसकी ओर देखने लगा था।

"कोई बात नहीं, मि. शेली।" उसने उँगली से इशारा करते हुए बड़े बाबू को आश्वस्त करते हुए कहा था। बड़े बाबू ने उसकी जेब में रखी टोपी देख ली थी, लेकिन उसने आगे कुछ नहीं कहा। वह आदमी सीढ़ियों से जल्दी-जल्दी उतरा और बाहर गली में आ गया। नुक्कड़ पर ओ नील की दुकान पर पहुँचकर स्वयं को सुरक्षित महसूस करने लगा, क्योंकि अँधेरा होने वाला था और वहाँ उसे देखनेवाला कोई नहीं था। पूरे बार पर एक नजर दौड़ाते हुए वह बोला, "पैट, एक प्लेन पोर्टर इधर।"

"कोई बात नहीं, मि. शेली।" उसने उँगली से इशारा करते हुए बड़े बाबू को आश्वस्त करते हुए कहा था। बड़े बाबू ने उसकी जेब में रखी टोपी देख ली थी, लेकिन उसने आगे कुछ नहीं कहा। वह आदमी सीढ़ियों से जल्दी-जल्दी उतरा और बाहर गली में आ गया।

बैरा एक गिलास में प्लेन पोर्टर लाकर उसके सामने रख दिया। वह आदमी उसे एक ही साँस में पी गया। पैसे काउंटर पर रखे और जितनी तेजी से आया था, उतनी ही तेजी से चल पड़ा।

फरवरी का महीना था, अँधेरे के साथ-साथ कोहरा भी छाता जा रहा था। यूस्टेस स्ट्रीट की बत्तियाँ जल चुकी थीं। पता नहीं काम, पूरा हो भी पाएगा या नहीं? अपने ऑफिस की ओर वापस आते हुए वह सोच रहा था। सीढ़ियों पर पहुँचने पर उसने जो खुशबू महसूस की, उससे उसने अंदाजा लगा लिया कि मिस डलाकोर तभी आ गई थीं, जब वह पीने के लिए बाहर गया था। उसने अपनी टोपी वापस जेब में रखी और जल्दी से आकर अपनी डेस्क पर बैठ गया।

"मि. एलीने आपको बुला रहे हैं।" बड़े बाबू ने कठोर स्वर में कहा, "कहाँ गए थे?"

उस आदमी ने देखा, काउंटर पर दो क्लाइंट खड़े थे, शायद इसीलिए वह कोई जवाब नहीं दे पा रहा था। दोनों क्लाइंट पुरुष थे, इसलिए बड़े बाबू खुद को हँसने से नहीं रोक पाया।

"मैं जानता हूँ।" वह कहने लगा, "दिन में पाँच बार, थोड़ा···अच्छा, अब डेलाकोर केस के पत्रों की फाइल मि. एलीने को देकर आइए।"

सबके सामने इस तरह से संबोधित किया जाना, उसका लगभग दौड़ते हुए ऊपर आना और ऊपर से पोर्टर (शराब), जो वह गटककर आया था, इस सबका ऐसा असर था कि वह व्यक्ति कुछ समझ नहीं पा रहा था कि क्या करे? किसी तरह खुद को सँभालते हुए वह अपनी डेस्क पर आया और सोचने लगा कि साढ़े पाँच बजे तक कैसे वह कॉण्ट्रैक्ट की कॉपी पूरी कर पाएगा? वह खुद को पूरी तरह असहाय महसूस कर रहा था। अँधेरा होने को था और उसका मन बार-बार यही कर रहा था कि किसी बार में जाए तथा दोस्तों के साथ बैठकर, जमकर पिए। डेलाकोर केस की फाइल उठाकर वह मि. एलीने के ऑफिस की ओर चला और चलते-चलते यही सोच रहा था कि मि. एलीने यह थोड़े ही जान पाएँगे कि इसमें से आखिरी के दो पत्र गायब हैं!

मिस डेलाकोर के परफ्यूम की खुशबू उसे चिढ़ाती सी लग रही थी। मिस डेलाकोर एक अधेड़ उम्र की महिला थीं, जिनका रंग-रूप यहूदी महिला जैसा था। मि. एलीने उनपर कुछ ज्यादा ही मेहरबान थे या समझ लीजिए कि उनकी दौलत पर। वे अकसर ऑफिस में आया करती थीं और जब आती थीं तो देर तक बैठती थीं।

मिस डेलाकोर के परफ्यूम की खुशबू उसे चिढ़ाती सी लग रही थी। मिस डेलाकोर एक अधेड़ उम्र की महिला थीं, जिनका रंग-रूप यहूदी महिला जैसा था। मि. एलीने उनपर कुछ ज्यादा ही मेहरबान थे या समझ लीजिए कि उनकी दौलत पर। वे अकसर ऑफिस में आया करती थीं और जब आती थीं तो देर तक बैठती थीं। मि. एलीने की डेस्क के बगल में बैठी वे अपनी छतरी के हैंडल पर हाथ फेरे जा रही थीं। मि. एलीने एक पैर के ऊपर दूसरा पैर रखकर अपनी कुरसी पर बैठे हुए थे। वह आदमी पत्रों की फाइल लेकर आया और उसे मि. एलीने की डेस्क पर रखते हुए अदब से थोड़ा झुक गया। उसकी इस बाअदबी की ओर ध्यान दिए

बिना मि. एलीने के फाइल पर हाथ रखते हुए जैसे उस आदमी को इशारा किया हो—"ठीक है, अब तुम जा सकते हो।"

वह आदमी वापस अपनी डेस्क पर आया और एक बार फिर आखिर के उन्हीं शब्दों को घूरने लगा, "किसी भी परिस्थिति में बर्नार्ड बॉडली।" आगे क्या लिखे, उसकी कुछ समझ में नहीं आ रहा था। बड़े बाबू मिस पार्कर से कह रहा था कि जल्दी-जल्दी पत्र टाइप करे, ताकि उन्हें समय से पोस्ट किया जा सके। वह आदमी थोड़ी देर तक टाइपराइट की खट-खट की आवाज सुनता रहा, फिर जल्दी से अपने काम में लग गया, लेकिन उसका दिमाग काम नहीं कर रहा था और मन इधर-उधर भटक रहा था। उसने देखा, घड़ी में पाँच बज चुके थे और अभी उसे चौदह पेज कॉपी करने थे। धत्त! कुछ नहीं हो पाएगा। उसने मुट्ठी बाँध ली और उसके जी में आ रहा था कि उसे कहीं दे मारे। फिर खुद को थोड़ा सँभाला और लिखना शुरू किया, लेकिन गलती से उसने 'बर्नार्ड बॉडली' की बजाय दो बार 'बर्नार्ड बर्नार्ड' लिख दिया और उसे दूसरा पन्ना लेकर फिर से लिखना शुरू करना पड़ा।

वह आदमी वापस अपनी डेस्क पर आया और एक बार फिर आखिर के उन्हीं शब्दों को घूरने लगा, "किसी भी परिस्थिति में बर्नार्ड बॉडली।" आगे क्या लिखे, उसकी कुछ समझ में नहीं आ रहा था। बड़े बाबू मिस पार्कर से कह रहा था कि जल्दी-जल्दी पत्र टाइप करे, ताकि उन्हें समय से पोस्ट किया जा सके।

उसका दिल और दिमाग कुछ भी काबू में नहीं था। उसके जी में आ रहा था कि यहाँ से उठे और पूरे ऑफिस की उलट-फेर कर डाले। फिर मन-ही-मन सोचने लगा, 'क्या कैशियर से खुद चुपचाप जाकर एडवांस के लिए कहना ठीक होगा? लेकिन नहीं, वह बहुत गंदा इनसान है, एडवांस नहीं देगा। उस समय वह इतने भावनात्मक आवेश में था कि वह कुछ भी कर सकता था।'

आसपास क्या हो रहा है, वह कुछ देख सुन नहीं पा रहा था। दो बार बुलाए जाने पर ही कहीं वह सुन पा रहा था। मि. एलीने एवं मिस डेलाकोर काउंटर के बाहर खड़े थे और सारे बाबू चौकने हो गए थे। वह आदमी भी अपनी डेस्क से उठ गया। मि. एलीने उसपर बरसने लगे, "इसमें दो पत्र गायब हैं। कहाँ गए?" आदमी

ने बड़ी मासूमियत से बताया कि उसे कुछ भी नहीं पता, उसने तो सही–सही कॉपी तैयार की थी। मि. एलीने बरसते ही जा रहे थे। उस आदमी की मुट्ठी भींची हुई थी, उसका जी कर रहा था कि मि. एलीने के गंजे सिर पर उसे दे मारे, पर बहुत मुश्किल से उसने खुद को रोक रखा था।

"उन दो पत्रों के बारे में मुझे कुछ भी नहीं मालूम, सर।" उसने अनजान बनते हुए कहा।

"हाँ बिल्कुल, तुम्हें कुछ भी नहीं मालूम।" मि. एलीने ने कहा, "अच्छा, एक बात बताओ।" बगल में खड़ी महिला की ओर एक नजर डालते हुए वह आगे बोले, "क्या तुम मुझे बेवकूफ समझते हो? तुमने मुझे बिल्कुल ही बेवकूफ समझ रखा है?"

"हाँ बिल्कुल, तुम्हें कुछ भी नहीं मालूम।" मि. एलीने ने कहा, "अच्छा, एक बात बताओ।" बगल में खड़ी महिला की ओर एक नजर डालते हुए वह आगे बोले, "क्या तुम मुझे बेवकूफ समझते हो? तुमने मुझे बिल्कुल ही बेवकूफ समझ रखा है?"

उस आदमी ने एक बार महिला की ओर देखा और फिर मि. एलीने के गंजे सिर की ओर देखकर बोला, "मुझे नहीं लगता, सर, कि आपको यह सवाल मुझसे पूछना चाहिए।"

कुछ देर के लिए सब चुप हो गए। बाबुओं की तो जैसे साँसें ही रुक गई थीं। मिस डेलाकोर भी खुद को मुसकराने से नहीं रोक सकीं। मि. एलीने का चेहरा लाल हो गया था और मुट्ठी भिंच गई थी। भींची हुई मुट्ठी को उस आदमी के मुँह के बिल्कुल पास लाते हुए वे कहने लगे, "तुमने बदतमीजी की है, इसका खामियाजा तुम्हें भुगतना पड़ेगा। तुम्हें मुझसे माफी माँगनी पड़ेगी, नहीं तो यह ऑफिस छोड़कर जाओगे। मैं बताए दे रहा हूँ।"

अब वह आदमी ऑफिस के दरवाजे के पास खड़ा इंतजार कर रहा था कि कैशियर यदि अकेला आता दिखे तो उससे बात करे। कैशियर आता दिखाई दिया, लेकिन साथ में बड़ा बाबू भी था, इसलिए उसे लगा कि बात करना बेकार है। उसे लग रहा था कि ऑफिस में उसकी छवि बहुत खराब हो गई है। उसे बार–बार मि. एलीने की वह चेतावनी याद आ रही थी। उसे याद था कि किस तरह मि. एलीने ने ऑफिस में अपने भतीजे को रखवाने के लिए पीक को

नौकरी से निकलवा दिया था। उसे अपने आप पर और मि. एलीने पर गुस्सा आ रहा था। यह सब उसी दिन से शुरू हो गया था, जब मि. एलीने ने उसे अपनी नकल उतारते देख लिया था, तभी से वह खार खाए बैठे थे। एक बार उसके मन में आया कि हिंगिंस से कुछ पैसे माँगे, लेकिन उसे लगा कि हिंगिंस उसे एक पैसा भी देनेवाला नहीं है।

उसका मन एक बार फिर पब्लिक हाउस की ओर भटकने लगा था। सोच रहा था कि एक बार थोड़ी सी मिल जाती तो मूड थोड़ा अच्छा हो जाता, लेकिन उसके पास जो कुछ पैसे थे, उसे वह पहले ही खर्च कर आया था। वह अपनी घड़ी की चेन पर हाथ फेर रहा था, तभी उसे फ्लीट स्ट्रीट में स्थित टेरी केली की महाजनी कोठी का ध्यान आया। बस, काम बन गया! उसे यह बात पहले क्यों नहीं याद आई? सब भाड़ में जाएँ! वह शायद यही बुदबुदा रहा था, जब तेज कदमों से टेंपल बार की सँकरी गली से गुजरते हुए टेरी केली की महाजनी कोठी की ओर बढ़ रहा था। वहाँ काउंटर पर बैठे क्लर्क ने कहा कि एक क्राउन, लेकिन बाद में बात छह शिलिंग पर आ गई और छह शिलिंग हाथ में लिये वह खुश होकर कोठी से बाहर निकला। वेस्टमोर लैंड स्ट्रीट में फुटपाथ पर अपने-अपने काम से लौटते लोगों और शाम का अखबार बेचनेवाले बच्चों की अच्छी-खासी भीड़ थी। इन सबके बीच से निकलते हुए और रास्ते से गुजरती लड़कियों को घूरते हुए वह आगे बढ़ता जा रहा था। वह मन-ही-मन यह भी सोच रहा था कि अपने दोस्तों को किस अंदाज में बताएगा कि उसने अपने बॉस की बोलती बंद कर दी थी!

उसका मन एक बार फिर पब्लिक हाउस की ओर भटकने लगा था। सोच रहा था कि एक बार थोड़ी सी मिल जाती तो मूड थोड़ा अच्छा हो जाता, लेकिन उसके पास जो कुछ पैसे थे, उसे वह पहले ही खर्च कर आया था। वह अपनी घड़ी की चेन पर हाथ फेर रहा था, तभी उसे फ्लीट स्ट्रीट में स्थित टेरी केली की महाजनी कोठी का ध्यान आया।

मैंने उसकी ओर देखा तथा फिर एक बार उस महिला की ओर देखा और बस जड़ दिया सीधा सा जवाब, "मुझे नहीं लगता, सर कि यह सवाल आपको मुझसे पूछना चाहिए।"

पूरी कहानी सुनकर नोजी फ्लिन ने उस आदमी की पीठ थपथपाते हुए कहा कि उसने इससे पहले इतना करारा जवाब देते हुए किसी को नहीं सुना था। थोड़ी देर बाद ओ हेलोरन और पैडी लियोनार्ड भी वहाँ आ गए। फिर क्या था, कहानी एक बार फिर दोहराई गई। ओ हेलोरन ने भी अपनी कहानी सुनाई, जब वह फोनेस स्ट्रीट स्थित कैलंस के दफ्तर में काम करता था तो कैसे उसने बड़े बाबू की बोलती बंद कर दी थी, लेकिन साथ ही स्वीकार किया कि फैरिंगटन की कहानी कुछ ज्यादा ही मजेदार थी। उसके बाद ह्विस्की के दौर के बीच जब उसने मि. एलीने की नकल उतारते हुए बताना शुरू किया कि किस तरह वे अपनी भींची हुई मुट्ठी ठीक उसके मुँह पर लाते हुए गुस्से से काँप रहे थे, तो सबके सब ठहाका लगाकर हँसने लगे।

पूरी कहानी सुनकर नोजी फ्लिन ने उस आदमी की पीठ थपथपाते हुए कहा कि उसने इससे पहले इतना करारा जवाब देते हुए किसी को नहीं सुना था। थोड़ी देर बाद ओ हेलोरन और पैडी लियोनार्ड भी वहाँ आ गए। फिर क्या था, कहानी एक बार फिर दोहराई गई।

जब यह दौर खत्म हुआ तो थोड़ी देर तक सब चुप थे। ओ हेलोरन के पास तो पैसे थे, लेकिन बाकी दोनों के पास पैसे नहीं थे, इसलिए वे उदास मन से दुकान से बाहर आ गए। ड्यूक स्ट्रीट के मोड़ पर पहुँचकर हिगिंस और नोजी फ्लिन बाईं ओर मुड़कर चले गए, जबकि बाकी तीनों शहर की ओर वापस चले गए। हलकी-हलकी बारिश हो रही थी, जिससे सर्दी थोड़ी और बढ़ गई थी। बैलास्ट ऑफिस पहुँचकर उन्होंने स्कॉच हाउस की ओर रुख किया। पूरा बार भरा हुआ था और सब ओर गिलासों की खन-खन की आवाज सुनाई दे रही थी। वे काउंटर के कॉर्नर में जाकर बैठ गए और एक-दूसरे को अपनी-अपनी बातें सुनाने लगे। लियोनार्ड ने उन्हें अपने एक नौजवान साथी वेदर्स से मिलवाया, जो ट्रिवोली (सर्कस) में एक कलाकार के रूप में काम करता था। वेदर्स ने उनसे कहा कि यहाँ से निकलने के बाद वे सब मुलिंगस पार्लर में आएँ, जहाँ वह उनकी मुलाकात कुछ खूबसूरत लड़कियों से कराएगा। ओ हेलोरन ने कहा कि वह और लियोनार्ड वहाँ जाएँगे, जबकि फैरिंगटन को वहाँ नहीं जाना चाहिए, क्योंकि वह शादीशुदा है। वेदर्स उनसे पूलबेग स्ट्रीट स्थित मुलिंगस पार्लर में मिलने का वादा करके वहाँ से चला गया।

स्कॉच हाउस जब बंद हो गया तो वे मुलिंगस की ओर बढ़े। वे पार्लर के अंदर गए और ओ हेलोरन ने सबके लिए स्पेशल ड्रिंक ऑर्डर किया। तभी वेदर्स वहाँ आ गया। सबके साथ उसने भी पी। उनके पास पैसे कम जरूर थे, लेकिन इतने तो थे कि अभी वे पी सकते थे। तभी बड़ी-बड़ी टोपी लगाए दो युवतियाँ और एक चेक सूट पहने एक नौजवान अंदर आए और बगल वाली मेज पर बैठ गए। वेदर्स ने उनका अभिवादन किया और अपने साथियों को बताया कि ये सब टिवोली से आए हैं। फैरिंगटन की निगाहें उनमें से एक युवती को लगातार घूरे जा रही थीं, जो देखने में बहुत खूबसूरत थी। अपने सुंदर-नाजुक हाथों में उसने पीले रंग के चमकीले दस्ताने पहने हुए थे, जो उसकी कोहनी तक आ रहे थे। बड़ी खूबसूरती से वह बीच-बीच में अपने हाथों को हिला रही थी। फैरिंगटन की निगाहें उसी पर टिकी थीं। थोड़ी देर बाद उसकी नजर फैरिंगटन पर पड़ी तो जवाब में वह मुसकरा दी। फैरिंगटन का चेहरा जैसे खिल उठा। एक-दो बार उसने तिरछी नजरों से फैरिंगटन की ओर देखा था। उसके थोड़ी देर बाद लंदन के लहजे में माफ करना बोलते हुए वह जाने लगी तो फैरिंगटन इस उम्मीद में उसे निहारता रहा कि शायद वह एकाध बार पीछे मुड़कर उसकी ओर देखेगी, लेकिन उसकी यह उम्मीद पूरी नहीं हुई और वह चली गई। उसे अपने आप पर गुस्सा आ रहा था। उसके पास पैसे नहीं थे, इस पर भी उसे अपराध-बोध हो रहा था। वह अपने आप में इतना खो गया था कि उसे अपने साथियों का भी ध्यान नहीं रहा। उसके साथी शारीरिक बल की बातें कर रहे थे। वेदर्स सबको अपनी मांसल भुजाएँ और डोले दिखा रहा था। तब पैडी लियोनार्ड ने फैरिंगटन को बुलाया और कहने लगा कि उसे भी बल-प्रदर्शन में पीछे नहीं रहना चाहिए। फिर क्या था, उसने भी अपनी बाँहें मोड़ीं और अपने डोलों का प्रदर्शन करने लगा। बात होने लगी कि अब लगे हाथ दोनों की जोर-आजमाइश भी हो जाए। मेज खाली कर दी गई और फैरिंगटन तथा वेदर्स एक-दूसरे के आमने-सामने अपने-अपने हाथ टिकाकर बैठ गए। जोर

स्कॉच हाउस जब बंद हो गया तो वे मुलिंगस की ओर बढ़े। वे पार्लर के अंदर गए और ओ हेलोरन ने सबके लिए स्पेशल ड्रिंक ऑर्डर किया। तभी वेदर्स वहाँ आ गया। सबके साथ उसने भी पी। उनके पास पैसे कम जरूर थे, लेकिन इतने तो थे कि अभी वे पी सकते थे।

आजमाइश शुरू हो गई। दोनों एक-दूसरे का हाथ मोड़कर मेज की ओर झुकाने के लिए अपनी-अपनी ताकत लगा रहे थे। करीब आधे मिनट के मुकाबले के बाद वेदर्स अपने प्रतिद्वंद्वी, यानी फैरिंगटन का हाथ मेज पर झुकाने में कामयाब हो गया। फैरिंगटन का चेहरा शर्म और गुस्से से लाल हो रहा था। वह इस तरह हार मानने को तैयार नहीं था।

मुकाबला एक बार फिर शुरू हुआ। दोनों एक-दूसरे पर जोर-आजमाइश करने लगे। अब तक मुकाबला देखने के लिए और भी लोग आसपास आकर खड़े हो गए थे। दोनों पूरी ताकत से एक-दूसरे का हाथ मोड़कर मेज की तरफ झुकाने की कोशिश कर रहे थे। इस बार मुकाबला थोड़ा लंबा चला। अंत में वेदर्स ने फिर बाजी मार ली। दर्शकों में फुसफुसाहट होने लगी। पार्लर का एक कर्मचारी, जो पास ही खड़ा यह मुकाबला देख रहा था, बोल पड़ा—

"वाह! क्या दाँव मारा!"

फैरिंगटन अपने आपको रोक नहीं पाया। उस आदमी की ओर आँखें तरेरकर बोला, "तुम्हें क्या खाक पता है?"

मुकाबला एक बार फिर शुरू हुआ। दोनों एक-दूसरे पर जोर-आजमाइश करने लगे। अब तक मुकाबला देखने के लिए और भी लोग आसपास आकर खड़े हो गए थे। दोनों पूरी ताकत से एक-दूसरे का हाथ मोड़कर मेज की तरफ झुकाने की कोशिश कर रहे थे। इस बार मुकाबला थोड़ा लंबा चला।

ओ हेलोरन ने उसे किसी तरह शांत किया और बोला, "साथियो, हम एक बार थोड़ी-थोड़ी और लेंगे फिर यहाँ से चलेंगे।"

ओ कॉनेल ब्रिज के एक कोने में खड़ा एक आदमी सैंडीमाउंट जानेवाली ट्राम का इंतजार कर रहा था। चेहरे से वह बहुत उदास सा दिखाई दे रहा था। उदासी के साथ-साथ उसके चेहरे पर गुस्सा और प्रतिशोध का भाव भी था। उसकी जेब में दो पैसे थे और वह अपनी घड़ी गिरवी रख आया था। ऑफिस में अपने बॉस से भी वह झगड़ा करके आया था तथा उसने जी भरकर पीने को भी नहीं मिली थी और ऊपर से अभी-अभी एक लौंडे से दिखनेवाले आदमी से हारकर आया था, यह सबकुछ उसे काँटे के समान चुभता प्रतीत हो रहा था। सोच रहा था कि एक बार थोड़ी सी पीने को मिल जाती तो कम-से-कम कुछ

देर के लिए ही सही, सारे गम दूर हो जाते।

उसकी ट्राम आई तो वह उसमें चढ़ गया। शेलबॉर्न रोड पर जब वह ट्राम से उतरा तो घर की ओर कदम बढ़ाने की उसकी हिम्मत नहीं हो रही थी। किसी तरह भारी कदमों से वह घर की ओर बढ़ा। घर पहुँचकर सबसे पहले किचन में गया, किचन खाली था, अँगीठी बुझी हुई थी। उसने सीढ़ियों पर से आवाज लगाई—"एडा! एडा!"

उसकी पत्नी बहुत तेज थी। दोनों में अकसर झगड़ा होता रहता था और मौका पाकर वे एक-दूसरे की धुनाई भी करते थे। उनके पाँच बच्चे थे। उसकी आवाज सुनकर एक छोटा सा लड़का सीढ़ियों से जल्दी-जल्दी उतरता हुआ नीचे आया।

"कौन है ?" उस आदमी ने अँधेरे में देखने की कोशिश करते हुए पूछा।

"पापा, मैं हूँ।"

"कौन ? चार्ली ?"

"नहीं, पापा, मैं टॉम।"

"मम्मी कहाँ है ?"

"मम्मी चर्च गई हैं।"

"अच्छा! मेरे रात के खाने के लिए कुछ बचाकर रखा है या··· ?"

"हाँ पापा, मैं··· ।"

"बत्ती जलाओ, यहाँ अँधेरा क्यों कर रखा है ? क्या और सब सो गए ?"

उसकी ट्राम आई तो वह उसमें चढ़ गया। शेलबॉर्न रोड पर जब वह ट्राम से उतरा तो घर की ओर कदम बढ़ाने की उसकी हिम्मत नहीं हो रही थी। किसी तरह भारी कदमों से वह घर की ओर बढ़ा। घर पहुँचकर सबसे पहले किचन में गया, किचन खाली था, अँगीठी बुझी हुई थी। उसने सीढ़ियों पर से आवाज लगाई—"एडा! एडा!"

वह आदमी वहाँ पड़ी एक कुरसी पर निढाल हो गया और लड़का बत्ती जलाने लगा। कुरसी पर बैठा-बैठा वह अपने बेटे की बात का नकल उतारते हुए बुदबुदाता जा रहा था, "चर्च गई है···चर्च गई है।"

बत्ती जली तो उसने मेज पर जोर से अपना हाथ पटकते हुए पूछा, "मेरे रात के खाने के लिए क्या है ?"

"पापा, मैं अभी बना देता हूँ।" लड़के ने कहा।

इतना सुनते ही वह आदमी आगबबूला हो गया और बुझी हुई अँगीठी की ओर

इशारा करते हुए कहने लगा, "अँगीठी बुझा दी! अब दुबारा अँगीठी जलाकर मेरे लिए खाना बनाएगा? अभी मैं तुझे अँगीठी बुझाने का मतलब समझाता हूँ।"

कहते हुए वह दरवाजे की ओर बढ़ा और दरवाजे के पीछे रखी छड़ी उठा ली, फिर अपनी आस्तीन को ऊपर की ओर मोड़ते हुए कहने लगा, "मैं तुझे सिखाऊँगा अँगीठी बुझाना!"

लड़का डर के मारे चिल्ला पड़ा—"नहीं, पापा।" और भागने लगा, लेकिन उस आदमी ने उसे पकड़ लिया। बचने का कोई रास्ता न देख लड़का उसके पैरों पर गिरकर गिड़गिड़ाने लगा।

"फिर बुझाएगा अँगीठी? ये ले!" कहते हुए उस आदमी ने छड़ी से उसकी पिटाई शुरू कर दी। लड़का बुरी तरह चिल्ला रहा था।

"अरे, पापा! मुझे मत मारो! नहीं, पापा··· ! मैं···मैं आपको हेल मैरी बोलूँगा··· पापा, मुझे नहीं मारोगे, तो मैं···आपको हेल मैरी बोलूँगा···।"

□

11

कमेटी रूम में आईवी डे (या पारनेल : एक बेताज बादशाह)

बूढ़ा जैक एक कार्डबोर्ड के टुकड़े से राख को बराबर कर रहा था, उसके बाद वह इसे कोयले के ढेर के ऊपर फैलाने लगा। कोयले का ढेर जब राख से ढक गया तो उसका चेहरा भी अँधेरे में ढक गया। लेकिन जब उसने कोयले के ऊपर हवा देनी शुरू की, कोयले का ढेर एक बार फिर चमक उठा और उसकी रोशनी में उसका चेहरा साफ दिखाई देने लगा। उसका चेहरा कठोर और बालों से भरा था। अपनी भीगी-भीगी नीली आँखों से वह आग को देख रहा था। जब आग पूरी तरह से जलने लगी तो उसने कार्डबोर्ड का टुकड़ा दीवार के पास रख दिया और गहरी साँस लेते हुए बोला, "हाँ, अब ठीक है, मि. ओ कोनॉर।"

मि. ओ कोनॉर भूरे बालोंवाले एक नौजवान थे, जिनके चेहरे पर मुँहासों के दाग थे। वे सिगरेट में तंबाकू भरने की तैयारी कर रहे थे, लेकिन जैक की आवाज सुनकर वे थोड़ी देर के लिए रुक गए, फिर अपनी सिगरेट तैयार की।

"मि. टियर्नी कुछ बताकर गए थे, कब तक वापस आएँगे?" उन्होंने पूछा।

"नहीं, कुछ नहीं बताया।"

मि. ओ कोनॉर ने सिगरेट मुँह में डाली और उसे जलाने के लिए जेब में माचिस ढूँढ़ने लगे। जेब में से उन्होंने पेस्टबोर्ड कार्ड का एक पैकेट निकाला।

"मैं आपके लिए माचिस लाता हूँ।" बूढ़े आदमी ने कहा।

"नहीं, कोई बात नहीं, इससे काम चल जाएगा।" मि. ओ कोनॉर ने कहा।

उन्होंने एक कार्ड निकाला और उसपर जो लिखा था, उसे पढ़ने लगे—

"म्यूनिसिपल इलेक्शन, रॉयल एक्सचेंज वार्ड।"

"रॉयल एक्सचेंज वार्ड के आगामी चुनाव में मि. रिचर्ड जे. टियर्नी, पी.एस. जी. को अपना वोट दें।"

मि. ओ कोनॉर को टियर्नी के एजेंट द्वारा वार्ड के एक हिस्से में चुनाव-प्रचार का काम सौंपा गया था, लेकिन मौसम खराब होने के कारण उनके जूते गीले हो गए थे, इसलिए वे बाहर निकलने के बजाय विकलो स्ट्रीट स्थित कमेटी रूम में जैक के साथ बैठे थे। अक्तूबर महीने की छह तारीख थी, बाहर अँधेरा पसर रहा था और ठंड भी शुरू हो चुकी थी।

मि. ओ कोनॉर को टियर्नी के एजेंट द्वारा वार्ड के एक हिस्से में चुनाव-प्रचार का काम सौंपा गया था, लेकिन मौसम खराब होने के कारण उनके जूते गीले हो गए थे, इसलिए वे बाहर निकलने के बजाय विकलो स्ट्रीट स्थित कमेटी रूम में जैक के साथ बैठे थे। अक्तूबर महीने की छह तारीख थी, बाहर अँधेरा पसर रहा था और ठंड भी शुरू हो चुकी थी।

मि. ओ कोनॉर ने कार्ड में से एक टुकड़ा फाड़कर जलाया और उससे अपनी सिगरेट जलाई। बूढ़ा आदमी बहुत गौर से उनकी ओर देख रहा था। उसके बाद उसने कार्डबोर्ड का टुकड़ा दुबारा उठाया और उससे आग को हवा देने लगा। मि. ओ कोनॉर अपनी सिगरेट पी रहे थे।

"हाँ, बच्चों को पालना बहुत मुश्किल काम है," वे कहने लगे, "अब किसको पता था कि वह ऐसा निकल जाएगा! मैंने उसे क्रिश्चियन ब्रदर्स भेजा और जो कुछ उसके लिए कर सकता था, सब किया, पर वह शराब पीकर घूमता है! मैं तो उसे अच्छा इनसान बनाना चाहता था।" कहते हुए उसने कार्डबोर्ड रख दिया।

"मैं छड़ी से कई बार उसकी पिटाई भी कर चुका हूँ, लेकिन उसकी माँ है न··· वह उसके आगे-पीछे लगी रहती है, कभी ये, तो कभी वो।"

"बच्चे इसी से बिगड़ते हैं।" मि. ओ कोनॉर ने कहा।

"मुझे तो जैसे कुछ समझता ही नहीं।" बूढ़े आदमी ने कहा।

"भला दुनिया का कौन बेटा अपने बाप के साथ ऐसा करेगा?"

"कितने साल का है?" मि. ओ कोनॉर ने पूछा।

"उन्नीस।" बूढ़े आदमी ने जबाव दिया।

"उसे किसी काम-धंधे में क्यों नहीं लगाते?"

"अरे, पढ़ाई छोड़ने के बाद से ही मैं उसे कहता आ रहा हूँ कि कोई नौकरी कर ले, लेकिन वह नौकरी न करे तो अच्छा, क्योंकि नौकरी से जो कुछ कमाता है, सब शराब पर उड़ा देता है।"

मि. ओ कोनॉर सहानुभूति में सिर हिलाने लगे और बूढ़ा आदमी चुपचाप आग की ओर देखता रहा। तभी किसी ने कमरे का दरवाजा खोला और पूछने लगा—

"क्या यह फ्रीमैंसन की मीटिंग है?"

"कौन?" बूढ़े आदमी ने पूछा।

"अँधेरे में क्या कर रहे हो?" एक आवाज आई।

"कौन हाइंस?" मि. ओ कोनॉर ने पूछा।

"हाँ, तुम अँधेरे में क्या कर रहे हो?" मि. हाइंस ने कहा और जलती आग की रोशनी की ओर बढ़ने लगे।

वे एक लंबी कद-काठी के व्यक्ति थे, उनकी मूँछों का रंग हलका भूरा था। उनके जॉकेट के कॉलर और टोपी पर बारिश की छोटी-छोटी बूँदें झलक रही थीं।

"हाँ मैंट, कैसा चल रहा है?" मि. ओ कोनॉर ने पूछा।

*"हाँ, तुम अँधेरे में क्या कर रहे हो?" मि. हाइंस ने कहा और जलती आग की रोशनी की ओर बढ़ने लगे।
वे एक लंबी कद-काठी के व्यक्ति थे, उनकी मूँछों का रंग हलका भूरा था। उनके जॉकेट के कॉलर और टोपी पर बारिश की छोटी-छोटी बूँदें झलक रही थीं।
"हाँ मैंट, कैसा चल रहा है?" मि. ओ कोनॉर ने पूछा।*

आग बुझने वाली थी। बूढ़ा आदमी अपनी जगह से उठा और दो मोमबत्तियाँ लेकर आया। उन्हें एक-एक करके जलाकर मेज पर रख दिया। अब कमरे में रोशनी हो गई थी। कमरे के बीचोबीच एक छोटी सी मेज रखी थी, जिस पर कागजों का ढेर पड़ा था।

"आपको उसने कुछ पैसे दिए?" दीवार की ओट लेकर खड़े मि. हाइंस ने पूछा।

"नहीं, अभी नहीं।" मि. ओ कोनॉर ने जवाब दिया।

"मुझे तो डर लग रहा है कि कहीं वह हमें अधर में न लटका दे।"

"अरे नहीं, डरने की कोई बात नहीं, वह दे देगा।" उन्होंने कहा।

"हाँ, जरूर, अगर वह आपके बिजनेस को लेकर गंभीर होगा तो।" मि. कोनॉर ने कहा।

"तुम्हें क्या लगता है, जैक?" हाइंस ने व्यंग्य करते हुए बूढ़े आदमी से कहा।

बूढ़ा आदमी अपनी जगह पर वापस आया और बोला, "ऐसा तो नहीं है, लेकिन...दूसरे ठठेरे की तरह नहीं।"

"कौन दूसरा ठठेरा?" मि. हाइंस ने पूछा।

"कोलगन।" बूढ़े आदमी ने मुँह बिचकाते हुए कहा।

"ऐसा इसलिए है, क्योंकि कोलगन एक कामगार आदमी है। है न? एक अच्छे, ईमानदार राजगीर और एक शराबखाने के मालिक में क्या अंतर है? क्या मजदूर आदमी को यह हक नहीं है कि वह भी सबकी तरह किसी कॉरपोरेशन में काम करे?" मि. हाइंस ने ओ कोनॉर को संबोधित करते हुए कहा।

"मुझे लगता है, आप ठीक कह रहे हैं।" मि. ओ कोनॉर ने कहा।

"कोलगन।" बूढ़े आदमी ने मुँह बिचकाते हुए कहा। "ऐसा इसलिए है, क्योंकि कोलगन एक कामगार आदमी है। है न? एक अच्छे, ईमानदार राजगीर और एक शराबखाने के मालिक में क्या अंतर है? क्या मजदूर आदमी को यह हक नहीं है कि वह भी सबकी तरह किसी कॉरपोरेशन में काम करे?" मि. हाइंस ने ओ कोनॉर को संबोधित करते हुए कहा।

"एक आदमी है, जो ईमानदार है और मजदूर वर्ग का प्रतिनिधित्व करनेवाला है तथा यह आदमी, जिसके लिए आप काम कर रहे हैं, इसे बस कोई-न-कोई काम चाहिए।"

"बिल्कुल, मजदूर वर्ग का प्रतिनिधित्व भी होना चाहिए।" बूढ़े आदमी ने कहा।

"मजदूर वर्ग ही सारा काम करता है।" मि. हाइंस ने कहा।

"लेकिन उसे मिलता कुछ नहीं है। मजदूर आदमी अपने बेटों या भाई-भतीजों के लिए अच्छी कमाई वाली नौकरी के चक्कर में नहीं रहता है। मजदूर आदमी किसी जर्मन शासक को खुश करने के लिए डबलिन के नाम पर कीचड़ नहीं उछालता है।"

"क्या मतलब?" बूढ़े आदमी ने पूछा।

"आपको नहीं पता, अगले वर्ष एडवर्ड रेक्स के आगमन पर यहाँ सब उसके सम्मान में स्वागत-समारोह आयोजित करना चाहते हैं? एक विदेशी शासक के सामने माथा टेककर हम क्या हासिल करना चाहते हैं।"

"हमारा आदमी इसका समर्थन नहीं करेगा, वह नेशनलिस्ट है।" मि. ओ कोनॉर ने कहा।

"देखते हैं, समर्थन करता है या नहीं! मैं उसे जानता हूँ। वही ट्रिकी डिकी टियर्नी है न?" मि. हाइंस ने कहा।

"हाँ जो, तुमने सही पहचाना।" मि. कोनॉर ने कहा।

तीनों चुप थे। बूढ़ा आदमी राख का ढेर इकट्ठा करने लगा। मि. हाइंस ने अपनी टोपी उतारी और अपने कोट का कॉलर ठीक करते हुए उसपर लगी पत्ती पर उँगली फेरी और कहने लगे, "अगर यह आदमी जिंदा होता तो हम इस तरह के स्वागत-समारोह की बात भी नहीं कर सकते थे।"

"हाँ जो, तुमने सही पहचाना।" मि. कोनॉर ने कहा। तीनों चुप थे। बूढ़ा आदमी राख का ढेर इकट्ठा करने लगा। मि. हाइंस ने अपनी टोपी उतारी और अपने कोट का कॉलर ठीक करते हुए उसपर लगी पत्ती पर उँगली फेरी और कहने लगे, "अगर यह आदमी जिंदा होता तो हम इस तरह के स्वागत-समारोह की बात भी नहीं कर सकते थे।"

"सच बात है।" मि. ओ कोनॉर ने कहा।

एक बार फिर सब चुप हो गए। तभी कमरे में एक छोटे कद का आदमी दाखिल हुआ। दोनों हाथों को आपस में रगड़ता हुआ वह सीधे जाकर जलती आग के पास खड़ा हो गया।

"पैसे नहीं हैं, साथियो।" वह कहने लगा।

"मि. हेंची, बैठिए! यह लीजिए।" बूढ़े आदमी ने अपनी कुरसी उसके लिए छोड़ते हुए कहा। वह कुरसी पर बैठ गया।

"आप आंगिसर स्ट्रीट में काम करते हैं?" उसने मि. ओ कोनॉर से पूछा।

"हाँ।" मि. ओ कोनॉर ने जवाब दिया और जेब में से पुर्जा निकालने लगे।

"क्या आप ग्राइम्स से मिलकर आए?"

"हाँ।"

"अच्छा! क्या बात हुई उससे ?"

"उसने तो यह कहा कि वह अपना वोट किसे देगा, इसके बारे में किसी को कुछ नहीं बताएगा।"

"ऐसा क्यो ?"

"उसने मुझसे नामांकन दाखिल करनेवालों के बारे में पूछा तो मैंने बता दिया। मैंने फादर बुरके का नाम बताया। मेरा खयाल है, सब ठीक ही होगा।"

मि. हेंची एक बार फिर अपने दोनों हाथ उसी तरह आपस में रगड़ने लगे। फिर बोले, "अरे जैक, थोड़ा कोयला और लाओ।" बूढ़ा आदमी कोयला लाने के लिए कमरे से बाहर चला गया।

"उसने मुझसे नामांकन दाखिल करनेवालों के बारे में पूछा तो मैंने बता दिया। मैंने फादर बुरके का नाम बताया। मेरा खयाल है, सब ठीक ही होगा।"
मि. हेंची एक बार फिर अपने दोनों हाथ उसी तरह आपस में रगड़ने लगे। फिर बोले, "अरे जैक, थोड़ा कोयला और लाओ।" बूढ़ा आदमी कोयला लाने के लिए कमरे से बाहर चला गया।

"ऐसा नहीं हो सकता।" मि. हेंची ने सिर हिलाते हुए कहा। मैंने उस शू-बॉय से पूछा तो उसने कहा कि मि. हेंची आप जानते हैं कि जब मैं सब काम ठीक-ठाक चलता देखता हूँ तो आपको नहीं भूल पाता। वह घटिया ठठेरा! वह ऐसा कैसे हो सकता है ?

"मैंने तुमसे क्या कहा, मैट ?" मि. हाइंस ने कहा।

"ट्रिकी डिकी टियर्नी।"

"अरे, सचमुच, वह बहुत ही चालाक है।" मि. हेंची ने कहा, "उसकी लोमड़ी जैसी आँखें यों ही नहीं हैं। कहता फिरता है कि अरे मि. हेंची, मुझे मि. फैनिंग से बात करनी होगी। मैंने बहुत सा पैसा खर्च कर दिया है। वह समय उसे याद नहीं रहा, जब उसका बूढ़ा बाप मैरीज लेन में एक छोटी सी दुकान चलाया करता था।"

"लेकिन क्या यह सच बात है ?" मि. ओ कोनॉर ने कहा।

"और नहीं तो क्या ?" मि. हेंची ने कहा, "लोग उसकी दुकान से ट्राउजर और वेस्कोट खरीदकर लाया करते थे। उसका बूढ़ा बाप दुकान के एक कोने में

एक काली बोतल हमेशा रखे रहता था। यहीं से उसकी जिंदगी की एक नई शुरुआत हुई थी।"

बूढ़ा आदमी कोयले के कुछ टुकड़े लेकर आया और उन्हें आग के ऊपर रख दिया।

"अगर वह हमें पैसे नहीं देगा तो हम उसके लिए काम कैसे करेंगे?" मि. हेंची ने कहा, "मुझे लगता है, जब मैं घर जाऊँगा तो उसके कारिंद वहाँ मुझे मिलेंगे।"

मि. हाइंस हँसने लगे। वे जाने के लिए तैयार थे। तभी उन्होंने कहा, "किंग एडी के आने पर सब ठीक हो जाएगा। अच्छा, अब मैं चलता हूँ। फिर मिलेंगे!"

वह कमरे से बाहर निकल गए। न तो मि. हेंची ने कुछ कहा और न ही बूढ़े आदमी ने, लेकिन जब दरवाजा बंद होने लगा तो मि. ओ कोनॉर एकदम बोल पड़े, "बाय जो!"

मि. हेंची थोड़ी देर तक चुपचाप दरवाजे की ओर देखते रहे, फिर बोले, "अच्छा, एक बात बताओ, हमारा यह दोस्त यहाँ किसलिए आता है?"

वह कमरे से बाहर निकल गए। न तो मि. हेंची ने कुछ कहा और न ही बूढ़े आदमी ने, लेकिन जब दरवाजा बंद होने लगा तो मि. ओ कोनॉर एकदम बोल पड़े, "बाय जो!" मि. हेंची थोड़ी देर तक चुपचाप दरवाजे की ओर देखते रहे, फिर बोले, "अच्छा, एक बात बताओ, हमारा यह दोस्त यहाँ किसलिए आता है?"

"अरे, बेचारा जो!" मि. ओ कोनॉर ने जलती सिगरेट का टुकड़ा आग पर फेंकते हुए कहा, "यह भी हमारी तरह परेशान है।"

मि. हेंची कुछ बोलना चाहते थे, लेकिन गले में खराश को दूर करने के लिए वह बार-बार थूकने लगे, जिससे आग भी लगभग बुझने को हो गई।

"मैं आपको अपनी निजी राय बताता हूँ," वे कहने लगे, "मुझे तो लगता है कि यह दूसरी पार्टी का आदमी है। सच कहूँ तो यह कोलगन का जासूस है। जरा जाकर देखिए, वहाँ क्या हो रहा है? इससे कहा गया होगा कि आप पर कोई शक नहीं करेगा।"

"वैसे तो जो एक शरीफ आदमी है।" मि. ओ कोनॉर ने कहा।

"इसके पिता भी बहुत शरीफ और प्रतिष्ठित आदमी थे।" मि. हेंची ने हाँ-में-हाँ मिलाते हुए कहा, "बेचारा बूढ़ा लारी हाइंस! लेकिन जो भी हो, मुझे तो अपने इस दोस्त पर शक है।"

"यहाँ आता है तो मैं उसे ज्यादा भाव नहीं देता हूँ।" बूढ़ा आदमी कहने लगा, "दूसरी पार्टी का जासूस है तो जाए जाकर अपना काम करे, यहाँ उसका क्या काम?"

"पता नहीं।" मि. ओ कोनॉर ने जेब से सिगरेट निकालते हुए कहा, "मुझे तो यह जो हाइंस चालाक आदमी लगता है। याद है, इसने क्या लिखा था?"

"मुझे तो ऐसा लगता है कि इन लोगों को कैशल से बाकायदा वेतन मिलता है।" मि. हेंची ने कहा।

"पता नहीं।" बूढ़े आदमी ने कहा।

"लेकिन इतना तो मुझे पता है।" मि. हेंची ने कहा।

"ये लोग कैशल के आदमी हैं। हाइंस को तो मैं नहीं कह सकता, लेकिन मुरगे जैसी आँखोंवाला एक आदमी है। पता है, मैं किसकी बात कर रहा हूँ?" मि. ओ कोनॉर ने सिर हिला दिया।

"पता नहीं।" मि. ओ कोनॉर ने जेब से सिगरेट निकालते हुए कहा, "मुझे तो यह जो हाइंस चालाक आदमी लगता है। याद है, इसने क्या लिखा था?"
"मुझे तो ऐसा लगता है कि इन लोगों को कैशल से बाकायदा वेतन मिलता है।" मि. हेंची ने कहा।
"पता नहीं।" बूढ़े आदमी ने कहा।
"लेकिन इतना तो मुझे पता है।" मि. हेंची ने कहा।

"मेजर सर के खानदान का एक आदमी है। अरे, वह देशभक्त की औलाद! वह तो ऐसा आदमी है, जो चार पैसे में देश को ही बेच डाले।"

तभी दरवाजे पर दस्तक हुई।

"आ जाइए।" मि. हेंची ने कहा।

दरवाजा खुला तो सामने एक आदमी खड़ा दिखाई दिया, जो शक्ल-सूरत और पहनावे से कोई गरीब पादरी या फिर कोई अभिनेता सा दिखता था। उसके सिर पर काले रंग की गोल टोपी थी और चेहरे पर बारिश की बूँदें झलक रही थीं। पहले तो उसका मुँह कुछ इस तरह खुला कि चेहरे पर निराशा के भाव उभरते दिखाई

दिए, लेकिन अगले ही पल उसकी बड़ी-बड़ी नीली आँखें आश्चर्य और प्रफुल्लता से चमक उठीं।

"अरे, फादर कियोन!" मि. हेंची अपनी कुरसी पर से लगभग कूदते हुए से बोले, "आप? आइए!"

"अरे, नहीं-नहीं!" फादर कियोन ने कहा।

"आप बैठेंगे नहीं?"

"नहीं-नहीं! मैं तो बस मि. फैनिंग को ढूँढ़ रहा था।" फादर कियोन ने कहा।

"वे तो ब्लैक ईगल में हैं।" मि. हेंची ने कहा, "लेकिन क्या आप एक मिनट के लिए अंदर आकर हमारे साथ नहीं बैठेंगे?"

"नहीं-नहीं, बस धन्यवाद! बस थोड़ा सा बिजनेस का मामला था।" फादर कियोन ने कहा, "अच्छा धन्यवाद!" कहते हुए वह जब जाने लगे तो मि. हेंची हाथ में मोमबत्ती पकड़े बाहर तक आ गए।

"अरे नहीं, परेशान होने की जरूरत नहीं है, मैं चला जाऊँगा।"

"वे तो ब्लैक ईगल में हैं।" मि. हेंची ने कहा, "लेकिन क्या आप एक मिनट के लिए अंदर आकर हमारे साथ नहीं बैठेंगे?" "नहीं-नहीं, बस धन्यवाद! बस थोड़ा सा बिजनेस का मामला था।" फादर कियोन ने कहा, "अच्छा धन्यवाद!" कहते हुए वह जब जाने लगे तो मि. हेंची हाथ में मोमबत्ती पकड़े बाहर तक आ गए।

"नहीं, लेकिन सीढ़ियों पर अँधेरा है।"

"नहीं, बस, अब मैं चला जाऊँगा। अच्छा धन्यवाद!"

मि. हेंची कमरे में वापस आए और मोमबत्ती मेज पर रखकर आग के पास बैठ गए। थोड़ी देर तक सब चुप थे। तभी ओ कोनॉर ने अपनी सिगरेट जलाते हुए कहा, "अच्छा जॉन, मुझे एक बात बताओ!"

"हाँ?"

"क्या यह सचमुच का पादरी है? किसी चर्च या संस्था से जुड़ा है?"

"नहीं।" मि. हेंची ने कहा, "मुझे लगता है, यह अपने किसी स्वार्थ के लिए निकला है।"

"अच्छा, क्या एकाध ड्रिंक का इंतजाम हो सकता है?" मि. ओ कोनॉर ने विषय बदलते हुए कहा।

"अरे, मैं भी कुछ ऐसा ही सोच रहा था।" बूढ़ा आदमी बोल पड़ा।

"मैं उस शू-बॉय को तीन बार बोल चुका कि एकाध दर्जन स्टाउट (एक प्रकार की शराब) भेज दे, लेकिन वह काउंटर पर खड़ा-खड़ा एल्डरमैन कॉवली से बातें कर रहा है।" मि. हेंची ने कहा।

"आपने उसे दुबारा क्यों नहीं याद दिलाया?" मि. ओ कोनॉर ने कहा।

"वह एल्डरमैन कॉवली से बात कर रहा था। मैंने सोचा, इधर देखे तो उसे इशारे से कहूँ, लेकिन लगता है, वह भूल गया।"

"मुझे लगता है, उधर कुछ चल रहा है।" मि. ओ कोनॉर ने कुछ सोचते हुए कहा, "कल मैंने उन तीनों को सुफॉक स्ट्रीट के नुक्कड़ पर देखा था।"

"मुझे मालूम है, उधर क्या खेल चल रहा है!" मि. हेंची ने कहा, "अगर इस बार आपको लॉर्ड मेयर बनना है तो सिटी फादर के पैसों का ध्यान रखना होगा। और सच कहूँ तो इस बार सिटी फादर मैं खुद बनना चाहता हूँ। क्या खयाल है? कैसा रहेगा?"

मि. ओ कोनॉर हँसने लगे।

"मुझे लगता है, उधर कुछ चल रहा है।" मि. ओ कोनॉर ने कुछ सोचते हुए कहा, "कल मैंने उन तीनों को सुफॉक स्ट्रीट के नुक्कड़ पर देखा था।"
"मुझे मालूम है, उधर क्या खेल चल रहा है!" मि. हेंची ने कहा, "अगर इस बार आपको लॉर्ड मेयर बनना है तो सिटी फादर के पैसों का ध्यान रखना होगा। और सच कहूँ तो इस बार सिटी फादर मैं खुद बनना चाहता हूँ। क्या खयाल है? कैसा रहेगा?"
मि. ओ कोनॉर हँसने लगे।

"जहाँ तक पैसों की बात है⋯।"

"मैंसन हाउस से कार में बैठकर निकलूँगा और जैक यहाँ मेरे पीछे खड़ा रहेगा।" मि. हेंची ने फिर कहा।

"और मुझे अपना सेक्रेटरी बना लेना।"

"हाँ और फादर कियोन को अपना निजी पादरी बनाऊँगा। एक फैमिली पार्टी करेंगे।"

वे बातें कर रहे थे, तभी दरवाजे पर दस्तक हुई और एक लड़का सिर अंदर की ओर करके झाँकने लगा।

"क्या बात है?" बूढ़े आदमी ने उससे पूछा।

"ब्लैक ईगल से" कहते हुए लड़का अंदर आया और बोतलों से भरी एक

टोकरी, जो उसके हाथ में थी, फर्श पर रख दी और फिर एक-एक करके बोतलें मेज पर रखने लगा। बूढ़ा आदमी उस काम में उसकी मदद कर रहा था। सारी बोतलें मेज पर रखने के बाद जब वह लड़का टोकरी उठाकर जाने लगा तो मि. हेंची ने उसे आवाज देकर बुलाया, "अरे बच्चे, एक काम करो, फैरेल के पास जाओ और वहाँ से एक कॉर्कस्क्रू (बोतल का ढक्कन खोलने वाला औजार) माँगकर ले आओ, कहना मि. हेंची ने मँगवाया है, अभी वापस दे देंगे। अपनी टोकरी इधर रख दो।"

लड़का दौड़ता हुआ चला गया। मि. हेंची का चेहरा खिल गया था। दोनों हाथ आपस में रगड़ते हुए वे कह रहे थे, "क्या बात है ! अब आएगा मजा !"

थोड़ी देर बाद लड़का कॉर्कस्क्रू लेकर आ गया। बूढ़े आदमी ने उससे कॉर्कस्क्रू लेकर तीन बोतलें खोलीं। जब वह कॉर्कस्क्रू लड़के को वापस देने लगा तो मि. हेंची ने लड़के से पूछ लिया, "पीएगा ?"

लड़का दौड़ता हुआ चला गया। मि. हेंची का चेहरा खिल गया था। दोनों हाथ आपस में रगड़ते हुए वे कह रहे थे, "क्या बात है! अब आएगा मजा!"

थोड़ी देर बाद लड़का कॉर्कस्क्रू लेकर आ गया। बूढ़े आदमी ने उससे कॉर्कस्क्रू लेकर तीन बोतलें खोलीं। जब वह कॉर्कस्क्रू लड़के को वापस देने लगा तो मि. हेंची ने लड़के से पूछ लिया, "पीएगा ?"

"जी, मिल जाएगी तो पी लूँगा।" उसने जवाब दिया।

बूढ़े आदमी ने एक और बोतल खोलकर उस लड़के को पकड़ा दी।

"कितनी उम्र है ?" उसने लड़के से पूछा।

"सत्रह साल।" लड़के ने जवाब दिया।

पूरी बोतल खाली करने के बाद लड़के ने मि. हेंची का शुक्रिया अदा किया और कमीज की आस्तीन से मुँह पोंछते हुए कॉर्कस्क्रू लेकर चल पड़ा।

तब उन तीनों ने भी अपनी-अपनी बोतल उठा ली और पीने लगे। थोड़ी देर तक किसी ने कोई बात नहीं की। उसके बाद मि. हेंची ने एक गहरी साँस लेते हुए कहा, "आज का काम तो ठीक-ठाक हो गया।"

तभी दो आदमी कमरे में दाखिल हुए। उनमें से एक आदमी बहुत मोटा

सा था, जिसने नीले रंग के भारी-भरकम कपड़े पहने हुए थे। उसे देखकर ऐसा लगता था, जैसे कपड़े उसके शरीर से अभी नीचे गिर जाएँगे। नीली-नीली आँखों और भूरे रंग की मूँछोंवाले उस आदमी का चेहरा इतना बड़ा और भारी-भरकम था कि उसे देखकर ऐसा लगता था, मानो सामने से कोई साँड़ आ रहा हो। दूसरा आदमी थोड़ा दुबला-पतला और उम्र में उससे काफी छोटा था, उसका चेहरा छोटा और सपाट था। उसने सिर पर टोपी लगा रखी थी।

"अरे, यह पियक्कड़ कहाँ से आ गया?" दूसरे नौजवान ने कहा, "गाय ने बच्चा दिया है क्या?"

"बात तो सही है, लियोंस की नजर ड्रिंक पर सबसे पहले पड़ती है!" मि. ओ कोनॉर ने हँसते हुए कहा।

"तो तुम लोग यहाँ कन्वेंसिंग (प्रचार) कर रहे हो?" मि. लियोंस ने कहा, "इधर क्रॉफ्टन और मैं सर्दी तथा बारिश में लोगों से वोट माँगते फिर रहे हैं।"

"क्यों इतना परेशान हो रहे हो?" मि. हेंची ने कहा।

"हेलो, क्रॉफ्टन!" मि. हेंची ने मोटे से दिखनेवाले आदमी को संबोधित करते हुए कहा।

"अरे, यह पियक्कड़ कहाँ से आ गया?" दूसरे नौजवान ने कहा, "गाय ने बच्चा दिया है क्या?"

"बात तो सही है, लियोंस की नजर ड्रिंक पर सबसे पहले पड़ती है!" मि. ओ कोनॉर ने हँसते हुए कहा।

"तो तुम लोग यहाँ कन्वेंसिंग (प्रचार) कर रहे हो?" मि. लियोंस ने कहा, "इधर क्रॉफ्टन और मैं सर्दी तथा बारिश में लोगों से वोट माँगते फिर रहे हैं।"

"क्यों इतना परेशान हो रहे हो?" मि. हेंची ने कहा।

"तुम एक हफ्ते की कन्वेंसिंग करके जितने वोट नहीं जुटा पाओगे, उससे ज्यादा वोट मैं पाँच मिनट में जुटा लूँगा।"

"जैंक, स्टाउट की दो बोतलें खोलो।" मि. ओ कोनॉर ने कहा।

"कैसे खोलूँ?" कॉर्कस्क्रू तो है नहीं? बूढ़े आदमी (जैक) ने कहा।

"अच्छा रुको!" मि. हेंची ने जल्दी से उठते हुए कहा, "यह जुगाड़ तुमने नहीं देखा होगा।"

उन्होंने मेज पर से दो बोतलें उठाई और उन्हें ले जाकर अँगीठी के उभारवाले

हिस्से के ऊपर रख दिया। मि. लियोंस मेज पर बैठे-बैठे अपनी दोनों टाँगें इधर-उधर झुला रहे थे।

"मेरी बोतल कौन सी है ?" उन्होंने पूछा।

"यह रही।" मि. हेंची ने कहा।

मि. क्रॉफ्टन एक बक्से के ऊपर बैठे-बैठे चुपचाप उस बोतल को देख रहे थे, जो अँगीठी के ऊपर रखी थी। उनके चुप रहने के दो कारण थे—एक तो यह कि उनके पास कहने के लिए कुछ था ही नहीं और दूसरा यह कि वह अपने सहकर्मियों को अपने से नीचे समझ रहे थे। वह कंजरवेटिव पार्टी के विलकिंस के लिए प्रचार करते रहे थे, लेकिन जब कंजरवेटिव पार्टी ने अपना प्रत्याशी बैठाकर नेशनलिस्ट प्रत्याशी को अपना समर्थन दे दिया तो वह मि. टियमी के लिए काम करने लगे।

एक-दो मिनट में ही मि. लियोंस की बोतल का ढक्कन खुल गया और वे मेज पर से एकदम उछलते हुए अँगीठी के पास आ गए, अपनी बोतल ली और फिर वापस मेज पर जा बैठे।

"एक तो पारकस का, दूसरा एटकिंसम का और एक डॉसन स्ट्रीट का वार्ड। पुराना कंजरवेटिव है! कहने लगा कि तुम्हारा प्रत्याशी नेशनलिस्ट है। मैंने कहा कि वह एक प्रतिष्ठित व्यक्ति है और उसी का समर्थन करेंगे, जिससे देश का हित होगा। वह किसी पार्टी-वार्टी के पक्ष या विपक्ष में नहीं है।"

"क्रॉफ्टन, मैं इन लोगों से यही कह रहा था कि आज हमने ठीक-ठाक वोट जुटा लिये।"

"किसका-किसका वोट ?" मि. लियोंस ने पूछा।

"एक तो पारकस का, दूसरा एटकिंसम का और एक डॉसन स्ट्रीट का वार्ड। पुराना कंजरवेटिव है! कहने लगा कि तुम्हारा प्रत्याशी नेशनलिस्ट है। मैंने कहा कि वह एक प्रतिष्ठित व्यक्ति है और उसी का समर्थन करेंगे, जिससे देश का हित होगा। वह किसी पार्टी-वार्टी के पक्ष या विपक्ष में नहीं है।"

"और वह किंग के स्वागत-समारोह का क्या हुआ ?" मि. लियोंस ने अपनी बोतल खाली करते हुए कहा।

"मेरी बात सुनिए।" मि. हेंची ने कहा, "जैसा मैंने वयोवृद्ध वार्ड से भी कहा था। हमें देश में पूँजी की जरूरत है। किंग के आने से देश में धन का प्रवाह बढ़ेगा,

जिससे डबलिन के लोगों को फायदा होगा। अब देखिए न, कितने सारे कारखाने और पुराने उद्योग हैं, जो बंद पड़े हैं, हमें इनके लिए पूँजी की जरूरत है।"

"लेकिन जॉन!" मि. ओ कोनॉर ने कहा, "हम इंग्लैंड के राजा का स्वागत क्यों करें? क्या पारनेल ने खुद परिनेल मर गया?" मि. हेंची ने कहा, "मैं तो यही कहूँगा। अब यह आदमी है, इसे इसकी बूढ़ी माँ ने बिल्कुल आखिर तक रोककर रखा, तब जाकर कहीं यह सिंहासन तक पहुँच पाया। यह जनता का खयाल रखनेवाला है और खुद कहता है कि इसकी बूढ़ी माँ कभी जनता का हाल पूछने के लिए बाहर नहीं निकली, लेकिन वह खुद सबसे मिलेगा और उनका हाल-चाल जानेगा। अब ऐसे में अगर वह हमसे खुद मिलने और हमारा हाल-चाल जानने के लिए आ रहा है तो उसका अपमान करना हमारे लिए उचित तो नहीं होगा। क्यों क्राफ्टन?"

मि. क्रॉफ्टन ने सहमति में सिर हिला दिया।

"लेकिन, मि. लियोंस बीच में बोल पड़े, "किंग एडवार्ड का जीवन कोई बहुत···।"

"पुरानी बातें छोड़ दो।" मि. हेंची ने कहा, "व्यक्तिगत रूप से मैं स्वयं उसकी प्रशंसा करता हूँ। वह बिल्कुल हमारी तरह सोचने-करनेवाला एक सरल सा इनसान है, जो शराब का शौकीन है और शायद एक अच्छा खिलाड़ी भी है। तो क्या हम आयरिश लोग उसके साथ ईमानदारी से पेश नहीं आ सकते?"

"पुरानी बातें छोड़ दो।" मि. हेंची ने कहा, "व्यक्तिगत रूप से मैं स्वयं उसकी प्रशंसा करता हूँ। वह बिल्कुल हमारी तरह सोचने-करनेवाला एक सरल सा इनसान है, जो शराब का शौकीन है और शायद एक अच्छा खिलाड़ी भी है। तो क्या हम आयरिश लोग उसके साथ ईमानदारी से पेश नहीं आ सकते?"

"यह सब तो ठीक है।" मि. लियोंस ने कहा, "लेकिन पारनेल का देखो।"

"भगवान् के लिए उसे बीच में मत लाओ।" मि. हेंची ने कहा, "पारनेल का इस मामले से कोई संबंध नहीं है।"

"मेरे कहने का अर्थ है," मि. लियोंस ने कहा, "हमारे अपने कुछ आदर्श हैं। हम ऐसे आदमी का स्वागत क्यों करें? पारनेल ने जो कुछ किया, उसे देखते हुए क्या तुम्हें ऐसा लगता है कि वह हमारे लिए अच्छा नेता था? तो फिर हम एडवार्ड

सप्तम के लिए ऐसा क्यों करें ?"

"यह पारनेल की जयंती है ?" मि. ओ कोनॉर ने कहा।

"हमें इस मौके पर कुछ गलत नहीं करना चाहिए।"

"चूँकि आज वह हमारे बीच नहीं है, इसलिए हम सबको उसका सम्मान करना चाहिए।" मि. क्रॉफ्टन की ओर मुखातिब होते हुए उन्होंने आगे कहा।

तभी मि. क्रॉफ्टन की बोतल, जो अँगीठी के ऊपर रखी थी, का ढक्कन खुला और उसे हाथ में थामते हुए वे गंभीर स्वर में बोले, "हमारा गुट उनका सम्मान करता है, क्योंकि वे अच्छे व्यक्ति थे।"

"तुम ठीक कह रहे हो, क्रॉफ्टन।" मि. हेंची ने कहा।

"वही एक ऐसा आदमी था, जो इन लोगों को ठिकाने लगा सकता था।"

ये बातें हो रही थीं, तभी उनकी नजर दरवाजे पर खड़े मि. हाइंस पर पड़ी। उन्हें अंदर आने का इशारा करते हुए उन्होंने कहा, "आओ, जो! आओ।"

"मि. हाइंस अंदर आ गए।"

"जैक ने एक और बोतल खोलो।" मि. हेंची ने कहा, "अरे हाँ, लेकिन कॉर्कस्क्रू तो है नहीं। अच्छा इधर दिखाओ, मैं इसे अँगीठी के ऊपर रख देता हूँ।"

"तुम ठीक कह रहे हो, क्रॉफ्टन।" मि. हेंची ने कहा। "वही एक ऐसा आदमी था, जो इन लोगों को ठिकाने लगा सकता था।" ये बातें हो रही थीं, तभी उनकी नजर दरवाजे पर खड़े मि. हाइंस पर पड़ी। उन्हें अंदर आने का इशारा करते हुए उन्होंने कहा, "आओ, जो! आओ।" "मि. हाइंस अंदर आ गए।"

बूढ़े आदमी ने एक बोतल उन्हें पकड़ा दी, जिसे उन्होंने अँगीठी के ऊपर रख दिया।

"बैठो, जो।" मि. ओ कोनॉर ने कहा, "हम लोग चीफ के बारे में बात कर रहे थे।"

मि. हाइंस मेज पर एक किनारे चुपचाप बैठ गए।

"अरे, जो!" मि. ओ कोनॉर एकदम बोल पड़े, "जो तुमने लिखा था, वह हमें तो याद है ? तुम्हारे पास है अभी ? अरे हाँ!" मि. हेंची ने कहा, "उसे हमें दो, तुमने सुना था, क्राफ्टन ? नहीं सुना, तो अब सुनो अच्छी बात है।"

मि. हाइंस को एकदम याद नहीं आ रहा था कि उनका इशारा किस बात की ओर था। थोड़ी देर तक सोचने के बाद वे बोले—

"अच्छा, वह! हाँ, बिल्कुल।"

"हाँ, वही, उसे सुनाओ!" मि. ओ कोनॉर ने कहा?

मि. हाइंस थोड़ी देर कुछ सोचते रहे, फिर अपनी टोपी उतारकर मेज पर रख दी और मन-ही-मन जैसे कुछ बोलने का अभ्यास करने लगे।

कुछ देर बाद उन्होंने बोलना शुरू किया—

"पारनेल का निधन—6 अक्तूबर, 1891।"

इतना बोलने के बाद एक बार गला साफ किया और फिर सस्वर पाठ करने लगे—

हमारा बेताज बादशाह था वो,
हमारा नहीं रहा अब वो,
आओ एरिन, आओ!
उसकी मौत पर मातम मनाओ।
नए जमाने के इन कायर-पाखंडियों ने,
मौत की नींद सुला दिया उसको,
जिसकी चिता के साथ जल गईं
एरिन की सारी उम्मीदें, सारे सपने।
उस महान् आयरिश आत्मा को हमारा नमन,
जिसने अपनी एरिन को इतनी प्रसिद्धि दिलाई,
जिसने हरे झंडे का मान बढ़ाया और
जिसके योद्धाओं ने देश का गौरव बढ़ाया।
उसने सपना देखा था आजादी का
(दुर्भाग्य! यह सपना मात्र सपना ही रह गया)
जिसे छूने की कोशिश में
वह खुद शिकार हो गया इन कायर-पाखंडियों की साजिश का।
धिक्कार है उनको, जिन्होंने
उसके बेदाग नाम को दागदार, बचने की कोशिश की,

धिक्कार है उनको, जिन्होंने
उसके गौरव को मिटाने की कोशिश की।
एक वीर नायक की तरह सोया है वह चिरनिद्रा में,
कोई विघ्न न पड़े उसकी निद्रा में,
कोई दर्द, कोई पीड़ा न छू जाए उसे,
क्योंकि मिलने चला है वह एरिन के अतीत के वीर नायकों से
एक दिन वह सवेरा आएगा,
जब हम आजाद होंगे,
वह दिन एरिन के लिए खुशियाँ मनाने का दिन होगा,
पारनेल की स्मृतियों को ताजा करने का दिन होगा।"

इन पंक्तियों को सुनाने के बाद मि. हाइंस वापस मेज पर बैठ गए। एक पल के लिए सब चुप थे, उसके बाद सब तालियाँ बजाने लगे। मि. लियोंस भी तालियाँ बजा रहे थे।

तभी मि. हाइंस की बोतल, जो अँगीठी के ऊपर रखी थी, का ढक्कन खुला, लेकिन उन्होंने उसकी ओर ध्यान नहीं दिया।

"बहुत अच्छे जो!" मि. ओ कोनॉर ने जेब से सिगरेट निकालते हुए कहा।

"अच्छा क्रॉफ्टन, तुम्हें कैसे लगी ये पंक्तियाँ?" मि. हेंची ने कहा।

इस पर क्रॉफ्टन ने जवाब दिया कि सचमुच बहुत अच्छी पंक्तियाँ हैं।

□

12

बोर्डिंग हाउस

मिसेज मूनी एक बूचड़ की बेटी थीं। वे पक्के इरादोंवाली महिला थीं। अपने पिता की दुकान में काम करनेवाले फोरमैन से शादी करके उन्होंने स्प्रिंग गार्डस के पास अपना एक बूचड़खाना खोला था, लेकिन उनके पिता की मौत के बाद मि. मूनी, यानी उनके पति ने गलत रास्ते पर चलना शुरू कर दिया। धंधे की ओर ध्यान न देने और अपनी पीने की लत के कारण वे कर्ज में डूब गए। किसी के समझाने-बुझाने का उनके ऊपर कोई असर नहीं पड़ता था। दुकान में ग्राहकों के सामने भी वे अपनी पत्नी से झगड़ने लगते थे और धंधे में लापरवाही करने लगे थे, जिसके चलते उनका धंधा चौपट हो गया। एक रात तो बात यहाँ तक बिगड़ गई कि उनकी पत्नी को पड़ोसी के यहाँ जाकर सोना पड़ा।

उस दिन के बाद दोनों अलग-अलग रहने लगे। पत्नी ने धर्माध्यक्ष से मिलकर पति से संबंध-विच्छेद करा लिया और बच्चों को साथ लेकर अलग रहने लगीं। अब वे अपने पति को खाना, पैसा कुछ नहीं देती थीं और न ही घर में रहने की जगह देती थी। बेचारे मि. मूनी! सफेद चेहरा, सफेद मूँछें और छोटी-छोटी आँखों के ऊपर पतली, सफेद भौंहोंवाले मि. मूनी दिनभर अमीन (कर वसूल करनेवाला अधिकारी) के दफ्तर में इस इंतजार में बैठे रहते थे कि कोई काम मिल जाए। इधर मिसेज मूनी ने बूचड़खाने के धंधे से जो कुछ पैसा बचा था, उससे हार्डविके स्ट्रीट में एक बोर्डिंग हाउस शुरू कर दिया। लिवरपूल और आइजल ऑफ मैन से उनके यहाँ ढेर सारे पर्यटक आते थे। बड़ी समझदारी से वे अपना बोर्डिंग हाउस चला रही थीं। सब लोग उन्हें 'मैडम' कहकर बुलाते थे।

मिसेज मूनी के बोर्डिंग हाउस में रहने और खाने के लिए पर्यटक को पंद्रह

शिलिंग (डिनर में बीयर या शराब का खर्च छोड़कर) देने पड़ते थे। जैक मूनी, यानी मैडम का बेटा फ्लीट स्ट्रीट में एक कमीशन एजेंट के यहाँ क्लर्क था। वह गाने का शौकीन था और हास्य गीत गाया करता था। पोली, मूनी यानी मैडम की बेटी भी गाती थी। वह गाती थी—"मैं हूँ नटखट लड़की"। पोली उन्नीस साल की छरहरे बदन की लड़की थी, उसका चेहरा भरा-भरा और बाल मुलायम थे। जब भी वह किसी से बातें करती थीं, उसकी भूरी-भूरी आँखें बड़ी चपलता से ऊपर की ओर देखती रहती थीं। मिसेज मूनी ने पहले उसे एक गल्ला व्यापारी के यहाँ टाइपिस्ट की नौकरी पर रखवाया था, लेकिन वहाँ अमीन के बिगड़े हुए आदमियों का अकसर आना-जाना रहता था, जो किसी-न-किसी बहाने पोली के आसपास मँडराते रहते थे और उससे बात करने की कोशिश करते थे, इसलिए नौकरी छुड़वाकर उसे घर के कामकाज में लगा दिया। पोली स्वभाव से हँसमुख थी, इसलिए मिसेज मूनी ने सोचा कि क्यों न उसे बोर्डिंग हाउस में युवा पर्यटकों को आकर्षित करने के काम में लगाया जाए! पोली सचमुच अपनी सुंदर अदाओं से युवा पर्यटकों को लुभा रही थी, लेकिन मिसेज मूनी की नजर बड़ी पारखी थी। उन्हें समझने में देर नहीं लगी की ये छोकरे सिर्फ टाइम पास के लिए आते हैं, इनसे बिजनेस में कोई फायदा होने वाला नहीं है। अंत में एक दिन जब उन्हें लगा कि पोली और एक युवक के बीच कुछ चल रहा है तो उन्होंने उसे वापस टाइपिस्ट की नौकरी में लगाने का मन बना लिया।

पोली को पता चल गया था कि उस पर नजर रखी जा रही है। माँ-बेटी में खुलकर कोई बात तो नहीं हुई, लेकिन बोर्डिंग हाउस में लोग इस संबंध को लेकर चर्चा करने लगे थे। इसके बावजूद मिसेज मूनी ने इस मामले में अभी तक कोई हस्तक्षेप नहीं किया था। इस बीच पोली के व्यवहार में कुछ अजीब बदलाव देखकर वह युवक परेशान रहने लगा था।

पोली को पता चल गया था कि उस पर नजर रखी जा रही है। माँ-बेटी में खुलकर कोई बात तो नहीं हुई, लेकिन बोर्डिंग हाउस में लोग इस संबंध को लेकर चर्चा करने लगे थे। इसके बावजूद मिसेज मूनी ने इस मामले में अभी तक कोई हस्तक्षेप नहीं किया था। इस बीच पोली के व्यवहार में कुछ अजीब बदलाव देखकर वह युवक परेशान रहने लगा था। अंत में जब मिसेज मूनी को लगा कि पानी सिर से

ऊपर जा रहा है तो उन्होंने इस मामले में हस्तक्षेप करने का मन बना लिया।

गरमियाँ शुरू हो चुकी थीं। इतवार का दिन था। बोर्डिंग हाउस की खिड़कियाँ खुली थीं, जिनसे होकर ठंडी-ठंडी हवा अंदर आ रही थी। नाश्ता हो चुका था, मेज पर जूठी प्लेटें फैली पड़ी थीं। नौकरानी, जिसका नाम मेरी था, मेज पर से जूठन आदि साफ करके प्लेटें उठाने लगी तो मिसेज मूनी एक आरामकुरसी पर बैठे-बैठे उसे देख रही थीं। जब मेज साफ हो गई और अगले दिन के नाश्ते के लिए ब्रेड, शक्कर और मक्खन आदि सबकुछ ताला-चाबी के अंदर सुरक्षित हो गया, तब उन्होंने पूर्व-निश्चित योजना के अनुसार पोली को अपने पास बुलाया और फिर दोनों के बीच सवाल-जवाब का दौर शुरू हो गया। बातें करीब-करीब वैसी ही सामने आ रही थीं, जैसी उन्हें आशंका थी। मिसेज मूनी बहुत साफ-साफ शब्दों में सवाल कर रही थीं और पोली उतने ही साफ-साफ शब्दों में जवाब दे रही थी। दोनों थोड़ा असहज भी महसूस कर रही थीं। मिसेज पोली की असहजता का कारण यह था कि पोली किसी तरह की आनाकानी करने की बजाय साफ-साफ जवाब दे रही थी और पोली की असहजता का कारण यह था कि उसने इस पूरे मामले पर अपनी माँ की अब तक की चुप्पी के पीछे के इरादे का अनुमान पहले लगा लिया था, जिसे वह जाहिर नहीं होने देना चाहती थी।

गरमियाँ शुरू हो चुकी थीं। इतवार का दिन था। बोर्डिंग हाउस की खिड़कियाँ खुली थीं, जिनसे होकर ठंडी-ठंडी हवा अंदर आ रही थी। नाश्ता हो चुका था, मेज पर जूठी प्लेटें फैली पड़ी थीं। नौकरानी, जिसका नाम मेरी था, मेज पर से जूठन आदि साफ करके प्लेटें उठाने लगी तो मिसेज मूनी एक आरामकुरसी पर बैठे-बैठे उसे देख रही थीं।

जॉर्ज चर्च की घंटियाँ बजनी बंद हो गईं तो मिसेज मूनी ने दीवार पर टँगी घड़ी की ओर देखा। ग्यारह बजकर सात मिनट हो रहे थे। पोली से बात करने और फिर पूरे मामले को मि. दोरान के सामने रखने के लिए अभी पर्याप्त समय था। उन्हें पूरा विश्वास था कि मामला आखिर में उनके पक्ष में जाएगा, क्योंकि उनका सामाजिक पक्ष मजबूत था। इस आदमी को उन्होंने अपनी छत के नीचे रहने की जगह दी थी, यह सोचकर कि आदमी अच्छा है, जबकि इसने उनकी छूट का नाजायज फायदा उठाया था। आदमी की उम्र भी चौंतीस-पैंतीस साल थी, अर्थात् उसके पास ऐसा

भी कोई बहाना नहीं था कि लड़कपन में उससे यह गलती हो गई। वह पोली की मासूमियत और उसके यौवन का नाजायज फायदा उठा रहा था। अब सवाल यह था कि इसकी क्षतिपूर्ति वह कैसे करेगा?

क्षतिपूर्ति तो जरूरी थी, क्योंकि आदमी तो चुपचाप अपना रास्ता पकड़ सकता था, लेकिन लड़की कहाँ जाती? कोई–कोई माँ ऐसे मामले में आदमी से पैसा लेकर मसले को रफा–दफा कर देती है, लेकिन वह ऐसा नहीं करना चाहती थी। वह चाहती थी कि क्षतिपूर्ति के रूप में वह आदमी उसकी बेटी से शादी करे।

सारी बातें मन–ही–मन तय कर लेने के बाद मिसेज मूनी ने नौकरानी को भेजकर दोरान को अपने पास बुलवाया। दोरान एक धीर–गंभीर और धीरे–धीरे बोलने वाला नौजवान था। मिसेज मूनी अच्छी तरह जानती थीं कि वह ऐसा बिल्कुल नहीं पसंद करेगा कि बाहर उसकी बदनामी हो। बोर्डिंग हाउस में रहनेवाले लोग इस मामले के बारे में पहले से जानते थे। वैसे भी वह एक कैथोलिक शराब व्यापारी के यहाँ तेरह साल से नौकरी कर रहा था और मामला अगर आगे बढ़ता तो उसकी नौकरी जाने का डर था। दूसरी ओर, अगर वह चुपचाप बात को मान लेता है तो सबकुछ ठीक–ठाक बना रहेगा।

सारी बातें मन–ही–मन तय कर लेने के बाद मिसेज मूनी ने नौकरानी को भेजकर दोरान को अपने पास बुलवाया। दोरान एक धीर–गंभीर और धीरे–धीरे बोलने वाला नौजवान था। मिसेज मूनी अच्छी तरह जानती थीं कि वह ऐसा बिल्कुल नहीं पसंद करेगा कि बाहर उसकी बदनामी हो।

मि. दोरान आज सुबह से ही बहुत बेचैन थे। दो बार वे दाढ़ी बनाने चले, लेकिन दोनों बार हाथ काँपने लगे और वे दाढ़ी नहीं बना पाए। बढ़ी हुई दाढ़ी के कारण चेहरा और भी मुरझाया सा लग रहा था। हर दो–तीन मिनट बाद वह अपने चश्मे के शीशे को रूमाल से पोंछ रहे थे। बीती रात जो कुछ हुआ था, उसे लेकर वह सचमुच बहुत परेशान थे। पादरी ने पूरे मामले का विवरण तैयार कर लिया था और आखिर में उनके दुष्कृत्य को कुछ इस तरह सामने रखा था कि क्षतिपूर्ति स्वीकार करने के अलावा उनके पास और कोई रास्ता नहीं रह गया था। अब गलती तो हो ही गई थी, ऐसे में उससे शादी करने या चुपचाप भाग जाने के अलावा वे और कर भी क्या सकते थे? वे जानते थे कि मामला अगर आगे बढ़ा तो उनके बॉस

तक पहुँचने में देर नहीं लगेगी और अंत में उन्हें नौकरी से भी हाथ धोना पड़ सकता है। ऐसी कल्पना मात्र से ही उनका दिल जोर-जोर से धड़कने लगा था। उन्हें ऐसा लग रहा था, जैसे मि. लियोनार्ड आवाज दे रहे हों—"मि. दोरान को यहाँ भेजो।"

तेरह साल की उनकी मेहनत, वफादारी, सब बेकार हो गई। पब्लिक हाउस में अपने दोस्तों के सामने वे अपनी खुली सोच की बहुत शेखी बघारा करते थे। हर सप्ताह वे 'रेनॉल्ड्स' न्यूजपेपर की एक प्रति खरीदा करते थे और अपने धार्मिक कर्तव्यों का पूरा-पूरा खयाल रखते थे। उनके पास पैसे भी थे, जिससे वे शादी करके अपनी नई जिंदगी शुरू कर सकते थे, लेकिन बात यह थी कि घरवाले ऐसी लड़की को स्वीकार नहीं करेंगे। एक तो उसके पिता इतने बदनाम थे और दूसरे उसकी माँ बोर्डिंग हाउस चलाती थीं। वे सोच रहे थे कि उनके दोस्त उनका मजाक उड़ाएँगे। वे कुछ समझ नहीं पा रहे थे कि उसे स्वीकार करें या छोड़ दे? अंदर उनका मन कह रहा था कि शादी न करें, क्योंकि शादी कर लेने के बाद वे हमेशा के लिए बँध जाएँगे।

तेरह साल की उनकी मेहनत, वफादारी, सब बेकार हो गई। पब्लिक हाउस में अपने दोस्तों के सामने वे अपनी खुली सोच की बहुत शेखी बघारा करते थे। हर सप्ताह वे 'रेनॉल्ड्स' न्यूजपेपर की एक प्रति खरीदा करते थे और अपने धार्मिक कर्तव्यों का पूरा-पूरा खयाल रखते थे।

कमीज-पाजामा पहने वे पलंग पर एक ओर बैठे-बैठे ये सब बातें सोच रहे थे, तभी दरवाजे को धीरे से खटखटाकर वह अंदर आ गई। उसने कहा कि उसने माँ को सारी बात खुलकर बता दी और अब वह उससे बात करेंगी। बताते-बताते वह उसकी बाँहों में गिरकर रोने लगी—

"बॉब, मैं क्या करूँ? बताओ, क्या करूँ मैं?"

उसने यहाँ तक कहा कि वह अपना जीवन समाप्त कर लेगी।

उसने सांत्वना दी और समझाया कि सब ठीक हो जाएगा।

जो कुछ हुआ था, उसमें उसकी गलती नहीं थी। उसे याद था, उसकी गरम-गरम साँसों और नाजुक उँगलियों के प्रथम स्पर्श से उसे कितना सुख मिला था। उसे याद था, जब एक रात वह कपड़े बदल रहा था और दरवाजे पर हलकी सी दस्तक देकर वह डरती-डरती अंदर आ गई थी। उसकी मोमबत्ती हवा के कारण

बुझ गई थी, जिसे वह जलाना चाहती थी। वह उसके नहाने का समय था। मोमबत्ती की हलकी रोशनी में उसके चमकते नाजुक हाथ और कलाइयाँ कितनी खूबसूरत लग रही थीं!

रात में जब वह देर से आता था तो वही उसका खाना गरम करके देती थी। कितना खयाल रखती थी उसका! सर्द रातों में उसके लिए गरम-गरम ड्रिंक तैयार रखना वह कभी नहीं भूलती थी। शायद शादी के बाद वे खुश रहेंगे।

रात में सोने के लिए जाते समय दोनों मोमबत्ती की रोशनी में साथ-साथ सीढ़ियों पर चढ़ते हुए ऊपर जाते थे और तीसरी मंजिल पर पहुँचकर एक-दूसरे को चूमते हुए 'गुड नाइट' बोलते थे। उसकी आँखें, उसके हाथों का स्पर्श, सब याद आ रहा था उसे।

उसकी आवाज अब भी उसके कानों में गूँज रही थी—"मैं क्या करूँ, बॉब?" उसका अंतर्मन उसे रोक रहा था, लेकिन जो पाप उसने किया है, उसका प्रायश्चित्त तो उसे करना ही होगा।

दोनों पलंग पर एक साथ बैठे थे, तभी मेरी ने आकर बताया कि मैडम उसे पार्लर में बुला रही हैं। वह उठकर अपना कोट पहनने लगा, लेकिन आज वह खुद को बिल्कुल असहाय सा महसूस कर रहा था। कपड़े पहनकर वह पहले मोनी के पास जाकर उसे दिलासा देने लगा, "चिंता मत करो, सब ठीक हो जाएगा।" लेकिन वह रोए जा रही थी।

दोनों पलंग पर एक साथ बैठे थे, तभी मेरी ने आकर बताया कि मैडम उसे पार्लर में बुला रही हैं। वह उठकर अपना कोट पहनने लगा, लेकिन आज वह खुद को बिल्कुल असहाय सा महसूस कर रहा था। कपड़े पहनकर वह पहले मोनी के पास जाकर उसे दिलासा देने लगा, "चिंता मत करो, सब ठीक हो जाएगा।" लेकिन वह रोए जा रही थी।

सीढ़ियों पर चढ़ते हुए उसे कई बार अपने चश्मे को रूमाल से पोंछना पड़ा। मन-ही-मन वह सोच रहा था कि किसी दूसरे देश में चला जाए, जहाँ उसे दुबारा इन दुःखों के बारे में सुनने को न मिले, लेकिन कोई अनजानी ताकत थी, जो उसके कदमों को पीछे की ओर खींच रही थी। उसके सामने एक ओर अपने बॉस का बिगड़ा हुआ चेहरा था तो दूसरी ओर मैडम का रुतबा। वह आखिरी सीढ़ियाँ चढ़ रहा था तो जैक मूनी शराब की दो बोतलें लेकर नीचे आ रहा था। दोनों ने एक-

दूसरे का अभिवादन किया, लेकिन आज उनके अभिवादन में पहले जैसी गर्मजोशी नहीं थी।

अचानक उसे उस रात वाली घटना याद आ गई, जब म्यूजिक हॉल के एक कलाकार ने पोली को थोड़ा खुलकर इशारा कर दिया था, जिसे लेकर जैक हिंसा पर उतर आया था। सब उसे शांत करने की कोशिश कर रहे थे, लेकिन वह चीख–चीखकर कह रहा था कि अगर किसी ने उसकी बहन के साथ ऐसा–वैसा बरताव किया तो उसके दाँत तोड़ देगा।

अचानक उसे उस रात वाली घटना याद आ गई, जब म्यूजिक हॉल के एक कलाकार ने पोली को थोड़ा खुलकर इशारा कर दिया था, जिसे लेकर जैक हिंसा पर उतर आया था। सब उसे शांत करने की कोशिश कर रहे थे, लेकिन वह चीख–चीखकर कह रहा था कि अगर किसी ने उसकी बहन के साथ ऐसा–वैसा बरताव किया तो उसके दाँत तोड़ देगा।

इधर पोली पलंग पर अकेली बैठी लगातार रोए जा रही थी। थोड़ी देर बाद वह उठी और आँखों को ठंडे पानी से धोया। उसने आईने में खुद को देखा और अपनी हेयरपिन ठीक करते हुए वापस पलंग पर जाकर बैठ गई। अपने तकिए को सीने से लगाकर जैसे वह अपनी यादों को उसमें सँजोकर रख रही हो। पलंग की लोहे की रोलिंग पर अपनी गरदन टिकाकर वह अपनी पुरानी यादों में खो गई। उस समय उसका चेहरा बिल्कुल शांत और निश्चल था।

मन में सुखद भविष्य की उम्मीद लिये वह प्रतीक्षा कर रही थी। अपनी उम्मीदों और सपनों में वह इतना खो गई कि उसे न तो उस तकिए का ध्यान रह गया था, जिसे वह अब तक सीने से लगाए थी और न ही यह याद रहा कि वह किसी की प्रतीक्षा कर रही है।

थोड़ी देर बाद माँ की आवाज उसके कानों में पड़ी—

"पोली! पोली!"

"जी, मम्मी?"

"बेटी, जरा यहाँ आओ, मि. दोरान तुमसे कुछ बात करना चाहते हैं।"

तब उसे याद आया कि वह किसकी प्रतीक्षा कर रही थी!

□

13

दो प्रेमी

अगस्त का महीना था। शाम गरम और सुहावनी थी। शहर की गलियों में लोग इतवार की छुट्टी का आनंद ले रहे थे। ऊँचे-ऊँचे खंभों पर जलती बत्तियाँ मोतियों की तरह चमक रही थीं।

दो नौजवान रटलैंड पहाड़ी की ओर से आए। उनमें से एक अपने आप से कुछ बोल रहा था और दूसरा ऐसा चेहरा बनाए हुए था, जैसे उसे सुनने की कोशिश कर रहा हो। वह नाटे कद का और हृष्ट-पुष्ट शरीरवाला आदमी था। उसकी टोपी उलटी थी और जो कुछ वह सुन रहा था, उसका असर उसके हाव-भाव, उसकी नाक, मुँह और आँखों पर साफ दिखाई पड़ता था। बीच-बीच में वह हँसने भी लगता था। उसकी चमकती आँखें चंचलता से बार-बार अपने साथी के चेहरे की ओर देखने लगती थीं। उसका पाजामा, उसके सफेद रबड़ के जूते और कंधे पर लटकता वाटरप्रूफ, ये सब चीजें देखकर लगता था कि वह जवान और चुस्त है, लेकिन उसके शरीर के कमर का हिस्सा थोड़ा भारी एवं बाल भूरे थे। उसके चेहरे पर बीच-बीच में ऐसा भाव आता था, जिससे वह बुझा-बुझा सा लगता था।

जब उसे लगा कि उसका साथी, जो कहानी सुना रहा था, वह पूरी हो गई तो वह आधे मिनट तक बिना आवाज किए हँसता रहा। उसके बाद बोला, “हाँ, इस पर बिस्कुट चाहिए!”

उसके स्वर में व्यंग्य था।

इतना कहकर वह शांत और गंभीर हो गया। डॉर्सेट स्ट्रीट में एक पब्लिक हाउस में वह दोपहर से बोलता रहा था, इस कारण उसकी जबान थक गई थी। लेनेहन को लोग ‘चिपकू’ कहते थे, लेकिन उसकी वाक्पटुता के कारण उसके दोस्त उसके खिलाफ एकमत नहीं हो पाते थे। उसके पास कहानियों और पहेलियों का भंडार था।

"अच्छा कोर्ली, तुम उसे लाए कहाँ से?"

कोर्ली जल्दी-जल्दी अपनी जीभ चटकारने लगा।

"एक रात की बात है।" वह बताने लगा, "मैं डेम स्ट्रीट से होकर जा रहा था, रास्ते में वाटर हाउस क्लॉक के नीचे मुझे एक वेश्या मिली, मैंने उसे 'गुडनाइट' कहा। हम दोनों नहर की ओर घूमने चले गए। उसने बताया कि वह बैगॉट स्ट्रीट में एक घर में नौकरानी का काम करती है। मैंने उसे अपनी बाँहों के घेरे में ले लिया। अगले इतवार को हम दुबारा मिले। हम दोनों डॉनीब्रूक गए, जहाँ मैं उसे एक खेत में ले गया। उसने बताया कि वह एक दूधवाले के साथ यहाँ आया करती थी। वह मेरे लिए रोज सिगरेट लाती थी और ट्राम का किराया भी वही देती थी। एक रात वह मेरे लिए दो सिगार लाई, सचमुच क्या चीज थी!"

"एक रात की बात है।" वह बताने लगा, "मैं डेम स्ट्रीट से होकर जा रहा था, रास्ते में वाटर हाउस क्लॉक के नीचे मुझे एक वेश्या मिली, मैंने उसे 'गुडनाइट' कहा। हम दोनों नहर की ओर घूमने चले गए। उसने बताया कि वह बैगॉट स्ट्रीट में एक घर में नौकरानी का काम करती है। मैंने उसे अपनी बाँहों के घेरे में ले लिया।

"शायद, उसे लग रहा हो कि तुम उससे शादी करोगे।" लेनेहन ने कहा।

"मैंने उसे बता दिया कि मैं नौकरी नहीं करता हूँ।" कार्ली ने कहा, "उसे मेरा नाम नहीं मालूम है। मैं उसे बताना तो चाहता था, लेकिन वह मुझे कोई बड़ा आदमी समझती है।"

लेनेहन फिर हँसने लगा, उसी तरह बिना आवाज किए।

"तुम्हारी कहानी सचमुच बड़ी दिलचस्प है।" उसने कहा।

कोर्ली एक पुलिस इंस्पेक्टर का बेटा था। चाल-ढाल और कद-काठी में वह बिल्कुल अपने पिता पर गया था। बड़े बल्ब की तरह दिखनेवाले सिर पर गोल टोपी देखकर ऐसा लगता था, जैसे एक बल्ब में से दूसरा बल्ब निकल रहा हो! रास्ते में चलते हुए वह सीधे सामने की ओर देखता था, अगल-बगल या आगे-पीछे नजर घुमाने के लिए उसे पूरा शरीर घुमाना पड़ता था। अपने आगे किसी की सुनने की उसकी आदत नहीं थी। अकसर वह सादे कपड़े में चलनेवाले पुलिसवालों के साथ दिखाई देता था। शहर में कहाँ क्या हो रहा है, उसे सब मालूम होता था।

लेनेहन ने अपने दोस्त को एक सिगरेट निकालकर दी। दोनों चले जा रहे थे। कोर्ली अकसर बगल से गुजरनेवाली लड़कियों की ओर देखकर मुसकरा पड़ता था। गोधूलि होने वाली थी और आसमान में चंद्रमा की हलकी-हलकी चाँदनी फैल रही थी।

"अच्छा कोर्ली, मुझे तो लगता है, तुम उसे अपने चक्कर में फँसा ही लोगे, है न?" लेनेहन ने कहा।

कोर्ली एक आँख बंद करके मुसकराने लगा और थोड़ी देर रुककर बोला, "अरे, वह मुझ पर फिदा है। मैं उसकी रग-रग से वाफिक हो गया हूँ।" लेनेहन फिर हँसने लगा, उसी तरह बिना आवाज किए।

"अरे, किसी अच्छी नौकरानी को पटाना कोई बड़ी बात नहीं है। मैं तुम्हें कुछ तरकीब बताता हूँ।" कोर्ली ने कहा और थोड़ी देर चुप रहने के बाद फिर बोला, "पता है, पहले मैं लड़कियों के साथ जाया करता था। मैं उन्हें ट्राम से घुमाने ले जाता था। थिएटर में नाटक दिखाता था, उन्हें चॉकलेट और मिठाई खिलाता था। मैं लड़कियों पर खूब पैसा खर्च करता था।"

"अरे, किसी अच्छी नौकरानी को पटाना कोई बड़ी बात नहीं है। मैं तुम्हें कुछ तरकीब बताता हूँ।" कोर्ली ने कहा और थोड़ी देर चुप रहने के बाद फिर बोला, "पता है, पहले मैं लड़कियों के साथ जाया करता था। मैं उन्हें ट्राम से घुमाने ले जाता था। थिएटर में नाटक दिखाता था, उन्हें चॉकलेट और मिठाई खिलाता था। मैं लड़कियों पर खूब पैसा खर्च करता था।"

कोर्ली को लग रहा था कि शायद लेनेहन उसकी बातों पर विश्वास न करे, इसलिए उसे विश्वास दिलाने के लिए वह बहुत जल्दी-जल्दी बोल रहा था, लेकिन उसकी बातों पर विश्वास जताते हुए लेनेहन बड़ी संजीदगी से सिर हिलाने लगा। कोर्ली कुछ सोचने लगा था, जैसे कुछ याद करने की कोशिश कर रहा हो। अचानक उसकी आँखें चमक उठीं और वह भी चाँद की ओर देखने लगा। फिर अफसोस जाहिर करते हुए कहने लगा—

"क्या बताऊँ, सचमुच बहुत अच्छी थी!" इतना कहकर वह चुप हो गया। फिर बोला, "एक रात मैंने उसे कार से अर्ल स्ट्रीट जाते हुए देखा, उसके साथ दो और लोग थे।"

इस बार लेनेहन को उसकी बात पर विश्वास नहीं हुआ और वह अजीब-अजीब सा मुँह बनाकर बोला, "कोर्ली, तुम मुझे बेवकूफ नहीं बना सकते।"

"कसम से।" कोर्ली ने कहा, "उसने मुझे खुद नहीं बताया था क्या?"

"झूठा!" लेनेहन ने कहा।

अब वे ट्रिनिटी कॉलेज के पास से गुजर रहे थे। लेनेहन ने घड़ी देखते हुए कहा, "हम बीस मिनट लेट हो गए।"

"कोई बात नहीं।" कोर्ली ने कहा, "मैं हमेशा उसे थोड़ा इंतजार ही कराता हूँ।" लेनेहन हँसने लगा। "कोर्ली, तुम इन सब मामलों में माहिर हो।" उसने कहा। "अरे, मैं इनकी रग-रग से वाकिफ हूँ।" कोर्ली ने कहा। "लेकिन इस बार खेल थोड़ा मुश्किल है। क्या तुम्हें अपने आप पर विश्वास है?" लेनेहन ने कहा।

"कोई बात नहीं।" कोर्ली ने कहा, "मैं हमेशा उसे थोड़ा इंतजार ही कराता हूँ।"

लेनेहन हँसने लगा। "कोर्ली, तुम इन सब मामलों में माहिर हो।" उसने कहा।

"अरे, मैं इनकी रग-रग से वाकिफ हूँ।" कोर्ली ने कहा।

"लेकिन इस बार खेल थोड़ा मुश्किल है। क्या तुम्हें अपने आप पर विश्वास है?" लेनेहन ने कहा।

कोर्ली अपने दोस्त का चेहरा देखने लगा, फिर बोला, "अरे, इसकी चिंता तुम मुझ पर छोड़ दो।"

लेनेहन चुप हो गया। वह अपने दोस्त का मूड नहीं बिगाड़ना चाहता था।

"सच, बहुत खूबसूरत वेश्या है वह।" कोर्ली कहने लगा।

नसाऊ स्ट्रीट से होते हुए वे किल्डेयर स्ट्रीट की ओर बढ़ रहे थे। क्लब के पोर्च के पास ही सड़क पर एक आदमी वीणा बजा रहा था, जिसे सुनने के लिए वहाँ लोगों की भीड़ लगी थी। वीणा बजाते-बजाते वह हर नवागंतुक पर एक उम्मीद की नजर डाल लिया करता था।

दोनों चुपचाप चले जा रहे थे। स्टीफेंस ग्रीन में उन्होंने सड़क पार की। सड़क पर वाहनों की आवाजाही और लोगों की भीड़-भाड़ थी।

"वह रही!" कोर्ली ने चुप्पी तोड़ते हुए कहा।

ह्यूम स्ट्रीट के नुक्कड़ पर एक युवती खड़ी थी। उसने नीले रंग की ड्रेस पहनी

थी और सिर पर सेलर हैट लगा रखा था।

लेनेहन की आँखें चमक उठीं।

"मुझे देखने दो, कोली।" उसने कहा।

कोर्ली बुरा सा मुँह बनाकर लेनेहन की ओर देखने लगा।

"तो तुम मेरे माल में सेंध लगाओगे?" उसने कहा।

"अरे, नहीं। मैं उससे मिलूँगा नहीं। मैं तो बस उसे एक बार देखना चाहता हूँ।" लेनेहन ने कहा।

"अच्छा ठीक है, मैं उसके पास जा रहा हूँ। उससे बात करने के लिए तुम हमारे पास से गुजरते हुए जा सकते थे।" कोर्ली ने कहा।

"ठीक है।" लेनेहन ने कहा।

कोर्ली ने एक कदम ही आगे बढ़ाया था, तभी लेनेहन ने पीछे से आवाज दी, "अच्छा, इसके बाद हम कहाँ मिलेंगे?"

"मैरियन स्ट्रीट के नुक्कड़ पर।" कोर्ली ने कहा।

"कब?"

"साढ़े दस बजे।" कोर्ली ने दूसरा कदम आगे बढ़ाते हुए कहा और मस्ती भरी चाल से सड़क पर चलने लगा। उसकी चाल-ढाल से ऐसा लग रहा था, मानो किसी विजय अभियान पर जा रहा हो। युवती के पास पहुँचकर कोई दुआ-सलाम किए बिना उसने बात शुरू कर दी। युवती ने अपनी छतरी घुमाई और एड़ियों के बल उसकी ओर मुड़ गई। कोर्ली जब एकदम पास आकर उससे बात करने लगा, तो एक-दो बार वह हँसी भी।

"साढ़े दस बजे।" कोर्ली ने दूसरा कदम आगे बढ़ाते हुए कहा और मस्ती भरी चाल से सड़क पर चलने लगा। उसकी चाल-ढाल से ऐसा लग रहा था, मानो किसी विजय अभियान पर जा रहा हो। युवती के पास पहुँचकर कोई दुआ-सलाम किए बिना उसने बात शुरू कर दी। युवती ने अपनी छतरी घुमाई और एड़ियों के बल उसकी ओर मुड़ गई। कोर्ली जब एकदम पास आकर उससे बात करने लगा, तो एक-दो बार वह हँसी भी।

लेनेहन दूर से ही कुछ देर तक उन्हें देखता रहा। उसके बाद सड़क पार करके चलने लगा। ह्यूम स्ट्रीट के नुक्कड़ पर पहुँचा तो उसे हवा में एक मोहक सी खुशबू महसूस हुई, जो युवती की उपस्थिति का एहसास दिला रही थी। उसने

युवती को पास से देखा। उसने नीली स्कर्ट पहनी थी और कमर पर काले रंग की बेल्ट लगा रखी थी, जिससे उसकी कमर बहुत पतली दबी-दबी सी लग रही थी। उसकी काले रंग की जैकेट पर सफेद मोतियों जैसे बटन लगे थे और उसपर लाल रंग की जैकेट पर सफेद मोतियों जैसे बटन लगे थे तथा उसपर लाल रंग के फूलों का एक गुच्छा बड़ी सावधानी से सजाया हुआ था। लेनेहन फटी-फटी आँखों से उसकी भरी-भरी मांसल देह को देख रहा था। उसके आगे के दो दाँत बाहर की ओर झाँकते से दिखाई दे रहे थे। वहाँ से गुजरते हुए लेनेहन ने अपनी टोपी उतार दी, लगभग दस सेकंड के बाद कोर्ली ने भी अपनी हाथ ऊपर की ओर उठाते हुए और अपनी टोपी की पोजीशन बदलते हुए जैसे उसके अभिवादन का जवाब दिया हो।

लेनेहन शेलबॉर्न होटल तक गया और वहीं रुककर इंतजार करने लगा। थोड़ी देर बाद दोनों उधर ही आते दिखाई दिए, लेकिन उसके पास पहुँचने से पहले ही वे दाहिनी ओर मुड़ गए। लेनेहन दबे पाँव चलते हुए उनका पीछा करने लगा। कोर्ली उस युवती से बातें करते हुए बार-बार अपनी भारी-भरकम मुंडी घुमाकर उसकी ओर देखता जा रहा था।

लेनेहन शेलबॉर्न होटल तक गया और वहीं रुककर इंतजार करने लगा। थोड़ी देर बाद दोनों उधर ही आते दिखाई दिए, लेकिन उसके पास पहुँचने से पहले ही वे दाहिनी ओर मुड़ गए। लेनेहन दबे पाँव चलते हुए उनका पीछा करने लगा। कोर्ली उस युवती से बातें करते हुए बार-बार अपनी भारी-भरकम मुंडी घुमाकर उसकी ओर देखता जा रहा था। लेनेहन ने देखा, दोनों साथ-साथ चलते हुए डॉनीब्रूक की ओर जाने वाली ट्राम में चढ़ रहे थे, तब वह वापस उसी रास्ते पर चलने लगा, जिस रास्ते से आया था। अब चूँकि वह अकेला हो गया था, इसलिए उसका चेहरा थोड़ा बुझा-बुझा सा लग रहा था। वह हाथों को दोनों ओर लहराता हुआ चल रहा था। ड्यूक्स लॉन की रेलिंग से गुजरने लगा तो पैरों को भी कुछ इस तरह चलाने लगा, जैसे हाथों और पैरों को एक तान में मिलाकर कोई सुर निकालने की कोशिश कर रहा हो। इसी तरह अपने आप में खोया-खोया वह स्टीफेंस ग्रीन पहुँच गया और वहाँ से ग्राफ्टन स्ट्रीट की ओर बढ़ने लगा। रास्ते में चलते हुए उसे भीड़ में बहुत सी ऐसी चीजें दिखाई दे रही थीं, जो बरबस ही उसका ध्यान अपनी

ओर आकर्षित कर रही थीं, लेकिन वह किसी चीज में ज्यादा दिलचस्पी नहीं ले रहा था, उसे यह चिंता सता रही थी कि साढ़े दस बजे कोर्ली से दुबारा मिलने तक का समय वह कहाँ और कैसे बिताएगा? कहीं रुके बिना वह लगातार चलता ही जा रहा था। रटलैंड स्क्वॉयर के मोड़ पर पहुँचकर वह बाईं ओर मुड़ गया। शांत, अँधेरी गली में वह थोड़ा सहज महसूस करने लगा था। थोड़ी दूर चलने के बाद एक मामूली सी दिखने वाली दुकान के सामने पहुँचकर वह रुक गया। दुकान के ऊपर बड़े-बड़े सफेद अक्षरों में लिखा था—'रिफ्रेशमेंट बार' और खिड़की के शीशे पर प्लेट में कुछ स्वादिष्ट व्यंजनों के चित्र बने हुए थे। लेनेहन खिड़की के पास खड़ा-खड़ा कुछ देर तक देखता रहा, फिर जल्दी से दुकान के अंदर चला गया। उसे जोर की भूख लग रही थी, क्योंकि सुबह नाश्ते के बाद दो बिस्कुट के अलावा उसने और कुछ भी नहीं खाया था। वह एक मेज पर बैठ गया। सामने दो काम करनेवाली लड़कियाँ खड़ी थीं। एक लड़की तुरंत उसके पास आ गई।

"एक प्लेट मटर कितने की है?" उसने पूछा।

"ढाई पैसे की, सर।" लड़की ने जवाब दिया।

"एक प्लेट मटर और एक बीयर की बोतल लाना।" लेनेहन ने कहा।

जब वह दुकान के अंदर दाखिल हुआ था, उस समय अंदर जो लोग बैठे थे, सब एक पल के लिए चुप होकर उसकी ओर देखने लगे थे, इसलिए वह थोड़ा असहज सा महसूस कर रहा था। उसने अपनी टोपी सिर पर रखा ली और दोनों कोहनियाँ मेज पर टिकाकर आराम से बैठ गया। सामनेवाली मेज पर दो लड़कियाँ और एक मेकैनिक बैठे थे। वे थोड़ी देर उसे ऊपर से नीचे तक देखते रहे, फिर आपस में बातें करने लगे।

जब वह दुकान के अंदर दाखिल हुआ था, उस समय अंदर जो लोग बैठे थे, सब एक पल के लिए चुप होकर उसकी ओर देखने लगे थे, इसलिए वह थोड़ा असहज सा महसूस कर रहा था। उसने अपनी टोपी सिर पर रखा ली और दोनों कोहनियाँ मेज पर टिकाकर आराम से बैठ गया। सामनेवाली मेज पर दो लड़कियाँ और एक मेकैनिक बैठे थे। वे थोड़ी देर उसे ऊपर से नीचे तक देखते रहे, फिर आपस में बातें करने लगे। लड़की उसके लिए एक प्लेट में गरम-गरम मटर और

एक बीयर की बोतल लेकर आई। उसने जल्दी-जल्दी प्लेट खाली कर दी और बीयर पीने लगा। पीते-पीते वह कोर्ली के बारे में सोचने लगा। मन-ही-मन वह सोच रहा था कि दोनों एक-दूसरे की बाँहों में बाँह डाले किसी अँधेरी सड़क पर चल रहे होंगे। उसे अपने आप पर तरस आ रहा था, क्योंकि उसके पास इतने पैसे नहीं थे कि वह लड़कियों को अपने साथ घुमाने ले जाता, उन्हें चॉकलेट खिलाता। इसी नवंबर में वह इकतीस का हो जाएगा, पर अभी तक उसकी कोई अच्छी नौकरी नहीं है, अपना घर भी नहीं है। अपने घर में अँगीठी के पास आराम से बैठकर स्वादिष्ट डिनर के आनंद के बारे में सोच रहा था। दोस्तों एवं लड़कियों के साथ वह बहुत घूमा था, लेकिन उन दोस्तों का मतलब वह समझता था और लड़कियों का भी, सब पैसे के साथी थे। जिंदगी में अब तक उसने जो कुछ देखा था, उससे दुनिया के प्रति उसका नजरिया बिल्कुल बदल गया था, लेकिन वह जानता था कि सबकुछ खत्म नहीं हुआ है, उम्मीदें अभी बाकी हैं।

उसने लड़की को ढाई पैसे दिए और दुकान से बाहर निकलकर फिर से अपनी यात्रा शुरू कर दी। कैपल स्ट्रीट और सिटी हॉल घूमते हुए वह डेम स्ट्रीट की ओर मुड़ा। जॉर्ज स्ट्रीट के नुक्कड़ पर उसे दो दोस्त मिल गए। वह उनके साथ बातें करने लगा। बातों-बातों में दोस्तों ने उससे कोर्ली के बारे में पूछा तो उसने बताया कि दिनभर वह कोर्ली के साथ ही था।

उसने लड़की को ढाई पैसे दिए और दुकान से बाहर निकलकर फिर से अपनी यात्रा शुरू कर दी। कैपल स्ट्रीट और सिटी हॉल घूमते हुए वह डेम स्ट्रीट की ओर मुड़ा। जॉर्ज स्ट्रीट के नुक्कड़ पर उसे दो दोस्त मिल गए। वह उनके साथ बातें करने लगा। बातों-बातों में दोस्तों ने उससे कोर्ली के बारे में पूछा तो उसने बताया कि दिनभर वह कोर्ली के साथ ही था। एक दोस्त कहने लगा कि उसने मैक को एक घंटा पहले वेस्ट मोर लैंड स्ट्रीट में देखा था। इस पर लेनेहन कहने लगा कि मैक तो पिछली रात उसे ईगंस में मिला था। जिस दोस्त ने मैक को वेस्ट मोर लैंड स्ट्रीट में देखा था, वह पूछने लगा कि क्या मैक सचमुच कोई बिलियर्ड मैच जीतकर आया है? लेनेहन ने बताया कि उसे इसके बारे में कुछ मालूम नहीं है। उसने यह भी बताया कि ईगंस में होलोहन ने सबके लिए ड्रिंक मँगाई थी।

फैने में दस बज रहे थे, जब वह दोस्तों से विदा लेकर जॉर्ज स्ट्रीट की ओर चला था। सिटी मार्केट पहुँचकर वह बाईं ओर मुड़ा और ग्राफ्टन स्ट्रीट की ओर चलने लगा। सड़क पर लड़के-लड़कियों की आवाजाही अब बहुत कम रह गई थी। ज्यादातर जोड़े एक-दूसरे को 'गुडनाइट' बोलकर अपने-अपने घर की ओर जाने लगे थे। उसने कॉलेज ऑफ सर्जंस की घड़ी में देखा, ठीक दस बज रहे थे। वह जल्दी-जल्दी कदम बढ़ाते हुए सोच रहा था कि कहीं कोर्ली जल्दी न आ जाए! मैरियन स्ट्रीट के मोड़ पर पहुँचा तो जेब में से एक सिगरेट निकालकर जलाई, जो उसने पहले से बचाकर रखी थी। एक खंभे की ओट में खड़ा-खड़ा सिगरेट पीने लगा और उसी दिशा में देखने लगा, जिधर से कोर्ली को आना था।

वह कोर्ली और उस युवती के बारे में ही सोच रहा था। सोच-सोचकर वह रोमांचित भी हो रहा था। फिर एक बार उसके मन में आया कि कहीं कोर्ली उस युवती को लेकर किसी दूसरे रास्ते से घर की ओर न चला गया हो! दस बजे जब उसने कॉलेज ऑफ सर्जंस की घड़ी में समय देखा था, उसके बाद आधा घंटा बीत चुका था। उसने इधर-उधर नजर दौड़ाई, लेकिन उन दोनों का कहीं कोई अता-पता नहीं था। क्या कोर्ली ऐसा कर सकता है? सोचते-सोचते उसने जेब से आखिरी बची सिगरेट निकाली और उसे जलाकर पीने लगा। चौराहे पर रुकने वाली हर ट्राम को वह देख रहा था, लेकिन वे दोनों कहीं दिखाई नहीं दे रहे थे। उसकी आखिरी सिगरेट भी बुझ गई थी।

वह कोर्ली और उस युवती के बारे में ही सोच रहा था। सोच-सोचकर वह रोमांचित भी हो रहा था। फिर एक बार उसके मन में आया कि कहीं कोर्ली उस युवती को लेकर किसी दूसरे रास्ते से घर की ओर न चला गया हो! दस बजे जब उसने कॉलेज ऑफ सर्जंस की घड़ी में समय देखा था, उसके बाद आधा घंटा बीत चुका था। उसने इधर-उधर नजर दौड़ाई, लेकिन उन दोनों का कहीं कोई अता-पता नहीं था।

अचानक उसने देखा, वे दोनों उसकी ओर ही चले आ रहे थे। वह उनकी चाल-ढाल को गौर से देखने लगा और मन-ही-मन अंदाजा लगाने लगा कि दोनों के बीच क्या कुछ हुआ होगा! वे जल्दी-जल्दी कदम बढ़ा रहे थे। कोर्ली लंबे-लंबे

कदम बढ़ाता हुआ उस युवती के बगल में चल रहा था। उन्हें देखकर ऐसा नहीं लग रहा था कि वे कुछ बातें कर रहे हैं। इससे वह अंदाजा लगाने लगा कि कोर्ली कुछ नहीं कर पाया होगा, इसलिए वह उदास है।

वे बैगॉट स्ट्रीट की ओर मुड़ गए तो लेनेहन दूसरी ओर फुटपाथ पर चलते हुए उनके पीछे-पीछे हो लिया। दो-चार सेकंड तक उन्होंने कोई बात की और फिर वह लड़की एक मकान की ओर जाने लगी। कोर्ली वहीं खड़ा हो गया था। कुछ मिनट बीत गए। तब मकान का दरवाजा धीरे से खुला और एक महिला खाँसती हुई बाहर निकली। कोर्ली उसके पास चला गया। थोड़ी देर बाद वह महिला फिर अंदर चली गई और दरवाजा बंद हो गया। कोर्ली तेज कदमों से स्टीफेंस ग्रीन की ओर बढ़ने लगा।

लेनेहन उसके पीछे-पीछे चल रहा था, तभी हलकी-हलकी बारिश शुरू हो गई। उसने पीछे मुड़कर उस मकान की ओर देखा, जिसके अंदर वह लड़की गई थी। वहाँ कोई नहीं था। तब उसने आवाज लगाई—

"हेलो, कोर्ली!"

कोर्ली ने एक बार पीछे मुड़कर देखा, फिर पहले की तरह तेज कदमों से चलने लगा। लेनेहन अपना वाटरप्रूफ कंधे पर रखते हुए उसकी ओर दौड़ा, फिर आवाज लगाई, "हेलो, कोर्ली!"

अब वह अपने दोस्त के बिल्कुल पास आ गया था और उसकी आँखों में झाँकने की कोशिश कर रहा था, लेकिन उसे कुछ भी दिखाई नहीं दे रहा था।

"सब ठीक-ठाक हो गया?" उसने पूछ लिया।

कोर्ली ने कोई जवाब नहीं दिया। वे एली प्लेस के मोड़ पर पहुँच गए थे। कोर्ली बाईं ओर मुड़ा और एक गली में चलने लगा। उस समय वह बिल्कुल शांत और गंभीर लग रहा था। इधर लेनेहन की बेचैनी बढ़ती जा रही थी।

"तुम मुझे बता नहीं सकते?" उसने अधीरता से पूछा, "क्या हुआ? तुमने आजमाया उसे?" कोर्ली पहले प्रकाश-स्तंभ पर रुका और अजीब सा मुँह बनाकर उसकी ओर देखने लगा। फिर उसने अपनी मुट्ठी रोशनी की ओर ले जाकर खोली, जिसमें सोने का एक छोटा सा सिक्का चमक रहा था। लेनेहन फटी-फटी आँखों से उसकी ओर देखता रहा।

□

14

फादर फ्लिन

इस बार उसके बचने की कोई उम्मीद नहीं थी, क्योंकि तीसरा स्ट्रोक था। हर रात मैं उस मकान से होकर गुजरता था और खिड़की से उसकी बत्ती को देखा करता था। हर बार वह मुझे उसी तरह की मद्धिम रोशनी दिखाई देती थी। मैं मन-ही-मन सोचता था कि अगर वह मर गया होगा तो सुराख से देखने पर रोशनी में मोमबत्तियों की छाया जरूर दिखाई देगी, क्योंकि मैंने सुना था कि जब आदमी मर जाता है तो उसकी लाश के सिरहाने दो मोमबत्तियाँ जलाकर रखी जाती हैं। वह अकसर मुझसे कहा करता था, "मैं इस दुनिया में ज्यादा दिन तक नहीं रहनेवाला हूँ।" मैं उसकी इस बात को कभी गंभीरता से नहीं लेता था। अब मैं समझ गया था कि उसके शब्दों में सच्चाई थी। रात में उधर से गुजरते हुए जब मैं खिड़की की ओर देखता था तो मन-ही-मन 'लकवा' शब्द बोलता था। उस समय यह शब्द मुझे कुछ अजीब सा लगता था और आज यही शब्द मुझे कितना भयोत्पादक लग रहा था, फिर भी मैं इसे निकट से देखना चाहता था।

जब मैं रात के खाने के लिए नीचे आया तो देखा, बूढ़ा कॉटर अँगीठी के पास बैठा चिलम पी रहा था। चाची मेरा खाना निकालने लगीं तो वह जैसे पहले से चल रही बात को आगे बढ़ाते हुए बोला, "नहीं, मैं यह नहीं कह रहा हूँ कि वह बिल्कुल··· लेकिन इसमें कुछ तो बात जरूर थी। मैं आपको बताऊँगा।"

"मन-ही-मन कुछ सोचता हुआ वह फिर चिलम पीने लगा। बेवकूफ, बातूनी बूढ़ा! पहले तो हमें उसकी बातें अच्छी भी लगती थीं, लेकिन अब उसकी लंबी-चौड़ी कहानियाँ हमें उबाऊ लगने लगी थीं।"

"इसके बारे में मेरी अपनी एक अलग राय है।" उसने कहा।

"मुझे यह मामला कुछ अलग सा लगता है, लेकिन कह पाना मुश्किल···।"

आगे कुछ बोलने से पहले वह फिर से अपनी चिलम पीने लगा।

चाचाजी ने मेरी ओर देखते हुए कहा, "तुम्हें सुनकर दुःख तो होगा, लेकिन तुम्हारा दोस्त नहीं रहा।"

"कौन?" मैंने पूछा।

"फादर फ्लिन।"

"फादर फ्लिन मर गए?"

"हाँ, मि. कॉटर ने हमें बताया।"

मैं जानता था कि मुझ पर किसी की नजर है, इसलिए मैं चुपचाप अपना खाना खाता रहा, जैसे इस खबर से मेरा कोई लेना-देना ही न हो। चाचाजी बूढ़े कॉटर को बता रहे थे, "यह लड़का और फादर फ्लिन, दोनों अच्छे दोस्त थे। उन्होंने इसे बहुत कुछ सिखाया है।"

मैं जानता था कि मुझ पर किसी की नजर है, इसलिए मैं चुपचाप अपना खाना खाता रहा, जैसे इस खबर से मेरा कोई लेना-देना ही न हो। चाचाजी बूढ़े कॉटर को बता रहे थे, "यह लड़का और फादर फ्लिन, दोनों अच्छे दोस्त थे। उन्होंने इसे बहुत कुछ सिखाया है।"

"भगवान् उनकी आत्मा को शांति दे।" चाची ने गंभीर स्वर में कहा।

बूढ़ा कॉटर थोड़ी देर तक मुझे देखता रहा। मुझे पता तो चल गया था कि उसकी काली-काली, बड़ी-बड़ी आँखें मुझे देख रही हैं, लेकिन उसकी ओर देखे बिना मैं चुपचाप अपना खाना खाता रहा। वह दुबारा अपनी चिलम पीने लगा। थोड़ी देर बाद बोला, "मुझे अपने बच्चों का ऐसे आदमी से ज्यादा बातें करना अच्छा नहीं लगता था।"

"आप क्या कहना चाहते हैं, मि. कॉटर?" चाची ने पूछा।

"मैं यही कहना चाहता हूँ कि मेरे विचार से बच्चों के लिए यह अच्छा नहीं होता। बच्चों को अपनी उम्र के दूसरे बच्चों के साथ खेलना-कूदना चाहिए। इस तरह की बातों में नहीं पड़ना चाहिए। क्यों जैक?"

"मेरा भी ऐसा ही मानना है।" चाचाजी ने कहा, "बच्चों को खेलने-कूदने देना चाहिए। उस रोसीक्रूशियन को मैं हमेशा यही कहता हूँ, व्यायाम किया करो। मैं जब इस उम्र का था तो सर्दी, गरमी, हर मौसम में रोज सुबह ठंडे पानी से नहाया करता था। वही आज काम आ रहा है। शिक्षा तो बहुत जरूरी है। मि. कॉटर को थोड़ा मटन तो देना।" चाची की ओर देखते हुए उन्होंने कहा।

"नहीं-नहीं, मुझे नहीं।" बूढ़े कॉटर ने कहा।

चाची ने अलमारी में से खाना निकाला और लाकर मेज पर रख दिया।

"लेकिन मि. कॉटर, आपको ऐसा क्यों लगता है कि यह बच्चों के लिए ठीक नहीं है?" चाची ने पूछा।

"क्योंकि बच्चों का मन कोरा होता है, इस तरह की बातों का उनके मन पर बुरा प्रभाव पड़ता है।"

उनकी बातें सुन-सुनकर मुझे गुस्सा आ रहा था, लेकिन मैं चुपचाप सुन रहा था।

रात में मैं बहुत देर से सोया। बूढ़ा कॉटर मुझे बच्चा कह रहा था, इस पर मुझे बहुत गुस्सा आ रहा था, लेकिन मैं उसके अधूरे वाक्यों का अर्थ निकालने की कोशिश कर रहा था। अँधेरे कमरे में एक बार फिर मुझे लकवाग्रस्त भारी चेहरा दिखाई देता लग रहा था। मैंने झट से कंबल से मुँह ढक लिया और क्रिसमस के बारे में सोचने लगा, लेकिन वह चेहरा जैसे मेरी आँखों के सामने से नहीं हट रहा था। उससे कुछ आवाज आई और मैं समझ गया कि यह कुछ कहना चाहता है। वह बोलने लगा, लेकिन बोलते-बोलते लगातार मुसकराए जा रहा था। मैं यह नहीं समझ पा रहा था कि यह मुसकरा क्यों रहा है? फिर मुझे याद आया कि यह तो लकवे के कारण पहले ही मर चुका है।

अगले दिन सुबह नाश्ते के बाद मैं ग्रेट ब्रिटेन स्ट्रीट में उस छोटे से मकान को देखने के लिए गया।

वह मकान क्या, कपड़ों की एक दुकान थी, जहाँ बच्चों के बुने हुए जूते और छाते पड़े थे। दरवाजे पर फूलों का एक गुलदस्ता किसी ने लटका रखा था, जिस पर एक कार्ड चिपका हुआ था। दो महिलाएँ और एक टेलीग्राम बॉय कार्ड को पढ़ रहे थे। मैं भी पढ़ने लगा। कार्ड पर लिखा था—

"1 जुलाई, 1895
आदरणीय जेम्स फ्लिन (एस. कैथरींस चर्च, मीथ स्ट्रीट),
उम्र 65 वर्ष
आर.आई.पी."

कार्ड को पढ़ने के बाद मुझे विश्वास हो गया कि वे मर चुके हैं। अगर वे मरे नहीं होते तो मैं दुकान के पीछे उस छोटे से अँधेरे कमरे में जाता, जहाँ वे अँगीठी के पास अपनी आरामकुरसी में बैठे रहते थे और उन्हें हाई टोस्ट का पैकेट उपहारस्वरूप देता। पैकेट खोलकर उनके डिब्बे में टोस्ट मैं ही डालता था, क्योंकि उनके हाथ काँपते थे। आधा टोस्ट तो वे फर्श पर ही गिरा देते थे। जब कभी वे अपना काँपता हुआ हाथ नाक तक भी ले जाते थे तो मुँह से निकलनेवाला झाग उनकी उँगलियों पर

टपक पड़ता था और उससे उनके कोट का सामने का हिस्सा गंदा हो जाता था। इसी से उनके सारे कपड़ों और रूमाल पर धब्बे दिखाई देते थे।

मैं सोच रहा था कि अंदर जाऊँ और उन्हें देखकर आऊँ, लेकिन मेरी हिम्मत नहीं पड़ रही थी। मैं दुकान की खिड़कियों पर लगे विज्ञापनों को पढ़ता हुआ गली में निकल गया। पता नहीं क्यों मुझे उनकी मौत से एक अलग तरह की आजादी सी महसूस हो रही थी। इससे मुझे अपने आप पर गुस्सा भी आ रहा था। रात में ही चाचाजी बता रहे थे कि उन्होंने मुझे बहुत कुछ सिखाया है। वे रोम के एक आयरिश कॉलेज से पढ़कर आए थे। लैटिन में सही-सही उच्चारण करना उन्होंने ही मुझे सिखाया था। वे मुझे नेपोलियन बोनापार्ट की कहानियाँ सुनाया करते थे, अंतर्भौम समाधि स्थलों के बारे में बताया करते थे। उन्होंने मुझे ईसाई समाज के अलग-अलग संस्कारों और पादरी द्वारा पहने जाने वाले लबादों का मतलब भी समझाया था। कभी-कभी वे मुझे किसी मुश्किल सवाल में उलझाकर खुश भी हुआ करते थे। उनके सवालों से ही मुझे पता चला कि चर्च की संस्थाओं की व्यवस्था और नियम-कायदे कितने जटिल हैं! महाप्रसाद और प्रायश्चित्त के प्रति पादरी के कर्तव्य मुझे इतने मुश्किल व जटिल लगते थे कि मैं सोचने को विवश हो जाता था कि लोग इन नियम-कायदों का पालन करते ही क्यों हैं? उन्होंने मुझे बताया कि चर्च के प्रमुखों ने इन नियम-कायदों की व्याख्या में इतने मोटे-मोटे ग्रंथों की रचना की है, जो देखने में पोस्ट ऑफिस की डायरेक्टरी जैसे दिखते हैं। अकसर जब मैं इन विषयों के बारे में सोचने लगता था तो मुझे कोई उत्तर नहीं सूझता था या कभी-कभी कोई ऊटपटाँग, मासूमियत भरा जवाब दे देते तो वे मुसकराने लगते थे। वे मुझे ईसाई समाज की चर्चाओं के बारे में बताया करते थे, जो मुझे जबानी याद हो गई थी। जब मैं किसी जटिल सवाल में उलझ जाता था, तब वे मुझे देख-देखकर मुसकराते थे, उस समय उनके होंठों के बीच में उनके बदरंग दाँत दिखाई देने लगते थे।

खुली धूप में गली में चलते हुए मुझे बूढ़े कॉटर के शब्द याद आ गए और मैं याद करने की कोशिश करने लगा कि स्वप्न में उसके बाद क्या हुआ था? मुझे याद आया कि मैंने मखमल के लंबे-लंबे परदे और पुरानी चाल का एक लैंप देखा था। मुझे लग रहा था कि मैं किसी दूर देश में हूँ, शायद फारस में, जहाँ की रीति-रिवाज बिल्कुल अजीब से हैं, लेकिन अंत में क्या हुआ था, वह मुझे याद नहीं आ रहा था।

शाम को चाची के साथ मैं वहाँ गया, जब फादर का शव रखा गया था। नानी ने हमें हॉल में बैठाया, फिर प्रश्न भरी नजरों से ऊपर की ओर इशारा किया। चाची ने 'हाँ' में सिर हिलाया, तो वह हमें ऊपर ले गई। कमरे का दरवाजा खुला था, उन्होंने

हमें इशारे से अंदर जाने के लिए कहा। चाची तो अंदर चली गई, लेकिन मैं थोड़ा हिचक रहा था, तब नानी ने मुझे फिर से अंदर जाने का इशारा किया।

मैं अंदर गया। कमरे में पीली रोशनी थी, जिसमें जलती मोमबत्तियाँ हलकी-हलकी लौ जैसी दिखाई दे रही थीं। उनका शव ताबूत में रखा हुआ था। हम तीनों ने वहाँ मत्था टेका। चाची और नानी के साथ मैं भी हाथ जोड़कर प्रार्थना करने का अभिनय कर रहा था, लेकिन प्रार्थना में क्या बोलूँ, मेरी समझ में नहीं आ रहा था। मुझे ऐसा महसूस हो रहा था, जैसे बूढ़ा पादरी ताबूत के अंदर लेटा-लेटा मुसकरा रहा हो।

लेकिन नहीं; जब हमने सिरहाने की ओर जाकर देखा तो समझ में आया कि वह मुसकरा नहीं रहा था। ताबूत के अंदर वह शांत, निश्चल पड़ा था, उसके लंबे-लंबे हाथों में एक पात्र था। उसके कठोर पड़े चेहरे और खुले-खुले नथुनों के ऊपर एक सफेद मखमली कपड़ा ओढ़ाया हुआ था। कमरे में फूलों की खुशबू फैल रही थी।

देखने के बाद हम नीचे चले आए। वहाँ कमरे में एलिजा अपनी आरामकुरसी में बैठी हुई थी। मैं जाकर अपनी कोनेवाली कुरसी पर बैठ गया और नानी एक शराब की बोतल एवं कुछ गिलास लेकर आईं और गिलास मेज पर रखते हुए उन्होंने हमसे थोड़ी-थोड़ी शराब लेने का आग्रह किया। फिर अपनी बहन के कहने पर उन्होंने खुद गिलासों में शराब डाली और हमें पकड़ाने लगीं। उन्होंने मेरी ओर कुछ बिस्कुट भी बढ़ाए, लेकिन मुझे पता था कि बिस्कुट खाते हुए मेरे मुँह से आवाज निकलेगी, इसलिए मैंने बिस्कुट नहीं लिया। मैंने महसूस किया कि नानी को अच्छा नहीं लगा था, वे जाकर अपनी बहन के पास बैठ गईं। थोड़ी देर तक सब चुप थे। फिर एलिजा ने गहरी साँस लेते हुए कहा, "हूँ, वे दूसरी दुनिया में चले गए।"

"अच्छा, क्या उनकी आराम से··· ?" चाचीजी ने गिलास में से थोड़ी सी शराब पीते हुए पूछा।

"हाँ, मम्मी।" एलिजा ने कहा, "पता ही नहीं चला, कब उनकी जान निकल गई! अच्छी मौत पाई उन्होंने।"

"और सब ?"

"फादर ओंरूटके उनके साथ थे, उन्होंने ही तेल वगैरह लगाकर उन्हें तैयार किया था।"

"उन्हें तब पता चल गया था ?"

"वे सबसे विमुख से लग रहे थे।"

"जिस महिला को हमने उन्हें नहलाने के लिए रखा था, वह भी यही बात कह रही थी। बता रही थी कि उन्हें देखकर ऐसा लग रहा था, जैसे आराम से सो रहे हों।

किसी को पता ही नहीं चला।"

"हाँ, सचमुच।" चाचीजी ने कहा। फिर गिलास से थोड़ी सी शराब की चुस्की लेते हुए आगे बोलीं, "अच्छा मिस फ्लिन, आपको इस बात की तो तसल्ली होगी कि आपने वह सबकुछ किया, जो आप उनके लिए कर सकती थीं।"

एलिजा घुटनों के ऊपर अपनी ड्रेस पर हाथ फेरने लगी।

"बेचारे जेम्स!" उन्होंने कहा, "भगवान् जानता है, हमने उन्हें किसी चीज की कमी नहीं महसूस होने दी।"

नानी सोफे पर ऊँघती सी लग रही थीं।

एलिजा ने उनकी ओर देखते हुए कहा, "बेचारी नानी भी थक गईं। सारा काम हम दोनों ने ही तो किया—उन्हें नहलाने का प्रबंध किया, फिर लिटाया, ताबूत तैयार किया और फिर चर्च में प्रार्थना-सभा की तैयारी की। फादर ओंरूटके ये सारे फूल लेकर आए, दो मोमबत्तियाँ लाए, 'फ्रीमेंस जनरल' के लिए नोटिस तैयार किया, कब्रिस्तान के कागजात और जेम्स के बीमा के सब कागजात तैयार किए।" कहते हुए एलिजा ने आँखें बंद कर लीं और धीरे-धीरे सिर हिलाने लगीं।

"पुराने (बूढ़े) दोस्तों से बढ़कर कोई दोस्त नहीं होता है।" वह कह रही थी।

"सच बात है।" चाचीजी ने कहा, "और मुझे पूरा विश्वास है कि स्वर्ग में भी वह तुम्हारे उन कामों को नहीं भूलेंगे, जो तुमने उनके लिए किया।"

"बेचारे जेम्स! अब हम उनकी आवाज नहीं सुन पाएँगे।" एलिजा ने कहा।

"जब यह सबकुछ निपट जाएगा, तब तुम्हें उनकी कमी महसूस होगी।" चाची ने कहा।

"हाँ मम्मी, अब मैं किसके लिए चाय लाऊँगी, टोस्ट लाऊँगी? यह कमी मुझे खलेगी। बेचारे जेम्स!"

वह थोड़ी देर के लिए रुकी, जैसे कुछ सोच रही हो, फिर बोली, "इधर कुछ दिनों से मैं उनके व्यवहार में थोड़ा अजीब बदलाव देख रही थी। जब मैं उनके लिए सूप लेकर आती थी तो देखती थी, वे अपनी पूजा की पुस्तक के साथ फर्श पर गिरे पड़े रहते थे और उनका मुँह खुला रहता था।" उसने नाक पर उँगली रखते हुए अजीब सा मुँह बनाया, फिर आगे बोलीं, "लेकिन वे कहते रहते थे कि गरमियाँ खत्म होने से पहले-पहले वे किसी दिन आयरिश टाउन में उसे पुराने मकान को देखने के लिए ड्राइव पर जाएँगे, जहाँ हम लोग पैदा हुए थे और नैनी को तथा मुझे साथ ले जाएँगे। उनका ध्यान इसी में लगा था, बेचारे जेम्स!"

"भगवान् उनकी आत्मा को शांति दे।" चाचीजी ने कहा।

एलिजा ने रूमाल निकाला और उससे अपना मुँह पोंछने लगी। फिर उसे वापस जेब में रखते हुए थोड़ी देर तक चुपचाप अँगीठी की ओर देखती रही, फिर बोली, "वे अपने कर्तव्यों के प्रति हमेशा सजग रहते थे। पादरी का कर्तव्य उनके लिए सर्वोपरि था।"

"हाँ," चाचीजी ने कहा, "उन्हें देखकर ही लगता था।"

कमरे में थोड़ी देर के लिए शांति छा गई। मैं मेज पर गया, गिलास में से थोड़ी सी शराब ली और फिर चुपचाप अपनी कुरसी पर आकर बैठ गया। एलिजा गहरी सोच में डूबी लग रही थी। काफी देर तक उसी स्थिति में रहने के बाद वह धीरे से बोली, "यही प्याला था, जो उनसे टूटा था। शुरुआत इसी से हुई थी। वैसे इसमें कुछ था नहीं, लेकिन सब कह रहे थे कि इसमें लड़के की गलती थी। बेचारे जेम्स कितने परेशान हो गए थे। ईश्वर उन्हें शांति दे!"

"यही प्याला था, जो उनसे टूटा था। शुरुआत इसी से हुई थी। वैसे इसमें कुछ था नहीं, लेकिन सब कह रहे थे कि इसमें लड़के की गलती थी। बेचारे जेम्स कितने परेशान हो गए थे। ईश्वर उन्हें शांति दे!"

"तो क्या ऐसा ही था?" चाची ने पूछा, "मैंने कुछ सुना था।" एलिजा ने सिर हिला दिया।

"उसके बाद वे परेशान से रहने लगे थे।" वह बता रही थी।

"किसी से कोई बात नहीं करते थे, अपने आप में खोए रहते थे। एक रात उनके लिए एक बुलावा आया तो सब उन्हें ढूँढ़ने लगे, लेकिन वे कहीं दिखाई नहीं दे रहे थे। एक क्लर्क ने कहा कि गिरजाघर में पता कर लो। चाबी लाकर गिरजाघर का दरवाजा खोला गया और रोशनी करके देखा गया तो एक अँधेरे कोने में वे अकेले बैठे थे।"

बताते-बताते वह अचानक रुक गई, जैसे सुनने की कोशिश कर रही हो। मैं सुन रहा था, लेकिन वहाँ कमरे में कोई आवाज नहीं थी। बूढ़ा पादरी अपने ताबूत में बिल्कुल शांत, निश्चल पड़ा था और खाली पात्र उसके हाथ में था। एलिजा आगे बताने लगी—

"जब सबने देखा कि वे अकेले बैठे-बैठे हँस रहे हैं तो सब समझ गए कि जरूर उन्हें कुछ हुआ है।"

भारतवर्ष की लोककथाएँ
अरुणाचल प्रदेश की लोककथाएँ
असम की लोककथाएँ
आंध्र प्रदेश की लोककथाएँ
ओडिशा की लोककथाएँ
कर्नाटक की लोककथाएँ
केरल की लोककथाएँ
छत्तीसगढ़ की लोककथाएँ
जम्मू–कश्मीर की लोककथाएँ
झारखंड की लोककथाएँ
पंजाब की लोककथाएँ
पश्चिम बंगाल की लोककथाएँ
बिहार की लोककथाएँ
महाराष्ट्र की लोककथाएँ
मिजोरम की लोककथाएँ
मेघालय की लोककथाएँ
गुजरात की लोककथाएँ
हिमाचल प्रदेश की लोककथाएँ
मणिपुर की लोककथाएँ
राजस्थान की लोककथाएँ
सिक्किम की लोककथाएँ
मध्य प्रदेश की लोककथाएँ
उत्तराखंड की लोककथाएँ
त्रिपुरा की लोककथाएँ
गोवा की लोककथाएँ
उत्तर प्रदेश की लोककथाएँ
तमिलनाडु की लोककथाएँ
हरियाणा की लोककथाएँ